Ethan

Du même auteur

Frater Pack (2015)

RYBSKI Cédric

Ethan

Prologue

- Tu sais ce qui me gonfle en ce moment ? Grogne Jack tout en fronçant les sourcils et en s'essuyant des gouttes de sueur ruisselantes de part et d'autre de son front.
- Non. Mais pourquoi il faut toujours que tu râles ? Tu râles tout le temps. S'amuse Denis qui se passe la main derrière la nuque en effectuant des cercles de la tête pour se détendre.
- Eh oh, c'est bon là, arrête, on dirait ma femme ! Réagit Jack se retournant vers Denis en lui faisant de gros yeux ronds et sévères.
- Je la plains !
- Tu peux parler… S'exclame Jack.
- Ok, ok, c'est bon on ne va pas recommencer avec ça.
- C'est toi qui me lances sur le sujet. Je veux te parler d'un truc qui me gonfle et il faut toujours que tu ramènes ta fraise avec d'autres sujets. S'agace Jack.
- C'est bon je t'ai dit, détends-toi et dis-moi ce qui te gonfle. Soupire Denis.
- Bah là, maintenant, c'est toi !

- Super ! Souffle Denis levant les yeux au ciel.
- Tu vois ? Des fois je me dis que je devrais patrouiller avec ma femme.
- Sympa. S'exaspère le coéquipier de Jack.
- Sérieux ! Si c'est pour que tu me fasses penser à elle tout le temps, si c'est pour que tu me prennes la tête comme elle, autant qu'elle soit là assise à ta place. Au moins j'aurais l'originale et pas une pâle copie. Ironise Jack.
- T'es vache ! Tu n'apprécies plus ma compagnie ? Je ne te plais plus comme avant, comme à nos débuts ?
- Holà, qu'est-ce que tu me joues là ? S'étonne Jack.
- Tu crois que je n'avais rien remarqué ? Demande Denis, affichant un léger rictus.
- Remarqué ? Remarqué quoi ? Qu'est-ce que tu me chantes encore ?
- J'ai bien vu que je te plaisais.
- Non mais t'es dingue ? Tu fais quoi là ? T'es marié. Je veux dire, t'es marié avec une femme. Certifie Jack qui semble transpirer de plus en plus.
- Oui, et alors ? Certaines personnes font les deux.
- Holà, mon gars on se calme. Je ne mange pas de ce pain-là ! Je n'ai rien contre les homos, les bisexuels ou

ce que tu veux, mais c'est pas mon truc. Marmonne-t-il en détournant le regard d'un air gêné.

- Et là, je te fais toujours penser à ta femme ?
- Putain t'es vraiment trop con des fois ! J'ai presque cru que t'étais en train de me faire un plan à la con. Dit-il, soulagé.
- J'aurais dû filmer ce moment. C'était vraiment trop bon de te voir te décomposer. T'étais à deux doigts de sortir en courant.
- En parlant de sortir... Faut que j'aille pisser !
- Fais-toi plaisir, je t'en prie!

Jack sort du véhicule en laissant la portière ouverte. Ouverte ou fermée ça ne changera pas grand-chose de toute façon. Il s'éloigne un peu, à la recherche de l'arbre idéal contre lequel il va pouvoir se soulager. Tous les arbres sont calcinés aux alentours. Ils sont dans la zone d'incendie qui a tout ravagé dans le coin. Ils se sont arrêtés à quelques centaines de mètres où a été secouru le seul rescapé de ce sinistre. Ils inspectent les environs à la jumelle espérant ne pas voir de départ de feu et encore moins trouver des randonneurs s'aventurer dans le coin. Ils appréhendent aussi, terriblement, de tomber sur un autre cadavre depuis la découverte faite il y a à peu près un an et demi.

11

Denis est aussi sorti de leur véhicule tout-terrain. Il fait très chaud aujourd'hui et la voiture devient une véritable fournaise une fois à l'arrêt. La chemise de son uniforme beige clair montre une large tache de sueur dans le dos. Il en profite pour s'allumer une cigarette. Il fait extrêmement attention avec son mégot et ses cendres à ne pas démarrer accidentellement un incendie comme cela arrive trop souvent.

Jack ne supporte pas qu'il fume à l'intérieur, même les fenêtres ouvertes. En hiver il l'oblige à fumer dehors alors même qu'il fait très froid. Denis est désormais habitué et ne lui en veut pas particulièrement. Il comprend très bien que quelqu'un ne veuille pas subir la cigarette de son voisin, passager ou autre. Il s'adosse à la portière pendant que Jack revient tout en finissant de refermer la braguette de son pantalon. A chacun de ses pas de la poussière fine et volatile s'élève et se disperse emportée par le vent léger qui balaye le coin. Il s'essuie le front avec son avant-bras.

- Alors ça fait du bien ?
- De quoi ? De sortir de cette fournaise ? Demande-t-il en désignant le tout-terrain. Ou de pisser ?
- De pisser…
- Ça ne te fait pas du bien en général ?
- Si…

- Et va fumer plus loin, bordel ! Et fais attention !
- Je suis dehors là !!!
- Oui mais la fumée rentre quand même, et après ça pue la mort à l'intérieur.
- T'es lourd. Alors c'est quoi qui te rend dingue en ce moment ?
- Toi en train de fumer tout près de la voiture les fenêtres ouvertes.
- Je me suis éloigné un peu là ! Grogne Denis exaspéré.
- T'as fait un pas. Un seul pas, ce n'est pas s'éloigner, c'est faire du sur-place. Éloigne-toi de trois ou cinq mètres, et là tu pourras parler d'éloignement !
- Voilà, content ? Demande Denis qui s'est écarté de six pas en avant de leur véhicule.
- Ça ira. Tu sais que je n'aime pas la cigarette ? Tu le sais très bien. Tu vois, ça, c'est un truc qui m'énerve avec vous les fumeurs.
- C'est reparti. Marmonne Denis.
- Laisse-moi m'exprimer, et ne me coupe pas la parole s'il te plaît. On dirait…
- … Ta femme ! Je sais. L'interrompt Denis de nouveau exaspéré.

13

- Ne m'emmerde pas avec elle encore une fois. S'il-te-plaît ! Le supplie Jack le menaçant de son gros doigt.
- Je t'écoute attentivement, promis.
- Arrête de faire le con et de te foutre de ma gueule. Alors, vous les fumeurs, parce que vous fumez, vous vous croyez supérieurs aux autres, vous pensez que vous pouvez empoisonner tout le monde comme bon vous semble ! Parce que fumer vous donne un air cool, ça vous rapproche, c'est une sorte d'appartenance sociale ou je ne sais quoi. Vous vous moquez pas mal des autres, de ceux qui ne fument pas. Ils ne fument pas alors ce ne sont que des cons, ils ne comprennent rien aux plaisirs de la vie, blablabla... Vous faites chier avec vos cigarettes de merde ! Vous nous faites chier avec ça, avec cette merde ! Les merdeux ne savent même pas encore faire du vélo qu'ils veulent déjà fumer comme les grands pour avoir l'air cool, pour être admirés, pour se la jouer auprès des filles. Ou pour faire les durs à cuire devant les autres garçons !! C'est navrant !!!
- Et toi, quand tu étais jeune, tu pensais que boire de l'alcool, c'était cool, non ?

- Qu'est-ce que tu m'emmerdes avec l'alcool ? Moi et ceux qui boivent, on s'empoisonne peut-être, mais on n'emmerde pas et on n'empoisonne pas les autres autour de nous. Si certains soûlards te postillonnent à la gueule en te parlant, ils ne vont pas t'empoisonner pour autant ? Si ? Votre fumée, par contre, est dangereuse même pour les non-fumeurs ! Les junkies se défoncent en cachette, faites pareil !
- Oh, t'es dur là. Ce n'est quand même pas pareil de fumer une cigarette et de se droguer ? !

Soudain, les deux hommes s'interrompent et tendent l'oreille. Jack pense avoir entendu le bruit d'un moteur un peu plus bas. Il ordonne à Denis de remonter immédiatement dans le quatre-quatre et de démarrer.

- En plus vos fringues sentent mauvais, et vous sentez tout aussi mauvais. Dit Jack en insistant sur le « vous ».
- C'est bon, tu as fini là ? Je ne fume pas dans la voiture, je ne fume pas chez toi et surtout je ne fume pas chez moi ou en présence de mes enfants !

- Vous vous entendez tousser ? Putain ça craint. Sans déconner rien que ça, ça me file la gerbe. Arrête-toi là. Lui indique Jack en désignant le bord de la route.

Il descend du véhicule et écoute attentivement. Le bruit du puissant moteur de leur quatre-quatre le gêne alors il demande à Denis de couper le contact. Son coéquipier s'exécute et tourne la clef. Jack annonce que le véhicule qu'il entend semble se rapprocher d'eux mais qu'il est encore loin. Il suggère donc de descendre encore un peu et de l'intercepter pour voir de quoi il s'agit, espérant que ce sont de simples promeneurs égarés, ou au mieux, des connaissances. Si c'est le cas, ils pourront toujours discuter un moment. Jack remonte dans le tout-terrain et Denis redémarre.

- Du coup je ne me souviens plus de quoi je voulais te parler… Avoue Jack.
- Ce n'est pas grave. De toute façon il y a tellement de choses qui t'énervent, t'agacent ou te gonflent que tu finiras bien par me le dire un jour ou l'autre !
- T'es con.
- Non mais sérieusement, en seulement quelques minutes, tu m'as parlé de pleins de trucs qui te gonflaient.

-   Et qui me gonflent toujours ! Dit Jack le sourire en coin. Et tu en fais souvent partie d'ailleurs. S'exclame-t-il en riant.

Denis stoppe à nouveau le véhicule sur le bord d'une longue ligne droite. Ils descendent tous les deux et entendent nettement l'autre véhicule qui s'approche toujours à leur grand regret. Les deux hommes ne rient plus et sont même un peu nerveux. Denis est de nature plus anxieuse que son coéquipier, celui-ci le sait et le ressent instinctivement. Il lui dit de ne pas s'en faire et de rester tranquille lorsqu'ils aperçoivent un van s'approcher.

-   Tu reconnais cette camionnette ? Demande Denis, les sourcils froncés et se mordant la lèvre inférieure, révélant ainsi son angoisse.
-   Et non, malheureusement !
-   Putain, ça fait chier !
-   Tu l'as dit. Soupire Jack. Mais dans tous les cas, tu ne me pètes pas un câble, tu restes tranquille et tu me laisses gérer ! Prends le fusil !
-   Tu crois que c'est nécessaire ?
-   Prends-le, on ne sait jamais. Ce sera toujours dissuasif… Quand tu t'approches d'un portail et que le

chien de l'autre côté te montre les dents tu ne vas pas prendre de risques inutiles ?!

Partie 1

Chapitre 1

Las de se battre de plus en plus souvent et parfois pour rien, Ethan décide de partir et de quitter la France pour retourner au Canada, au milieu de ces montagnes où il s'est senti plus vivant que jamais.

De plus, il se dispute très fréquemment avec son père. En effet, ce dernier se doute très bien que ce qui s'est passé dans ces montagnes il y a seulement quelques mois, ne s'est pas vraiment déroulé comme l'a rapporté son fils. Il n'a jamais cru à sa version, dès le début. Et pour cause. Ce n'est pas la première fois qu'il intervient pour le sortir d'un mauvais pas en usant de son influence et de sa position. Son fils, ainsi que sa petite amie, Camille, étaient déjà suspects dans une sordide affaire de meurtre, de sexe et de drogue. Il a fait en sorte que rien ne s'ébruite et que tous les soupçons pesant sur son fils soient levés. Toutes les charges ont été rejetées sur un bouc émissaire multirécidiviste pourtant coupable de rien cette fois-ci !

Ethan a le sentiment de devenir dingue. Des cauchemars récurrents le hantent presque toutes les nuits. Il est même, parfois, harcelé par d'horribles visions en plein jour. Des visions dans lesquelles apparaissent ses amis de chasse et occasionnellement leurs victimes. Il est persuadé qu'ils ne le laisseront pas tranquille tant qu'il ne les aura pas rejoints. Il considère qu'ils lui en veulent de les avoir abandonnés là-bas. Il se surprend, de temps en temps, à parler à une de ses visions. Le plus souvent, c'est Camille qui lui apparaît.

Il débarque au Canada à la mi-mars. Ce n'est pas la meilleure saison là-bas, c'est la plus humide. À son arrivée, Ethan s'est immédiatement rendu auprès de son dealer afin de se procurer de la cocaïne, histoire de décompresser comme il le lui a expliqué. Le type vit dans un appartement plutôt classe et de grand standing, dans un immeuble hyper récent. Il fournit des gens assez aisés. Des artistes, aussi bien des acteurs qui commencent à percer dans le milieu que ceux dont la cote dégringole, ou bien encore, ceux qui ne décollent jamais vraiment. Il compte aussi, parmi ses clients, quelques musiciens de groupes de rock, métal ou rap, qui ne conçoivent pas de faire leur musique sans prendre de came. Ça fait cool d'après eux... Il fournit également des petits cons de la haute société qui ne peuvent plus passer de soirées sans prendre de cocaïne comme d'autres vont boire quelques bières devant un match de football. L'alcool, c'est pour les pauvres d'après eux, ou pour ceux qui ne savent pas s'amuser.

Malgré tout, il les aime plutôt bien ses clients. Ils payent tous sans rechigner. Il faut reconnaître que sa came est de bonne qualité. Certains le paient grassement en nature. Ce qu'il peut obtenir vaut parfois plus cher que leur propre dose. Certaines de ses clientes, dont des call-girls, lui accordent quelques faveurs d'ordre sexuel. Il ne refuse jamais ces petites attentions... Ces petits cadeaux.

Ethan est un ami de longue date et, forcément, aussi un client de longue date. Il a même été son tout premier client. Au début, c'était juste un peu d'herbe ou un peu de résine de cannabis. Alan, son dealer, dont les parents habitaient en France, a fait la connaissance d'Ethan au lycée. Ils s'entendaient bien tous les deux. Puis un jour Alan qui s'était procuré un peu d'herbe en avait proposé à Ethan lors d'une soirée tranquille après une séance de cinéma. Ils l'avaient fumée dans sa vieille voiture. Enfin, plutôt la voiture que lui prêtait sa mère. Elle n'en avait jamais rien su ou n'avait en tout cas jamais rien dit malgré l'odeur caractéristique qui s'incrustait dans le véhicule. Par la suite, Alan lui en proposait à chaque fois qu'ils traînaient ensemble jusqu'à ce qu'Ethan en réclame pour sa propre consommation. Il en fumait après les cours ou le soir avant de dormir. Parfois il se grillait un peu d'herbe en allant au bahut. De temps en temps, des jeunes demandaient à Ethan s'il pouvait les fournir, alors il les envoyait vers Alan qui s'était rapidement pris au jeu. Il ne voulait pas être un gros fournisseur, juste de quoi se payer quelques trucs sans trop attirer l'attention. Puis Alan et sa famille avaient déménagé au Canada. Ils n'avaient jamais vraiment coupé le contact pour autant. Ils prenaient des nouvelles l'un de l'autre occasionnellement. Puis, lorsque Ethan et Camille étaient partis au Canada pour la première fois, ils l'avaient contacté, pour se revoir et se rappeler quelques bons moments passés ensemble dans un premier temps, puis pour se fournir en came dans un second.

Lorsque Alan revoit Ethan cette fois-ci, il a presque du mal à le reconnaître tant il a changé physiquement. Ses traits sont tirés, le teint blême, maigre. Alan ne lui demande pas s'il va bien, il n'est pas certain de vouloir entendre la réponse tant il a l'air mal en point. Quant à Alan, il est sapé comme une gravure de mode. Le mec hyper looké.

Il y a une fille chez lui dont il avoue à Ethan ne pas se rappeler le prénom. Il en sourit mais pas Ethan. Il reste de marbre, impassible. Elle sort d'une pièce dont Ethan ignore la fonction, une chambre, une salle de bains, des toilettes ? ! En fait, il s'en balance pas mal ! Elle est habillée plutôt court pour la saison, une jupe rouge, courte, très courte et des hauts talons. La jeune femme ne s'attarde pas et remercie le dealer en lui faisant une petite bise sur la joue avant de s'en aller. Elle fait également un petit signe à Ethan qui ne lui répond pas, mais qui, avant même que la jeune femme n'ait franchi la porte d'entrée, ne peut s'empêcher de dire à Alan qu'il la trouve maquillée comme un camion volé.

- Ça va pas de dire des trucs comme ça alors qu'elle n'est même pas encore sortie ? !
- Qu'est-ce que ça peut faire ? Sa came, elle en aura de nouveau besoin dans quelques jours, et elle reviendra te supplier de lui en fournir. Et elle te fera sûrement une pipe en supplément pour te remercier de lui en donner.
- Et elle fait ça bien la garce ! S'en amuse Alan.

Les deux amis discutent un peu, et Alan constate assez vite qu'Ethan n'est peut-être pas tout à fait bien psychologiquement non plus. Ce qui lui met la puce à l'oreille c'est que, tout en lui parlant, Ethan jette sans cesse des petits regards derrière lui comme s'il y avait quelqu'un. Le dealer devient vite méfiant et se retourne de temps à autre pour s'assurer

23

qu'il n'y a vraiment personne derrière lui. Il ne sait plus trop quoi en penser. Ethan est-il trop accro aux drogues au point de ne plus être que l'ombre de lui-même, ou bien il y a peut-être autre chose ? Quelque chose qui dérangerait Alan bien plus que le simple fait que son ami, que son client, devienne complètement dingue à cause d'une cervelle cramée par la drogue. Il se dirige vers une pièce de l'appartement et en revient avec la commande d'Ethan. Et comme supplément, un flingue planqué dans son dos coincé dans la ceinture de son pantalon. Lorsqu'il le rejoint, il le voit en train de parler à une personne qui n'est apparemment pas présente dans la pièce. Ethan n'a pas remarqué la présence d'Alan qui l'observe d'un air inquiet, se demandant si son ami n'avait pas en fait un micro dissimulé sur lui. Il doute et veut en avoir le cœur net, alors il s'approche doucement de lui et, une fois suffisamment près, il lui demande de se lever lentement du canapé en cuir blanc assorti à la pièce, et de soulever son sweat-shirt et son t-shirt. Ethan ne comprend pas trop pourquoi son pote est en train de le braquer avec un flingue, lui demandant de se mettre à moitié à poils. Il obéit, sans la moindre peur ni colère, et lui montre qu'il ne planque rien, ni devant, ni derrière tout en tournant sur lui-même.

- Tu veux que je baisse mon froc aussi ? Hein ? Tu veux que je te montre mon cul ? Tu veux fouiller dedans peut-être ? Ça te ferait plaisir ?
- Non, c'est bon, rhabille-toi. Mais à qui tu parlais ? Bordel, t'es ravagé ou quoi ?
- Qu'est-ce que ça peut te foutre ? File-moi ma came et je me tire !

Alan lui donne rapidement ce qu'il est venu chercher, Ethan balance l'argent sur le plateau en verre de la table basse du salon et part aussitôt la transaction réalisée. Alan se précipite à une des fenêtres et observe dans la rue. Ethan sort de l'immeuble quelques instants après et s'éloigne. Alan reste derrière les carreaux pour s'assurer qu'il ne rejoint pas une équipe de flics en planque dans le quartier. Ethan disparaît dans une rue perpendiculaire à celle-ci. Alan attend encore un peu au cas où des flics en sortiraient pour se diriger chez lui. Il scrute aussi chaque voiture garée dans sa rue. Un fourgon noir aux vitres teintées lui semble suspect. Il attendra encore cinq ou six minutes sans que rien ne se passe et sans qu'aucun policier ni aucune force d'intervention ne pointe le bout de son nez.

Ethan se rend dans une chambre d'hôtel qu'il réservait à chaque fois qu'ils débarquaient avec Camille. Un hôtel plutôt simple et sans chichis. Il balance son sac à dos sur la moquette rose pâle, et se pose sur le lit. Il s'étale sur le matelas trop mou et fixe le plafond sans penser à rien. Celui-ci commence à être décrépi par endroits, surtout dans les coins. La peinture s'écaille. Il s'assoit et récupère son sac pour en sortir le sachet de drogue. Un bon kilo. Il se lève et s'approche du petit bureau en face du lit. Il fait une ligne de poudre et roule un billet d'un dollar pour s'en servir comme paille. Il inspire ensuite sa came avec, puis il retourne s'allonger sur le lit. Il n'arrive pourtant pas à se détendre. En fait il n'y arrive plus depuis ce qui s'est passé l'été précédent. Il décide alors de partir de cette chambre et faire quelques achats, deux ou trois trucs à emporter pour son séjour dans la forêt. Il sort de l'hôtel, puis il revient aussitôt dans le hall. Il s'approche de l'accueil, et il règle le montant dû pour la chambre. La jeune femme derrière son comptoir ne semble pas respirer la joie de vivre. Ou du moins elle ne semble pas s'épanouir pleinement dans son boulot. Elle est grande et plutôt agréable à regarder. Elle a de longs cheveux noirs et de grands yeux marron, une bouche fine. Elle porte un t-shirt, bien trop grand, flanqué du logo de l'hôtel. Il trouve ça dommage qu'il soit si grand ce t-shirt, ne laissant pas le loisir aux clients d'apprécier ses formes. L'hôtesse, en encaissant les billets, lui demande si tout s'est bien passé.

- Ça s'est bien passé merci. Lui répond-il poliment. Ça vous dit une balade dans les bois avec moi ? Ose-t-il en tapotant du bout du doigt sur le comptoir de l'accueil.

- Pardon ? Demande-t-elle surprise.

- Vous voulez venir avec moi ?

- Mais euh…

- Vous avez l'air de vous ennuyer derrière votre comptoir ! Le grand air vous ferait le plus grand bien, j'en suis sûr.

- Je ne peux pas tout lâcher comme ça…

- En tout cas, vous ne refusez pas.

- Non, enfin si, je… On ne se connaît pas…

- Je vais faire une virée dans les montagnes. Je vais certainement y rester un bon moment. Alors si ça vous tente.

- Merci, mais je ne peux pas.

- Dommage. Je suis absolument persuadé que ça vous ferait du bien de lâcher prise.

- Une prochaine fois peut-être.

- S'il y en a une. Répond-il déçu.

27

Il tourne les talons et sort enfin de l'hôtel. Il entre dans le premier magasin du quartier et prend un panier. Il déambule dans les rayons sans trop savoir quoi prendre, il a la tête ailleurs. Il trépigne d'impatience de se retrouver dans cette fameuse forêt au pied de ces montagnes majestueuses. Les clients le dévisagent d'un air méfiant et dégoûtés devant sa tête de camé. Les mamans veillent à ce que leurs gamins restent à leurs côtés et n'approchent pas ce sale type. Les papas, quant à eux, veillent à ce qu'il ne s'approche pas trop des mamans… Il prend deux bouteilles de bourbon pour commencer. Il n'est plus seulement un junky au regard des clients, mais il est aussi un putain d'alcoolique. Enfin bref, quoi qu'il en soit avec sa sale dégaine, il reste un sale type qu'il vaut mieux ne pas fréquenter.

- Des bougies ? Tu veux que je prenne des bougies ? On n'en a jamais eu besoin jusqu'à maintenant. Dit-il à quelqu'un, totalement invisible pour les gens qui le dévisagent, et qui n'ont par conséquent plus aucun doute à son propos maintenant.

Il attrape alors plusieurs poignées de bougies qu'il dépose dans son panier tout en acquiesçant. Lui aussi regarde tous ces individus qui le dévisagent avec mépris.

- Si vous saviez… Leur dit-il à voix basse.

Il fait une pause dans l'allée des conserves et s'imagine nu, ne portant que son masque de loup-garou, à pourchasser tous ces abrutis dans ce magasin et les massacrant à l'aide d'une machette. Tous, sans exception, hommes, femmes et enfants. C'est un peu comme si quelqu'un avait lâché un pitbull dressé pour le combat dans un poulailler. Tous ces ignorants qui ne savent pas, ou qui ne savent plus ce que c'est, de vivre pleinement ou de survivre tout simplement, se battre pour rester en vie. Le carrelage bien propre et d'un blanc éclatant se retrouve alors rapidement maculé de sang. De longues et larges traces de sang. Des gens sont étalés, partiellement démembrés ou décapités, dans le rayon de la viande fraîche, ou sur le comptoir de la boucherie. Il se voit parfaitement en train d'affronter le boucher. Un type plutôt solide et maniant à merveille ses couteaux, aiguisés à la perfection. Il réussit pourtant, sans trop de difficultés, à lui trancher la gorge d'un geste rapide, bien trop rapide pour que son adversaire puisse l'esquiver. Puis il voit ses amis devenus mi-hommes mi-loups, à quatre pattes en train de se repaître des fraîches dépouilles. Un d'entre eux a la tête enfoncée jusqu'aux oreilles dans le ventre d'une femme obèse. Il tire en arrière avec force et par à-coups pour en extraire quelque chose qui semble bien accroché dans ses entrailles.

Lorsqu'il y parvient enfin, le morceau tant convoité - le cœur - s'envole et retombe un peu en arrière de la pauvre chose. Les autres se jettent alors dessus comme des furies et se battent férocement pour gagner le droit et le privilège de dévorer le noble morceau. Il lui est déjà arrivé auparavant d'avoir ce genre de vision dans le métro parisien par exemple. Seul, ou en compagnie de tous les membres de sa meute, massacrant tous les passagers d'une rame de métro.

Une femme, d'une trentaine d'années avec ses deux enfants accrochés au caddie, qui le bouscule par inadvertance s'excuse aussitôt, sortant instantanément Ethan de ses pensées. Voyant très bien qu'il n'a pas entendu ses excuses, elle les répète, mais il n'en tient pas compte et reprend ses courses comme si de rien n'était. Elle en fait tout autant, haussant les épaules. Ses gamins ne sachant pas trop quoi en penser, regardent, l'air ahuri, Ethan puis leur mère.

Il ne voit pas quoi prendre de plus, mais en passant dans le rayon des ustensiles de cuisine, il voit des pierres à affûter. Il en prend une. Bien plus précise et efficace qu'une vulgaire pierre quelconque ramassée dans les bois. Il traîne un petit moment dans ce magasin à arpenter les rayons les uns après les autres, avant d'en sortir. Sa vision l'a un peu perturbé, il est fébrile et tremble légèrement. Un peu comme s'il était en manque et qu'il savait qu'il allait bientôt pouvoir assouvir son besoin. Il règle ses achats en espèces et fourre ses articles dans son sac à dos duquel dépasse le manche d'une machette achetée un peu plus tôt.

Il marche un moment dans la rue et fait signe au premier taxi qu'il aperçoit. Le chauffeur immobilise son véhicule à son niveau et Ethan lui indique l'endroit où il désire se rendre. Il s'agit d'un petit patelin se trouvant à quelques kilomètres de la forêt où sont morts ses amis de « chasse ». Le chauffeur, chauve, portant de grosses lunettes en cul de bouteille, habillé d'une chemise blanche au col sale, lui conseille plutôt de prendre un bus. Ça lui coûtera bien moins cher, et surtout, le type n'a pas vraiment envie d'aller jusqu'à là-bas et de se taper les cinq cents kilomètres à l'aller, et donc forcément, cinq cents autres au retour. Ethan finit par trouver un bus qui se rend à environ cent kilomètres de sa destination finale. L'année précédente, avec ses amis, ils avaient loué un véhicule ce qui avait grandement simplifié les choses.

Le trajet lui paraît interminable. Des gosses qui ne cessent de brailler et leurs abrutis de parents qui les laissent faire, sans doute pour éviter que les choses n'empirent. Il est fort probable que, si les parents sévissaient, les mômes se mettraient à hurler, à crier ou à pleurer. « Faites-moi plaisir, venez vous balader avec ces petits monstres là où je me rends... Faites-moi ce cadeau pour vous faire pardonner de ce que vous me faites subir en ce moment même...» Se dit-il. Soudain le chauffeur qui n'en peut plus non plus, ordonne à ces gamins, d'un ton ferme, de bien vouloir rester calme et de ne plus crier jusqu'à l'arrivée. Les parents gênés et surtout vexés demandent, enfin, à leurs enfants, à voix basse, de bien vouloir rester tranquilles s'ils ne veulent pas être abandonnés sur le bord de la route par le vilain chauffeur. Alléluia, ça fonctionne ! Se félicite Ethan. La gamine, blonde à couettes et en survêtement, s'assied immédiatement. Son petit frère, brun avec un visage d'ange et une joue écorchée, certainement suite à une bagarre dans la cour d'école, imite sa grande sœur. Ils ne doivent pas avoir plus de trois ans d'écart. Enfin le silence ! Ethan peut s'assoupir. Il s'endort en moins de dix minutes, pour une fois.

Il est réveillé en sursaut par une secousse suivie de l'arrêt brutal du bus. Une femme qui se trouve juste derrière le chauffeur s'écrie « oh mon Dieu ! ». Il ne manquait plus que lui, pense Ethan. Il suffit de penser à un truc comme alléluia pour qu'un cul-bénit implore Dieu... C'est dingue ça ?!

- Qu'est-ce qui se passe ? Demande un homme noir, d'une cinquantaine d'années, en costume noir et chaussures noires ultra-brillantes.

On a renversé quelque chose. Sanglote la femme qui a invoqué Dieu juste avant. Une petite blonde, le teint extrêmement pâle, et très, très mince. Trop mince pour lui, se dit Ethan. Pas grand-chose à se mettre sous la dent, pense-t-il ensuite. Ou alors sa tenue est trompeuse et cache plus que ce qu'elle veut montrer.

- Qu'est-ce que c'était ? Vous avez pu voir quelque chose ? Demande l'Afro-Américain.
- Je vais sortir voir. Annonce le chauffeur qui semble se remettre difficilement du choc.
- J'espère que ce n'était pas quelqu'un... Marmonne la blonde, les mains devant la bouche.

Elle va encore invoquer « l'Autre », pense Ethan levant les yeux au ciel. Le chauffeur descend les quelques marches, suivi de trois autres personnes, deux hommes et une femme. Ethan descend également. Quoi que ce soit qui est passé sous le bus, cela ne devrait pas trop l'affecter. Du moins, il ne devrait pas en faire des cauchemars. Il en a vu d'autres. Ils sont tous à l'avant du bus. Le chauffeur constate les dégâts causés par le choc tandis que les deux hommes regardent un peu plus à l'avant. Le choc a peut-être projeté l'obstacle au-devant ou sur le bas-côté. Le chauffeur remarque des traces de sang sur le pare chocs du bus. Il y a une belle bosse, mais ni le moteur ni la mécanique ne semblent avoir souffert. Il demande aux deux hommes s'ils ont trouvé quelque chose. Puis un bruit, qui ressemble à un frottement, un raclement, attire son attention sur le côté du véhicule. Ethan et lui pensent aussitôt que quelque chose est peut-être coincé sous le bus. Ils se dirigent rapidement vers le côté gauche, ils distinguent alors des pattes, et des trucs étranges qui dépassent et s'agitent un peu entre les roues. Ethan qui est descendu avec son sac à dos sort sa machette.

- Holà mon gars, on se calme ! S'exclame le chauffeur qui ne s'attendait certainement pas à voir un des passagers sortir une machette de son sac à dos.
- Faut qu'on continue, non ? Demande Ethan.
- Oui, mais vous allez faire quoi là ?
- Ce truc, sûrement un wapiti…
- Et si ce n'est pas ça ?
- Il a des bois qui dépassent de sous le bus, là. Dit-il en désignant l'endroit du bout de sa machette.
- On fait quoi ?
- On le dégage de là-dessous.

Il demande alors aux trois hommes de tirer la bête par les bois. L'animal remue encore un peu. Les pattes qui dépassent sont brisées. Du sang se répand abondamment sous le véhicule. Les hommes s'approchent prudemment et saisissent les bois. Ils se demandent comment cette bestiole avait fait pour passer sous le véhicule. Ils tirent doucement ne voulant pas faire souffrir d'avantage l'animal. La tête est complètement dégagée de sous le bus quand Ethan, qui se trouve tout près, abat sa machette sur la gorge de la pauvre bête. Le coup entaille profondément la chair. Mais le wapiti résiste et se débat de plus belle. Les trois hommes le relâchent subitement, surpris par le coup de machette et effrayés par l'animal qui se débat malgré ses graves blessures. Ethan pose fermement un genou sur le sommet de son crâne, entre les bois, pour le maintenir, tandis qu'il pose la lame sur la gorge déjà ouverte. Il tire un peu la tête en arrière pour bien dégager le cou puis tire d'un coup sec la machette qui termine de l'ouvrir largement. Un flot de sang s'en échappe aussitôt sous les yeux stupéfaits et choqués des trois hommes, ainsi que tous ceux qui ont assisté à la scène, agglutinés derrière les vitres du bus.

- Putain de merde, vous n'êtes pas net vous ? ! Vous avez pensé à tous ces gens qui ont assisté à ça ? Il y a des enfants !

- Pourquoi ? Vous vouliez le faire vous-même ?
- Non. certainement pas ! Mais putain de merde, faire ça comme ça...
- Maintenant on va pouvoir le sortir tranquillement. Sans le moindre risque pour l'un d'entre nous. Vous auriez peut-être préféré que je ne l'achève pas et qu'il réussisse à en embrocher un avec ses bois ? Ou bien, vous auriez peut-être préféré le voir continuer à se débattre et se tordre de douleur ? Alors ? C'est bon ? On peut le sortir de là et reprendre la route ?
- Ok ! vous n'avez peut-être pas totalement tort. On va le sortir de là et reprendre. Vous auriez au moins dû prévenir que ça allait se passer comme ça ?! Bon, je vais être obligé d'appeler ma société pour les avertir de cet incident.
- Quel incident ? Demande Ethan serrant les doigts sur le manche de la machette.
- Je voulais dire l'accident. Je dois les prévenir que le bus est abîmé suite à cet accident.
- Faites donc ça ! Mais ne parlez pas de ça, dit Ethan caressant sa machette.

Pendant qu'ils dégagent l'animal, un des hommes se risque à demander à Ethan pourquoi il se trimballe avec une machette dans un sac à dos. Il prétend alors être bûcheron et qu'il se rend sur son lieu de travail. La machette lui sert à couper les petites branches sur les troncs qu'il vient d'abattre, dit-il.

- Je chasse aussi. J'adore la chasse. Les longues traques… Soupire Ethan d'un air nostalgique.
- Vous devez être un sacré chasseur. Se risque également un des types. Vos proies ne doivent pas avoir la moindre chance et encore moins avoir droit à une quelconque clémence de votre part.
- Je me débrouille plutôt bien. Et mes proies m'échappent rarement. Prétend Ethan froidement. Même les plus coriaces !
- J'imagine. Rétorque le chauffeur un peu dégoûté.

Ils traînent l'animal jusque sur le bas-côté. Plusieurs personnes sont descendues du bus pour venir voir la dépouille de plus près. Tout le sang répandu donne la nausée aux âmes les plus sensibles. Deux pouffiasses sapées et maquillées comme des traînées avec, pour l'une des deux, un short ultracourt et l'autre un jean presque deux fois trop petit pour elle, font un selfie avec le cadavre de la pauvre bête en arrière-plan sous le regard effaré d'une vieille dame qui observe la scène depuis son siège.

- Qu'est-ce qui ne tourne pas rond chez les jeunes, de nos jours. Dit-elle.
- Incroyable de voir des trucs pareils ! Le pire, c'est qu'elles vont certainement partager leur photo sur un de ces réseaux sociaux moribonds! Lui répond une dame moins âgée qu'elle, assise sur le siège voisin.

Le chauffeur sort un chiffon d'un des coffres de son bus pour essuyer les traces de sang répandues sur l'avant. Ethan le lui réclame ensuite pour essuyer sa machette qu'il replonge aussitôt fait dans son sac à dos. Le chauffeur finit malgré tout par remercier Ethan pour le sang-froid dont il a fait preuve et s'excuse. Ethan hoche simplement la tête en guise de réponse et remonte dans le bus sous les regards un peu effrayés et médusés de certains passagers, dont la petite blonde maigrichonne qui a toujours ses mains devant la bouche comme pour retenir sa respiration. Ethan remarque que ses fringues sont maculées du sang de ce pauvre wapiti, mais il s'en fout, il a l'habitude d'être couvert de sang. Il regagne son siège et replace son sac à dos dans le rangement au-dessus de lui. Les deux gamins sont blottis contre leur mère qui tente de les rassurer. Ou alors peut-être les menace t'elle, pour le cas où ils voudraient encore faire du chahut dans le bus, qu'Ethan s'occupera d'eux, ce dont il rêverait. Le chauffeur finit enfin de passer son coup de fil à sa société et remonte ensuite dans le bus avec tous les passagers descendus pour admirer le cadavre de l'animal ou pour simplement se soulager, voire vomir…

Le bus redémarre enfin, abandonnant le cadavre sur le bas-côté. Il n'y aura pas d'encombres sur tout le reste du trajet. Quelques arrêts pour embarquer d'autres passagers ou pour que certains puissent descendre à leur point d'arrivée, quelques arrêts pipi, rien de bien méchant en tout cas. Les passagers évitent tout contact direct ou indirect avec Ethan pendant ces pauses ainsi que sur la route. Ethan s'amuse intérieurement de cette crainte qu'il provoque. Il se dit qu'ils ne savent pourtant rien de ce dont il est capable, et pourtant, ils ont déjà peur. Enfin, ceux qui ont assisté à l'incident avec le wapiti. Qu'en aurait-il été s'ils savaient ? Il devrait les tuer tous, jusqu'au dernier. Les massacrer dans le bus pendant le trajet dans un coin isolé. Il sait très bien que le chauffeur stopperait immédiatement son engin s'il se passait quoi que ce soit avec ses passagers. Il sait également que certains réussiraient à s'échapper du car. Et, la chasse serait de nouveau ouverte, se réjouit-il secrètement. L'idée de tenter le coup le séduit fortement et l'excite. L'odeur du sang coagulé sur ses vêtements lui titille les narines et n'arrange pas les choses. D'ailleurs il commence à ne plus supporter de porter des fringues. Se mettre à poil et chasser, voilà ce dont il a réellement envie en cet instant. Il n'y a que sa veste qui est épargnée puisqu'il l'avait retirée pour se mettre à l'aise dans le bus et ne la portait pas lorsqu'il a achevé l'animal.

Lors d'un arrêt, la petite blondinette à la chemise d'un blanc immaculé s'approche de lui et lui murmure quelque chose à l'oreille. Puis elle l'invite à la suivre en lui tenant la main. Il ne se fait pas prier pour lui emboîter le pas, surtout avec ce qu'elle vient de lui murmurer juste avant. Ils se dirigent vers les toilettes de la station-service dans laquelle ils se sont arrêtés pour faire une pause. Ils entrent dans ces toilettes puantes sans se soucier de savoir si quelqu'un avait pu voir leur manège. La jeune femme referme aussitôt la porte en la verrouillant, et plaque Ethan contre celle-ci. Il y a plein de traces louches, et des trucs écrits au feutre ou au stylo un peu de partout. Certaines insultes, destinées à une personne que seul celui qui les a inscrites connaît, sont gravées profondément dans le bois de la porte dégueulasse. Des insultes, des dessins, essentiellement des bites… Allez savoir pourquoi des bites, toujours des bites… Des numéros de téléphone. Parfois les trois étaient liés et inscrits par la même personne à en juger par l'écriture… En tout cas, cela n'a pas empêché la blondinette aux cheveux parfaitement étirés et à queue-de-cheval de s'accroupir et d'extirper le sexe d'Ethan de son pantalon. Pendant que la jeune femme s'occupe de lui, il repense à cette première partie de chasse au Canada qui avait failli mal tourner à cause de Camille, sa petite amie. Il s'imagine être en train de se faire piéger comme l'avait entrepris cette dernière il y a un peu plus de deux ans avec un des types qu'elle voulait avoir pour elle seule. La petite blonde, dont il ne connaît même pas le prénom ni quoi que ce soit d'ailleurs, s'interrompt et sort une capote de son sac posé à côté d'elle. Elle pose le préservatif sur la verge d'Ethan. Elle lui annonce qu'il y a des trucs qu'elle ne fait qu'avec son mec, avant de déboutonner son chemisier blanc qui ne paraissait, pour le coup, plus aussi immaculé. Une prostituée, pense alors Ethan. Il ne sait même pas combien va lui coûter cette petite attention. Dire qu'il l'avait prise pour une grenouille de bénitier ou quelque chose dans le genre, une fille bien trop sage, qui va à la messe tous les dimanches matin, loin de tous péchés à en croire le crucifix qui pend au bout d'une fine chaîne dorée autour de son cou.

Elle ne porte pas de soutien-gorge. Ses seins ne sont pas très gros, un peu comme ceux de Camille d'ailleurs. Elle est si maigre que ses côtes sont vraiment très marquées. Ethan n'a pas vu tout de suite que ce n'est plus la petite blondinette qui est en train de lui faire ce truc que les filles sages se doivent de ne pas faire, mais sa petite amie. C'est le visage de Camille qu'il tient entre ses mains. Son excitation s'est alors instantanément décuplée…

Baiser. Voilà ce qui a avantageusement, pour les passagers du moins, remplacé son irrésistible envie de commettre un massacre dans le bus. Baiser. Du sexe pour du sexe et rien d'autre. Il lui demande, sans être certain qu'elle le prendra bien, s'il lui doit quelque chose. Elle lui sourit et lui répond sans la moindre vexation que ce n'est pas son métier.

Ethan sort le premier des toilettes, pendant que la jeune femme finit de se nettoyer et de se rafraîchir. Ils remontent dans le bus sans faire plus ample connaissance. Il ne sait même pas quel âge elle peut avoir. Elle paraît être majeure. En fait il n'en a rien à foutre. Ce n'est pas une gamine de moins de seize ans, c'est certain. Elle est peut-être malade ? Elle est si pâle et si maigre. Une junkie ? En tout cas, une chose est sûre, ce n'est vraiment pas le genre de nana à faire sa prière avant de manger, ou d'aller dormir au cas où elle ne se réveillerait pas…

Une fois arrivé à destination, il doit encore attendre quatre heures avant de pouvoir prendre un autre bus qui l'emmènera là où il veut se rendre. Certains passagers descendent également à cet arrêt et se dispersent rapidement dans les rues comme pour fuir une bête immonde qui se cacherait à l'intérieur. La blondinette qui est aussi descendue s'approche d'Ethan et lui dit qu'ils se recroiseront peut-être dans le coin. Elle lui balance, avec un petit rictus, que les assassins reviennent toujours sur le lieu de leur crime. Il lui répond que ce n'est pas faux, effectivement. Elle lui annonce qu'elle s'appelle Laura avant de tourner les talons et de s'éloigner en lui lançant un dernier sourire. Il ne pourra pas l'observer bien longtemps puisqu'une patrouille de police passe près de lui à faible allure. Il n'a qu'une peur c'est qu'ils décident de le contrôler et, pire encore, de le fouiller. Un type avec les fringues tachées de sang ça attire l'œil, et des questions pourraient se poser quant à la provenance de l'hémoglobine. La drogue cachée dans son sac à dos pourrait aussi lui poser de gros problèmes, à lui et son politicien de père. Il aurait ensuite de plus gros problèmes avec ce dernier qui ne se doute probablement pas encore de l'endroit où il est en ce moment. Il se tourne sans trop montrer d'empressement et fait mine de regarder à travers la vitrine d'une boutique de chaussures de sport.

Chapitre 2

Juste en face de l'arrêt de bus, il repère un bar-restaurant. Avec le temps qu'il a à perdre avant de prendre le prochain bus, il s'offrirait bien un petit café et quelque chose à grignoter. Avant de traverser la route, il regarde des deux côtés. Il ne voudrait pas manquer de se faire renverser par une autre patrouille de police. Il arrive rapidement sur le trottoir d'en face, et entre dans le restaurant. Quelques personnes se retournent et l'observent. Certains le scrutent de la tête aux pieds. Ils ne voient probablement pas souvent un type entrer dans un restaurant, s'installer à une table et passer tranquillement sa commande, les vêtements tachés de sang. Il les regarde avec indifférence. Tout ce qu'il veut c'est manger un bout et attendre sans histoire le prochain bus. Une vieille dame se penche vers son mari et lui murmure quelque chose à l'oreille tout en dévisageant Ethan avec dégoût. Tandis qu'il fixe le couple, une main se pose avec légèreté sur son épaule. Il se retourne pour voir de qui il s'agit. Un instant il pense aux flics. Peut-être ont-ils eu envie de venir manger un bout et en profiter pour demander à ce sale type ce qu'il fait dans les parages avec une dégaine pareille, et ce qu'il trimballe dans son sac à dos. Mais c'est Laura. Elle lui demande si elle peut s'installer à sa table, une petite table pour deux personnes. Ethan accepte. Elle pose alors sa tasse de café ainsi que l'assiette sur laquelle se trouve une alléchante part de tarte aux pommes.

-   J'en avais trop envie ! Dit Laura joyeusement.
-   De ça ?
-   Oui. Enfin si c'est bien de la tarte que tu parles ? Sinon pour ce qui s'est passé pendant l'arrêt de tout à l'heure, j'en avais très envie aussi. Affirme-t-elle. C'est ton terminus ?
-   Non, je vais continuer, mais mon bus est dans un peu moins de quatre heures.
-   Tu vas où ?
-   Dans les montagnes.
-   Tu vis là-bas ? Tu vas voir quelqu'un ?
-   Je compte y rester un bon moment.
-   Et ?
-   Et quoi ?
-   Tu vas voir quelqu'un ?
-   Quelque chose comme ça.
-   Holà tu me la joues mystérieux. Dit-elle ironiquement.
-   J'espère pouvoir vivre enfin, vivre vraiment, me lâcher complètement !

- Dis donc, tu devais drôlement te faire chier d'où tu viens. Tu n'es pas du coin avec cet accent. Tu es français ?
- Oui.
- C'est donc ça alors !
- C'est donc ça quoi ?
- Ça ne m'étonne pas. Je veux dire, ce n'est pas un pays qui a l'air marrant en fait ! Il paraît qu'à Paris tout le monde fait la gueule et que dans le sud de la France ce sont tous de gros cons mal élevés.
- Et toi ? Demande Ethan pour couper court aux clichés pourris de bas étage.
- Moi quoi ? Tu veux savoir si je fais toujours la gueule ou si je suis une grosse conne ? Mais dis-moi, il faut toujours te tirer les vers du nez ?
- Et toi tu fais quoi ici ? Boulot ? Tu vis dans le coin ? Tu rends une petite visite à ton mec peut-être ? Ou comme moi, tu es de passage et t'attends un bus ?
- Au fait, tu as un prénom ou il faut te siffler ?
- Tu évites souvent les questions qu'on te pose par d'autres questions ? Lui lance Ethan passablement agacé.

- Dis-moi comment tu t'appelles et je te dirais ce que tu veux savoir !
- Ethan. Alors ?
- Je travaille dans le coin…
- C'est un peu vague. Ton mec vit ici ?
- Je n'ai pas de mec. Enfin pas vraiment…
- Ok, et tu bosses dans quoi ?
- Je bosse dans un pub et je pose pour des photos, histoire d'arrondir les fins de mois.
- Quel genre ?
- De quoi ? le pub ou les photos ?
- Les deux. Tu vois, à toi aussi il faut te tirer les vers du nez !
- Strip-tease, serveuse, et photos érotiques, voire un peu plus en ce qui concerne les photos.
- Des photos de cul, tu veux dire ?
- Et si on changeait de sujet ? Demande-t-elle, le nez baissé par la gêne dans sa part de tarte aux pommes. Tu comptes te trimballer avec tes fringues dégueulasses encore longtemps ? En plus ça commence à renifler sévère…
- Je n'ai que ça, donc il faut faire avec !
- T'es sérieux ?

47

- Oui.
- On va aller chez moi, tu vas essayer ce que j'ai en attendant que je les lave.

Un homme s'approche d'eux, un serveur ou peut-être le gérant, il porte le même uniforme que tous les types qui bossent ici, une chemise d'un ton gris clair et un pantalon noir. Il s'excuse de les interrompre et leur fait part de la plainte et du désagrément que la tenue d'Ethan cause à certains clients du restaurant. Ethan regarde autour de lui et son regard s'arrête, tout naturellement, sur le couple de vieux dont la femme semblait être dégoûtée. La vieille bique semble satisfaite de l'annonce faite à Ethan par le gérant. La vieille peau fait part à son mari de sa satisfaction et sourit de manière dédaigneuse. Ethan n'écoute pas le baratin du gérant qui fait tout son possible pour ne pas le froisser, espérant éviter du grabuge. Il foudroie le couple du regard. Le vieil homme visiblement gêné demande à sa femme de continuer de manger sans s'occuper de lui. De multiples scénarios macabres s'enchaînent dans l'esprit d'Ethan. Il se voit prendre la machette dans son sac à dos et se diriger vers le couple pour leur trancher la gorge. Ensuite il se voit très bien leur arracher le cœur, s'installer à leur table, mettre une serviette autour du cou, et le déguster tranquillement comme un délicieux plat fait maison. Laura lui propose doucement de sortir tranquillement puisqu'ils ont fini. Le gérant s'excuse platement alors qu'Ethan lui tourne le dos et ne lui répond pas. La jeune femme s'excuse, elle aussi. Ils sortent du restaurant sous les regards interrogatifs des clients et l'air un peu inquiet du couple qu'Ethan ne lâche pas du regard. Un regard effrayant. Le vieil homme pose sa main sur celle de sa femme pour la rassurer. Elle est probablement à deux doigts d'appeler les flics prenant ce regard noir pour une menace et craignant pour sa sécurité.

Il ne reste à Ethan plus que trois heures à attendre pour pouvoir prendre le bus. Laura lui prend la main et l'entraîne chez elle. Elle habite à environ dix minutes du restaurant lui confie-t-elle. Ils s'y rendent à pied. Les passants qu'ils croisent dévisagent presque tous ce couple pour le moins étrange et dérangeant qu'ils forment. Un type qui donne l'impression d'avoir commis un massacre accompagné d'une blondinette donnant le sentiment de tout juste sortir d'un confessionnal.

- Tu vois qu'il est temps de laver tes fringues ou de les changer ! Les brûler serait le mieux à faire à mon avis ! Affirme la jeune femme.
- Là où je vais ça n'aurait plus aucune importance !

- Ah oui ? Et pourquoi ? Tu comptes te trimballer à poil ? !

Ethan la regarde sans lui répondre, tandis qu'ils arrivent en bas de l'immeuble dans lequel vit Laura. Le bâtiment n'est pas reluisant. Elle vit au deuxième étage de cette résidence aux façades en bois à la couleur terne et dont la peinture s'écaille là où les surfaces sont le plus exposées aux intempéries. Lorsqu'ils entrent dans l'appartement de celle-ci, elle lui demande d'enlever tout ça. Il se déshabille entièrement. La jeune femme le scrute de la tête aux pieds et lui demande en riant s'il se déshabille toujours aussi facilement chez les gens qu'il connaît à peine. Il ne répond pas et lui tend ses affaires. Laura les prend et les jette dans sa machine à laver avant de se rendre dans sa chambre. Elle en revient peu après avec un paquet de vêtements pour homme. Elle les dépose sur un fauteuil marron au revêtement déchiré et dit à Ethan qu'il peut se servir. Pendant qu'il commence à fouiller dans le tas, Laura s'approche de lui et se déshabille. Elle pose une de ses mains sur le dos d'Ethan qui ne bronche pas. Elle est un peu surprise, persuadée d'avoir les mains glacées. Puis elle fait glisser son autre main jusqu'aux parties intimes du jeune homme. Elle lui murmure à l'oreille qu'ils ont encore un peu de temps avant que le bus arrive. Alors qu'il allonge la jeune femme sur la table basse, il remarque un sachet contenant une poudre blanche qu'il connaît bien. Il saisit le sachet tout en demandant la permission à la jeune femme qui acquiesce. Il verse alors lentement un peu de son contenu sur le ventre de Laura. Sur le sol, il trouve un billet de cinq dollars qui a déjà été roulé et utilisé. Il constate aussi que c'est plutôt bordélique chez elle. Il prend le billet et sniffe la poudre sur la peau blanche et délicate de Laura, ensuite il prépare une ligne de cocaïne sur la table basse à côté de sa tête. Laura, voyant la ligne du coin de l'œil, descend de la table. Elle s'agenouille et se penche sur le meuble. Pendant qu'elle inspire la poudre, Ethan se met en place derrière elle. Soudain, il remarque quelqu'un sur le fauteuil en face de lui. C'est Camille qui y est affalée nue et les jambes écartées.

- Ça va ? Tu t'éclates ? Lui demande-t-elle.

Ethan ne répond pas. Puis il revient dans l'action. Laura tourne la tête pour le regarder mais c'est le visage de Camille qui lui sourit.

Quelques minutes plus tard, ils sont tous les deux allongés sur le dos, sur le sol bordélique et visiblement pas très propre. Il y a du papier froissé, des sous-vêtements sales, des mégots, des paquets de clopes vides un peu partout, surtout sous les meubles.

Laura fume une cigarette et contemple les formes que font les volutes de fumées qu'elle recrache délicatement. Ethan fixe le plafond qui est à l'image du sol.

- Tu veux venir avec moi au club ce soir ? Demande-t-elle.

- Mon bus est dans moins d'une heure. Lui rappelle Ethan.

- Tu le prendras demain. Accorde-toi une dernière soirée avant de partir t'isoler dans tes montagnes ? ! Tu pourras récupérer tes fringues, elles seront certainement sèches.

- Pourquoi pas. Soupire-t-il. Il n'est pas à un jour près après tout.

- Une dernière soirée de débauche, ça ne se refuse pas. Lui dit-elle avec un petit sourire en coin.

La jeune femme se relève et va allumer son ordinateur. Elle patiente quelques instants. Une fois en route, elle va sur le net pour consulter les horaires de bus dont celui que doit prendre Ethan, et lui annonce qu'il y en a un le lendemain en milieu de matinée. Elle lui demande si ça lui convient. Cela lui convient parfaitement.

En début de soirée ils sortent de l'appartement pour se rendre dans le pub où travaille Laura. Un pub à la mauvaise réputation dans les environs. Le genre d'endroit qui véhicule tout un tas d'histoires, de préjugés. Laura est habillée en blanc de la tête aux pieds. Blanc et moulant, très moulant. Lorsqu'ils arrivent, Ethan remarque la dizaine de motos, des grosses cylindrées pour la plupart, garées à côté du club. Des clients ? Les gros bras qui gardent l'endroit ? À l'entrée se tient une armoire à glace portant un blouson en cuir qui filtre les clients. Laura, suivie d'Ethan, dépasse la petite file d'attente. Elle fait une petite bise sur la joue du mastodonte qui lui ouvre la porte. D'une main épaisse et ferme, Ethan est stoppé net dans son élan par le type qui le dépasse d'une tête et demie au minimum. Pas décontenancé et encore moins intimidé, il observe cette grosse paluche sur sa poitrine puis il dévisage son propriétaire.

- Si tu ne veux pas que je t'ouvre en deux comme un poisson et que je t'arrache le foie avec les dents et te bouffe le cœur, je te conseille de rapidement retirer ta putain de main ! Lance Ethan sans sourciller face à l'imposante carrure du videur.

- On se calme ! Clame Laura un peu stressée par la situation. Il est avec moi. Excuse-le, il a l'air un peu sauvage comme ça mais il est doux comme un agneau.

53

Dit-elle gênée mais surtout nerveuse à l'idée de la baston qui pourrait démarrer au quart de tour.

- Doux comme un agneau ? Bordel, t'es sûre que ce n'est pas plutôt un loup déguisé en mouton ton pote. Il ne va pas causer de soucis là-dedans au moins ? Sinon tu sais ce qui va lui arriver ?!

- Non non, ça roule ne t'inquiète pas. Laisse-le entrer, s'il te plaît.

- Tu t'en portes garante ?

- Oui, ne t'inquiète pas. Je le gère !

- Et lui, il se gère ?

- Oui, oui, promis. Je l'aurai à l'œil.

- C'est bon. Mais pas de conneries ! Dit-il à Ethan qui ne le lâche pas du regard. Le moindre écart de conduite, la moindre bousculade, le moindre regard de travers je te balance dehors et je te péterai même probablement ta petite gueule de tapette. Comme ça, gratuitement, juste pour le plaisir ! Menace-t-il Ethan qui ne sourcille pas et ne bronche pas.

Laura empoigne Ethan par le bras gauche et le tire à l'intérieur du pub en lui demandant de se tenir tranquille sinon ça va mal se passer pour lui. Il fait mine d'accepter.

De l'extérieur, il n'avait pas fait attention à la musique qui tentait de s'échapper du bâtiment pour se répandre et se faufiler à travers les rues comme un serpent se faufilant entre des roches. Lorsque Laura ouvre la porte, une musique tonitruante les accueille. Il reconnaît le titre *Starfuckers Inc* du groupe Nine Inch Nails. À l'intérieur du club il n'y a pas trop de lumière, l'ensemble du pub est quasiment plongé dans l'obscurité, excepté les podiums sur lesquels se déhanchent quelques diablesses dénudées. Les lumières les enveloppent avec douceur contrastant fortement avec la musique et l'ambiance de ce genre d'endroit. Les corps et les chorégraphies sont parfaitement mis en valeur. Le seul autre endroit éclairé, c'est le bar. Laura et Ethan se faufilent entre les tables occupées par des hommes hypnotisés ou surexcités, ainsi que des ivrognes anesthésiés par l'alcool. Laura observe discrètement Ethan pour voir sa réaction. Est-il choqué par ce genre d'endroits ? Certainement pas. Il est allé dans des endroits bien plus chauds que celui-là dans le passé…

Ils s'approchent du comptoir et la jeune blondinette passe derrière pour dire bonjour à ses collègues. Elle dit quelque chose à une des barmaids tout en désignant Ethan du doigt puis elle revient près de lui. Elle lui dit qu'elle va aller se changer et lui demande de rester là où il est, sagement, et qu'Anita va bien s'occuper de lui. Il acquiesce. Il regarde la belle s'éloigner pour se rendre dans les loges. La barmaid, à laquelle Laura semble avoir donné des consignes, s'approche d'Ethan et lui demande ce qu'il désire.

- Tu n'as jamais peur des réponses ? Demande-t-il.
- Quoi ? Demande à son tour la jolie brune pulpeuse.
- Tu n'as jamais peur des réponses ? Lui répète Ethan.
- Tu sais, j'ai entendu pas mal de saloperies ici, alors…
- Un whisky, un double sans glace !
- OK, celui-là est offert par Laura.

Quelques secondes plus tard, le verre est servi, avec un grand sourire en prime, par la belle brune dont la poitrine est largement mise en valeur par son bustier noir. Mais Ethan a du mal à décrocher son regard de cette bouche aux lèvres pulpeuses et un peu trop chargées en rouge à lèvres pourpre à son goût. Elle se rend aussitôt vers le client suivant laissant à Ethan tout le loisir de mater son cul hyper à l'étroit dans ce pantalon moulant en latex noir. Des longs cheveux noirs et raides descendent jusque dans le creux des reins d'Anita. Il prend son verre et fait un demi-tour sur son tabouret pour scruter un peu les lieux et observer « la faune et la flore ». Des animaux sauvages, en rut et à l'affût. Ils ont tous l'air prêt à bondir sur la première frêle créature qui baissera la garde. Les mains aux culs des serveuses s'enchaînent sans vergogne. Elles font presque toutes mine de rien. Certaines se retournent en souriant poliment malgré tout. Ethan regarde tour à tour les six podiums, disposés en cercle, sauf un qui est au centre, sur lesquelles les filles font de leur mieux pour capter l'attention des ivrognes incapables de fixer leur regard sur elles tant leurs yeux roulent dans tous les sens. Ceux qui n'ont pas trop consommé d'alcool pour le moment semblent être ceux qui glissent le moins de billets dans les dessous des stripteaseuses. Une fille qui fait tomber son plateau près d'Ethan attire son attention. La jeune femme, aux cheveux noirs corbeau et carré plongeant, se penche devant lui pour ramasser les verres et le plateau répandus sur le sol au lieu de s'accroupir, lui laissant ainsi le champ libre pour admirer sa croupe parfaite. Quand elle se relève, elle pose une main sur la cuisse droite d'Ethan, tout près de son sexe, histoire d'avoir un appui ou peut-être un prétexte pour l'aguicher un peu. Soudain la barmaid pose, elle aussi, une main sur l'épaule d'Ethan. Il tourne la tête et elle lui glisse à l'oreille qu'il pourrait l'avoir pour quelques billets, histoire de passer un moment agréable. Il ne répond pas et tourne la tête. La serveuse se tient face à lui et lui fait un petit clin d'œil. Elle a de magnifiques yeux bleus, le visage fin, un petit nez pointu, des lèvres délicates. Son maquillage est très marqué autour de ses yeux renforçant son regard envoûtant. Il lui rend poliment son clin d'œil accompagné d'un léger sourire puis il lui retire sa main qu'elle avait posée sur sa cuisse. Anita, la barmaid, qui se tient à son niveau derrière son comptoir, se penche pour lui glisser quelques mots à l'oreille.

- Laisse-toi aller. Ne refoule pas tes envies. On a tous des pulsions, inavouées ou inavouables, qu'on meurt d'envie d'assouvir.

- Ne t'inquiète pas pour mes envies, ni pour mes pulsions. Je sais me lâcher quand il le faut et je sais aussi très bien retenir et contrôler mes pulsions. Par contre je te garantis que tu n'aimerais pas que je me lâche ici ! Lui lance froidement Ethan.

La barmaid tout d'abord un peu surprise par la réponse et le ton employé, lui dépose un petit baiser du bout des lèvres sur la bouche avant de retourner servir deux clients surexcités. Puis elle continue son service passant près de ces deux types qui ne savent plus où donner de la tête. Jean, chemise à carreaux, cheveux mi-longs, et barbe. La parfaite panoplie caricaturale du bûcheron. Deux grands gaillards qu'il vaut certainement mieux avoir pour amis qu'ennemis. L'un des deux est malgré tout plus petit, comme sa barbe d'ailleurs. Et il n'hésite pas à claquer le cul de la serveuse lorsqu'elle les dépasse. Les ignorant, elle continue son chemin. Ce n'est certainement pas le premier, ni le dernier connard à lui faire ça. Elles doivent en voir et en entendre de toutes les couleurs. Sans compter les « extras » qui semblent être une pratique courante. Deux proies de premier choix, se dit Ethan. « Lâchez-moi ça dans les bois » pense-t-il en serrant la mâchoire. Il remarque alors une porte par laquelle entrent et sortent des types avec des filles. A la sortie, ils arborent un large sourire de satisfaction. Ethan s'imagine bien ce qui se trame là derrière. Il reporte son attention sur ces deux abrutis complètement déchirés sifflant et insultant les danseuses et les serveuses passant à proximité, quand deux types affectés à la sécurité, encore plus imposants que ces deux connards s'approchent d'eux et leur demandent de bien vouloir se calmer et de les suivre sans faire d'histoires. Les deux crétins qui voulaient jouer des muscles sont rapidement maîtrisés. Le visage du plus grand des deux sera malencontreusement mais violemment écrasé contre le comptoir du bar. Puis ces deux débiles seront sortis sans ménagement par l'équipe de sécurité du pub. Quatre armoires à glace au moins aussi balèzes que le type à l'entrée. Ethan se plaît alors à s'imaginer en train de les chasser et de les affronter. Il aurait l'impression de combattre quatre putains de grizzlys en même temps. Sauf que ceux-là n'ont pas de griffes ni de dents acérées.

De plus, ces types sont effectivement très costauds mais ils ne sont certainement pas aussi puissants qu'un véritable grizzly. Les deux types sont expédiés par une autre porte que celle de l'entrée. Ils risquent de passer un mauvais quart d'heure. Le physionomiste de l'entrée fait son apparition et discute avec un des agents de sécurité resté à l'intérieur. Il désigne Ethan de l'index et semble donner des instructions à son encontre. Le gars acquiesce quelque chose. Le mastodonte de l'entrée s'approche d'Ethan qui ne le lâche pas du regard. Il ne porte plus son blouson en cuir, dévoilant ainsi sa musculature. Il a un cou de taureau et des bras qui font facilement deux fois et demie, au moins, les cuisses d'Ethan.

- Ça va ? Tout se passe comme tu veux ? Lui demande le colosse.

- Oui ça va, le spectacle était... Il marque un temps d'arrêt et fait mine de réfléchir. C'était intéressant et drôle, ces gonzesses en train de se battre. Ironise Ethan.

- Un conseil, ne fais pas le malin, parce que je m'occuperai personnellement de ta petite gueule et Laura ne pourra rien pour toi !

- Comme je te l'ai dit tout à l'heure, si jamais tu me touches, je te sors les tripes avec mes propres mains ! Là, pour l'instant, j'ai juste envie d'apprécier la soirée.

Tu peux comprendre ou ton cerveau ne s'est pas aussi bien développé que tes muscles ? !

- On pourrait très bien se croiser un de ces jours pour en discuter. Le défie le videur.
- Bonne soirée ! Conclut sèchement Ethan pour mettre fin à la conversation.

Le gaillard s'éloigne, le regard sombre et plein de haine. Il est presque plus imposant et impressionnant de dos que de face. Mais Ethan s'en balance. Du muscle et de la viande, voilà tout ce qu'il est. S'il n'est pas rapide et agile, ce n'est qu'une proie facile, rien de plus. Ses collègues qui ont sorti les deux tocards sont peut-être plus intéressants. Les ayant vus à l'œuvre, il sait qu'ils sont rapides ces cons. Mais ce grand guignol ne l'est probablement pas autant. Les lumières s'éteignent, puis une musique, dénotant des autres titres qui ont défilé jusqu'à présent, attise la curiosité des clients, Ethan inclus. Les podiums sont tour à tour éclairés par une faible lumière rouge. De nouvelles danseuses font leur apparition chacune leur tour dans des mouvements lents, soulignant parfaitement les notes angoissantes du titre *XIX* du groupe de métal Slipknot. Elles paraissent envoûtées, possédées ou hypnotisées par le son de cette espèce de cornemuse et semblent totalement dévouées à la voix du chanteur du groupe, Corey Taylor. Les filles sont complètement nues avec seulement un bandeau de soie noire attaché devant les yeux. Certainement une sorte de référence au clip. Quelques symboles ésotériques et probablement sataniques ont été peints sur leur peau à l'aide de faux sang. Ethan est complètement captivé par le spectacle qui lui est offert. Il regrette tout de même que ce soit du faux sang. Le spectacle le transporte alors presque aussitôt dans une forêt sombre dans laquelle les danseuses évoluent parmi des loups. Seuls leurs bandeaux de soie ont changé. Ce ne sont plus que des bouts de tissus déchiquetés et sanguinolents attachés devant les yeux des belles. Les loups montrent tous des signes de soumission face à ces prêtresses diaboliques. Des créatures, elles aussi, aussi belles qu'inquiétantes. Dans son délire, Ethan distingue une autre jeune femme qui s'approche et se mêle au groupe. Il reconnaît parfaitement le corps de cette dernière. Camille. En plus du bandeau, elle porte une sorte de couronne de ronce enroulée très serrée autour de sa tête, si bien que les épines lui déchirent la peau du front. Des ronces sont également entortillées autour de ses deux bras ainsi qu'autour de ses chevilles remontant jusqu'au-dessus de ses genoux, les épines profondément ancrées dans son épiderme. Cette fois, les symboles ne sont pas peints, mais gravés dans sa chair. Sa peau est aussi parsemée de profondes griffures infligées par bien autre chose que des épines. Des traces de luttes bestiales. Les filles s'avancent vers Camille et s'alignent toutes face à elle. Ethan, à sa grande surprise est assis sur une sorte de trône fait d'un entremêlement d'os, de crânes, de peaux d'origine animale, et de ronces reliant le tout. Deux gros loups noirs aux yeux rouge sang se tiennent fièrement assis de chaque côté. Les filles s'agenouillent les unes après les autres en commençant par la première de la file. Elles plongent ensuite leur main droite dans le sol boueux pour en sortir quelque chose de visqueux et dégoulinant. Puis la jeune femme en tête de file se relève et s'avance vers Camille. Elle tend alors ce qu'elle a extrait du sol boueux et, maintenant, puant. Ce qui se trouve dans sa main semble animé. En y regardant de plus près, il s'agit d'un cœur dont les battements sont encore bien perceptibles. Camille prend l'offrande, croque dedans et en arrache un morceau, puis elle se penche vers la jeune femme pour lui déposer un baiser sur la bouche et lui transmet ainsi le bout sanguinolent qu'elle vient d'arracher. La jeune femme disparaît alors dans la pénombre de la forêt tandis que la suivante exécutera le même rituel. Et ainsi de suite jusqu'à ce que Camille s'évapore à son tour comme un fantôme, laissant Ethan seul avec sa meute de loups rassemblés autour de lui.

Soudain une nouvelle musique sort Ethan de son délire. Les danseuses au bandeau s'éloignent tandis que les suivantes font leur entrée. Leur démarche et leurs gestes sont plus agressifs, tout comme la musique tonitruante de *Birds of hell awaiting* de Marilyn Manson. Elles se déhanchent comme des enragées faisant voler, exagérément, leur crinière. Ethan reconnaît Laura sur l'un des podiums. Les hommes à ses pieds n'en peuvent plus. Tous s'imaginent, et aimeraient encore plus être à la place de cette satanée barre de métal autour de laquelle elle s'enroule férocement. Ils l'imaginent déjà se déchaîner avec leur barre à eux. Le maquillage de Laura est très sombre et très noir autour des yeux. Sa bouche est mise en valeur par un rouge à lèvres très sombre lui aussi. Elle ne porte qu'une petite culotte noire et des chaussures à talons aiguilles. Un pentacle satanique est dessiné avec du faux sang dans son dos. Les autres filles portent la même chose à l'exception d'un brassard noir sur lequel un pentacle rouge est imprimé. Laura lèche et se colle langoureusement à la barre tandis que certains hommes sont à deux doigts de monter sur le podium pour l'approcher. Les gars de la sécurité rôdent autour guettant le moindre écart de conduite. Ils sont à l'affût comme des loups dans la pénombre. Ils se moquent du spectacle. On pourrait croire qu'ils préfèrent attendre le moment où ils vont pouvoir déchaîner toute leur violence refoulée et latente. C'est peut-être ce qui les fait bander, pense brièvement Ethan qui observe leur manège. Là, un des types, la chemise trempée de sueur et ouverte sur un torse imberbe commence à grimper sur le podium de Laura. Il lui attrape la jambe droite ce qui la fait chuter. Elle se retrouve sur le cul et au moment où deux molosses de la sécurité bondissent sur l'excité du bulbe, elle lui balance un puissant coup de pied en pleine gueule. La lèvre supérieure du gars explose immédiatement sous les applaudissements, les cris de joie et d'euphorie des autres bonhommes. Il tente en vain de se défaire de l'emprise des deux costauds qui le maintiennent fermement. Il se fiche totalement d'eux, tout ce qu'il veut à cet instant, c'est donner une bonne correction à cette petite garce qui vient de l'humilier devant plein d'autres mâles. Mais les deux gorilles ne lui en laisseront pas l'occasion. Ethan pense alors qu'il apprécie de plus en plus ce pub d'attardés. Des proies toutes aussi intéressantes les unes que les autres. Mais pas que ça, en fait. En réfléchissant un peu, il pense qu'il pourrait peut-être bien y trouver de quoi reformer une meute. Puis, un autre type se fait malmener par les videurs après avoir sorti sa bite tout en demandant à la danseuse de le sucer. Ethan comprend finalement qu'il y a peu de chance de trouver de quoi reformer une meute dans un endroit pareil. Il tente alors de reporter son attention sur Laura, mais ne la voit pas. C'est une autre fille qui danse sur son podium. Une fois encore, il reconnaît rapidement ce corps. Camille se déhanche et ondule comme une furie sans jamais

65

lâcher Ethan du regard. Ce même regard qu'elle avait lors de ses envies furieuses de sexe, de violence et de sang. La musique se termine et les danseuses se retirent en loge sauf Camille. Ou plutôt Laura. Car c'est bien Laura qui quitte son podium, la dernière, en jetant un étrange regard vers Ethan. Il se tourne vers le bar, Anita se pointe vers lui et lui demande s'il veut un autre verre. Il accepte.

- Alors ? Lui demande-t-elle.

- Alors quoi ?

- Tu as aimé ?

- Aimé quoi ? Les filles ou tous les blaireaux autour ?

- Les filles, évidemment…

- Sympa le show.

- Il y en a une que t'apprécie en particulier ? À moins que toi et Laura ? S'interrompt-elle.

- Il n'y a rien avec Laura.

- Même pas pour le cul ?

- Et en quoi ça te regarde ?

- Vous ne sortez pas ensemble ?

- Non ! Répond-il d'un ton ferme et agacé.

- Ok. Lui dit-elle en lui déposant un autre petit baiser sur les lèvres, ce qui le surprend.

Puis Laura les rejoints quelques instants plus tard. Ethan et la barmaid ont discuté de tout et de rien. Elle lui a demandé d'où il venait avec cet accent. Laura répond à sa place en arrivant juste à ce moment.

- Alors qu'est-ce que tu as pensé de ma prestation ? Lui demande Laura.
- Sympa. C'est toujours comme ça avec les mecs ?
- Oh ça ? Ce n'est rien, des fois c'est pire ! Les mecs de la sécurité assurent un max. Et puis on se défend aussi. Une fois j'ai éclaté le nez d'un pauvre connard qui voulait monter sur scène pour me baiser. Qu'est-ce qu'ils croient ces tocards ?!
- T'es une vaillante dis-donc ?!
- Les autres filles aussi savent se défendre s'il le faut. Et on a presque toutes quelque chose sur nous au cas où, quand on sort d'ici.
- Ah oui ? Comme quoi ?
- Couteaux, flingues, bombes lacrymogènes, poings américains…
- Et vous savez vous servir de tout ça ?
- Oui, celles qui ne savent pas sont formées en douce par nos vigiles. Mais ce soir tu es là pour me défendre ! N'est-ce pas ?

67

Ethan ne répond pas, il boit son verre d'une seule traite. Puis il demande à Laura si la serveuse fait du rentre-dedans à tous les clients ou si c'est juste pour lui.

- C'est que tu lui as tapé dans l'œil. S'amuse-t-elle.
- Ah oui ? Ce n'est pas toi qui lui aurais suggéré tout ça, histoire que je reste bien sagement ici, histoire d'éviter que je fasse d'éventuelles bêtises et que le grand connard de l'entrée ne vienne me péter la tronche? !
- Promis, je ne lui ai rien demandé de tout ça !
- Bon, ok. De toute façon je m'en balance.
- De quoi ? D'Anita ?
- Je ne me fous pas d'elle, mais de ton pote à l'entrée. Il ne m'impressionne pas ce con ! J'ai eu pire à surmonter !
- OK ! C'est bon Monsieur peur de rien ni de personne. Dis-moi, ça te dérange si Anita vient dormir chez moi?
- C'est chez toi, t'invites qui tu veux, il me semble ? !
- On a l'habitude de partir ensemble et de dormir un coup chez elle et un coup chez moi.
- Pas de problème pour moi.

Laura se penche au-dessus du comptoir pour parler à Anita. Ethan n'entend pas ce qu'elles se racontent. En tout cas Anita a les yeux qui pétillent en jetant, de temps à autre, quelques coups d'œil vers lui, et Laura affiche un large sourire coquin.

Ils vont rester dans le pub jusqu'à la fermeture, Anita étant la gérante de l'établissement. Ethan a passé presque tout son temps à imaginer ce qu'il ferait à tel ou tel mec ou à certaines serveuses et danseuses. Des trucs malsains, tordus, sexuels, saignants ou le tout confondu lui passent par la tête tandis que résonne le titre *Breathe* de Prodigy. Laura a, quant à elle, passé pas mal de temps à dire bonjour à des types qui semblaient bien la connaître, et sous tous les angles d'ailleurs. Anita était bien prise par son boulot mais elle revenait souvent vers eux, et surtout vers Ethan, pour savoir s'ils avaient besoin de quelque chose. À un moment Ethan dit à Anita qu'il irait bien dans cette sorte d'arrière-salle, de back room, avec la serveuse qui avait fait tomber son plateau juste devant lui plus tôt dans la soirée. En fait, il veut juste voir sa réaction. Elle demande alors à l'un des videurs qui se tient près du bar d'aller chercher Tiffany, c'est comme ça qu'elle s'appelle, lui dit Anita. Elle paraît heureuse de la faire appeler pour lui. Peu après, la jolie brunette arrive et glisse son bras sous celui d'Ethan pour l'entraîner derrière cette fameuse porte. Mais soudainement Ethan annonce à Anita que s'il devait baiser avec une des filles travaillant dans ce pub, ce serait avec elle. La barmaid est assez surprise par l'annonce mais elle paraît ravie. Par contre il ne parvient pas à déchiffrer l'expression sur le visage de Tiffany, il ne sait pas si elle est plutôt contente de ne pas avoir à aller là-bas avec lui ou si elle est déçue. La jeune femme retourne prendre son plateau et continue son service comme si rien ne s'était passé. Il enchaînera quelques verres d'alcool et autres shooters.

À la fermeture, tout le monde sort plus ou moins sans trop de difficultés. Les plus bourrés sont foutus dehors sans ménagement par les videurs et les autres sont aidés par leurs amis qui tiennent, eux aussi, à peine debout.

En franchissant la porte, Laura et Anita déposent un baiser sur la joue de Monsieur les gros bras qui se prénomme Karl. Le crâne brillant et lisse comme une boule de billard. Celui-ci pointe Ethan d'un doigt, comme s'il le visait avec un flingue, en guise d'au revoir. Ethan le fixe du regard sans tiquer. « On va se revoir » pense-t-il « et tu ne vas pas le regretter ! ».

Lorsqu'ils arrivent enfin chez Laura, les filles balancent leur blouson n'importe où sans regarder où ils atterrissent. Le blouson court et rouge sang d'Anita se distingue à merveille au milieu du désordre. Celui de Laura finit son vol derrière une pile de fringues entassés, sales et propres... Laura commence à se mettre à poil et annonce qu'elle va prendre une douche puis qu'elle va aller se coucher.

- Vous pourrez en profiter... Lance-t-elle innocemment.
- J'espère bien ! Lui répond Anita amusée.
- Allez, j'y vais, ne soyez pas trop sage. Dit-elle en balançant sa petite culotte au visage d'Anita qui la balance à son tour à Ethan.

Celle-ci se lève et s'approche d'Ethan. Elle lui demande à voix basse de l'accompagner dans la chambre d'amis et le prend par la main pour l'y entraîner. Il la suit sans la moindre résistance. Elle referme aussitôt la porte. Elle s'assied sur le bord du lit et fait signe à Ethan de s'avancer vers elle.

- T'aimes que ce soit comment ? T'es du genre brutal, doux, ou ?
- Brutal. Tu n'aimeras pas ! Lui confirme-t-il.
- Ça, tu n'en sais rien ! Lui dit-elle en lui déboutonnant son pantalon. Je ne suis pas faite de porcelaine !

Chapitre 3

Lorsqu'Anita se lève, il est neuf heures, et Laura est déjà debout. Ça sent bon le café chaud dans tout l'appartement. Elle rejoint Laura à table qui la regarde avec un large sourire. Anita n'a pas eu le temps de se démaquiller et ça se voit. Elle a eu très chaud aussi, visiblement. Le maquillage qui soulignait si bien ses beaux yeux bleus avait dégouliné lui donnant ainsi l'air d'avoir passé une sale nuit. Son rouge à lèvres déborde de tous les côtés comme s'il avait voulu s'enfuir, outré par ce qui s'était passé dans la chambre et par ce qu'avaient subi les lèvres sur lesquelles il était tranquillement installé.

- Alors ? La nuit a été agitée ! Affirme-t-elle.
- C'est peu de le dire, il m'a ravagée...
- Hop hop hop arrête là. Tu ne t'en plains pas d'habitude ? !
- Ouais mais là... Il sort de tôle ou quoi ?
- Non, enfin je ne crois pas.
- Si tu savais...
- C'est bon, je ne veux pas le savoir. Pas le matin quand je prends mon petit-déjeuner, merci.
- T'es grave quand même. Lui dit-elle en riant.

- Pourquoi ? J'ai le droit de déjeuner tranquillement sans les détails dégueulasses de ta nuit de baise avec un sauvage. Un de plus !
- N'empêche que t'es grave. Sérieusement, un de ces jours un de ces types que tu invites va nous massacrer.
- Ce n'est pas la première fois qu'on ramène des mecs qu'on connaît à peine. Et puis tant qu'on leur donne ce qu'ils attendent de nous ça ira. Et ce n'est pas moi qui couche le plus avec des inconnus... Je te rappelle que c'est toi la plus dingue des deux, de ce côté-là.
- Non, mais lui... Je ne sais pas... Il y a quelque chose que je n'explique pas qui se dégage de lui... Par moments il m'appelait avec le prénom d'une autre nana. Sans déconner ! On baise et il m'appelle Camille ou un truc dans le genre. D'ailleurs il est où ?
- Il est parti. Il a un bus à prendre dans moins d'une demi-heure. Tu as vu que tu as des traces autour du cou ? Comme s'il avait essayé de t'étrangler... S'inquiète-t-elle.
- T'as jamais essayé ? ! C'est top comme sensation !
- C'est toi ou lui le plus grave des deux ? Dit-elle en riant.

- En tout cas, il n'a pas peur des trucs qui sortent de l'ordinaire... Nom de Dieu !
- Toi non plus que je sache ! Et ce n'est pas le premier non plus hein ?! Tu te rappelles la fois où j'ai été obligée de venir chez toi pour te détacher ? Sérieusement, heureusement qu'on se connaît depuis longtemps, parce que j'imaginais mal à l'époque, et encore aujourd'hui d'ailleurs, quelqu'un d'autre pour te venir en aide ! La tête de celui ou de celle qui aurait eu à le faire dans la situation dans laquelle tu étais ! Les liens, le vibromasseur et les accessoires... En fait t'es tarée ma chérie. Par contre tu ne vas pas aller au taf avec ces traces. Ça craint un peu.
- Je les cacherai, ou pas. En tout cas les morsures je n'aurai pas besoin de les cacher... Ironise-t-elle en faisant un petit clin d'œil à Laura.

Laura, qui a fini son café la première, se lève et se rend dans le salon. Anita peut l'entendre en train de jurer après son blouson qu'elle ne retrouve pas. Quelques instants plus tard elle revient vers son amie et lui dit qu'elle sort faire quelques courses puisqu'elle n'en a pas eu le temps depuis qu'elle est rentrée la veille.

- OK, je vais me prendre une bonne douche, je colle un peu par endroits. Dit-elle d'un air coquin.
- T'es crade ! Répond Laura qui éclate de rire. Bonne douche alors. Et ne gâche pas la came qu'il te reste au coin du nez.
- Je vais plutôt prendre un bain, ça va me détendre après cette folle nuit en compagnie de cet animal sauvage, gémit-elle en fermant les yeux et se mordant la lèvre inférieure.

Laura sort de son appartement et se dirige vers l'arrêt de bus où Ethan devait prendre l'autocar qui devait l'emmener vers ses forêts. En arrivant, elle regarde l'heure sur son portable, avec un peu de chance elle pourra l'apercevoir et lui faire un petit geste d'au revoir. Malheureusement le car est en train de repartir. Elle ne peut que regarder le cul du véhicule s'éloigner et tourner sur la troisième rue à droite. Tant pis. Elle se rend dans une petite supérette pour acheter de quoi manger un peu pour quelques jours. Ensuite elle doit se rendre chez Karl pour se procurer un peu de came. Ce qu'elle ignore c'est qu'Ethan n'a pas pris le bus.

Pendant que les filles dormaient, il avait fouillé dans leur téléphone. Il cherchait quelque chose, une adresse qui aurait pu le conduire chez ce Karl et répondre à son invitation à en découdre d'homme à homme. Les téléphones de ces deux connes, comme l'avait pensé Ethan, n'étant pas verrouillés, il était tombé sur une série de textos échangés entre Laura et ce fameux Karl. Elle lui demandait si elle pouvait passer chez lui pour prendre de la farine dans la matinée. Il avait très bien compris qu'elle ne cherchait pas à se réapprovisionner en farine. Il imagine mal ce genre de gaillard en train de faire de la pâtisserie ! Ni Laura d'ailleurs ! Donc à défaut de trouver une adresse il n'avait qu'à la suivre, discrètement, jusqu'à ce blaireau. Laura n'ayant pas de voiture, il espère tout de même qu'elle ne prendra pas le bus pour se rendre chez lui. Ce sera plus difficile de passer inaperçu. Par chance, elle se rend chez Karl à pied. Il habite à une petite vingtaine de minutes de chez elle. Il n'a pas trop de difficultés à se dissimuler, d'autant plus qu'elle marche tête baissée, regardant le bitume. Visiblement elle connaît parfaitement le chemin. Elle arpente les rues et les ruelles sans même lever le nez pour voir si c'est la bonne. Ethan ne peut s'empêcher, quant à lui, de regarder devant. Pour deux raisons. La première, pour ne pas perdre de vue Laura et la seconde pour admirer sa démarche et son petit cul se balancer de gauche à droite. Il se demande, d'ailleurs, si c'est avec ça qu'elle se paye sa came ou avec les billets glissés dans ses sous-vêtements pendant son show au pub. Elle arrive enfin devant le portillon d'une petite maison modeste. Elle sonne à

76

l'interphone et, très vite, la porte s'ouvre laissant apparaître l'imposante silhouette de Karl qui emplit tout l'espace. Il lui fait signe d'entrer tout en jetant de furtifs et méfiants coups d'œil aux alentours. Ethan remarque qu'il y a des buissons qui partent dans tous les sens sur le terrain. Ils n'ont pas été élagués depuis un bon bout de temps ceux-là, voire jamais. Ce sera parfait pour se planquer.

Il restera tout de même près d'une heure à attendre que Laura ressorte de la maison. Il se dit qu'il est préférable d'agir le soir, lorsque le type se rendra au pub. Il laisse la jeune blondinette repartir sans la suivre. Quant à lui, il va aller manger un bout tranquillement et attendre le début de soirée pour se dissimuler dans l'un de ces buissons et rester à l'affût.

Voilà maintenant près d'une heure trente qu'Ethan est planqué quand Karl sort enfin de chez lui. Ethan se dit qu'il pourrait le surprendre dans l'allée qui mène à son garage, celle-ci n'étant pas éclairée et le garage lui-même étant un peu en retrait de la maison au fond du terrain. Tandis que Karl marche à grands pas en direction de son garage précisément, il entend quelqu'un le siffler. Il se retourne et voit une silhouette qu'il ne reconnaît pas.

- Dis donc petit con tu sais où t'es là ? Tire-toi vite si tu ne veux pas finir à l'hôpital ou dans un trou profond au fond des bois.
- C'est moi. Lui lance Ethan.
- Et t'es qui toi ? On se connaît alors ? ! Lui demande Karl en s'avançant d'un air menaçant.
- Tu souhaitais qu'on se recroise un de ces jours. Eh bien me voilà. Dit Ethan, le narguant et en écartant les bras comme pour l'accueillir à bras ouverts.
- Oh, très bien, t'es le petit enculé qui faisait le beau hier soir avec Laura, c'est ça ? !
- Je suis là ! Le défie-t-il.
- T'en es certain ? Tu es certain de le vouloir ?

Karl dépose sur le sol le flingue qu'il avait sorti de derrière son pantalon, assuré de ne pas en avoir besoin face à ce pantin. Quand il se relève, il n'a pas eu le temps de voir Ethan fondre sur lui en un éclair et lui décocher un coup de machette entre les jambes. Le coup a été si violent et puissant que la lame s'est profondément enfoncée dans l'entrejambe du colosse qui s'effondre en gémissant et en se tenant les parties en bien piteux état maintenant. Il ne peut même pas crier, le souffle coupé par l'intensité de la douleur.

- Alors qu'est-ce qui se passe mon grand ? Elles sont où tes couilles maintenant ? Lui demande Ethan qui jubile face au spectacle. Tu n'imagines pas depuis combien de temps j'en ai envie ? ! Ce n'est pas personnel, ne le prends pas mal. Mais putain que c'est bon cette sensation. Parfois je n'en dors pas la nuit, merde ! Tu ne m'en veux pas trop ? N'empêche que si tu n'avais pas joué au con hier soir je ne serais pas là avec toi. Et tu pourrais toujours te servir de ta bite. Tu aurais peut-être dû travailler ta vitesse en plus de tes muscles. Parce que t'es lent. Tu as de gros bras, des bosses de partout qui te donnent l'impression d'être une véritable machine à broyer du bonhomme, mais t'es trop lent. Regarde dans quel état sont tes couilles à cause de ça ?! Tu vois ?

Ethan se tient alors au-dessus de Karl, celui-ci se retrouvant entre ses jambes. Il tente, malgré la douleur, d'attraper son pistolet neuf millimètres qui n'est pas très loin. Ethan ne l'a pas remarqué tout de suite tellement excité par la situation. Mais lorsqu'il s'en rend compte, il lui tranche la main au niveau du poignet d'un coup franc. La main tenant l'arme, tombe à côté d'eux.

- Pourquoi tu insistes ? Tu es trop lent. Tu as vraiment du mal à comprendre on dirait ?! Un cerveau développé, voilà qui aurait pu faire de toi un redoutable adversaire. En plus du reste évidemment. Dit-il en désignant les gros bras, le cou imposant et la poitrine de Karl.

Le molosse a le souffle saccadé, haletant, il gémit, ses yeux sont hagards et semblent hurler de douleur et d'incompréhension.

Puis Ethan pose la pointe de sa machette sur l'abdomen de sa victime et appuie en la faisant pénétrer lentement.

- Alors ? T'en penses quoi ? Tu te rappelles hier soir quand je t'ai dit que j'allais t'ouvrir en deux comme un poisson et que je t'arracherais le foie avec les dents et te boufferais le cœur ? Tu t'en souviens ? Je suis certain que oui, eh bien j'ai menti. Dit-il en ramassant le neuf millimètre d'une main tandis que l'autre tient fermement le manche de la machette. Tu vois, je n'ai pas pour habitude de mettre mes mains dans la merde et d'en manger !

Il se relève, vise la tête de Karl et appuie sur la détente. La détonation résonne dans tout le quartier. Sans attendre, il traîne aussi vite qu'il le peut le corps de Karl jusqu'à son garage. La porte n'est pas fermée à clef. Il déplace le corps à l'intérieur. Le coffre de la voiture qui s'y trouve n'est pas fermé non plus. Il l'ouvre et y glisse le cadavre à l'intérieur. Puis il détale rapidement avant que les flics ne rappliquent après l'appel d'un voisin inquiet par le coup de feu. Il ne s'éternise donc pas et décide même de quitter la ville à pied. Il va essayer de se rendre jusqu'à la prochaine pour prendre un autre bus qui l'emmènera jusqu'à destination. Il déambule tranquillement pendant de nombreuses minutes sans entendre la moindre sirène. Il lève le nez pour se délecter de l'air frais et pour savourer ce moment intense qu'il vient de vivre. Il est persuadé de passer une excellente nuit. Il fait du stop et rapidement un chauffeur de poids lourd s'arrête pour l'embarquer. Le type n'a pas le look du chauffeur bedonnant. Il est de taille et de corpulence normale, les cheveux en brosse, une chemise à carreaux. Par chance, il va au même endroit que lui. Il n'aura finalement pas besoin de prendre le bus.

À leur arrivée au pub, les filles s'étonnent de ne pas trouver Karl à l'entrée. Il y a un autre type qu'elles connaissent qui le remplace. Une véritable masse lui aussi.

- Il n'est pas là Karl ? Il est dedans ce soir ? Demande Anita.
- Non il n'est pas encore arrivé. Répond un autre homme à la carrure moins imposante.
- Il a peut-être du retard. Suggère Laura.
- Ça ne lui ressemble pas, c'est le genre de mec à ne jamais être en retard d'autant plus qu'il ne supporte pas ça ! Affirme Anita.

Après un peu plus d'une heure de route en compagnie du chauffeur de poids lourd qui n'a pas décroché le moindre mot, Ethan arrive à destination. Enfin, pas tout à fait, il lui reste encore quelques kilomètres à faire pour être dans son repaire, dans cette forêt encaissée entre ses montagnes et qui est partie en cendre l'été précédent.

Il lui faudra plusieurs heures de marche, de nuit et probablement de jour, pour atteindre son but, mais il est comme galvanisé et rien ne pourra l'empêcher d'y arriver. Sur les derniers kilomètres, il ne croise aucune voiture. Le coin est complètement isolé et la route ne mène nulle part en particulier. Il marche sereinement comme il ne l'a plus été depuis de longs mois.

Au lever du jour, il marque une pause sur le bord de la route. Il ouvre son sac à dos et sort un truc à grignoter vite fait. L'air de ces montagnes lui fait remonter tellement de souvenirs. Pas que des bons, mais c'est comme ça, c'était le jeu et les risques qui y étaient liés. Il sort le pistolet de Karl qu'il a emporté avec lui. Il pourra toujours lui être utile. S'il en avait eu un l'été précédent ils s'en seraient peut-être presque tous sortis. Ils auraient pu en prendre un, mais ça aurait été moins marrant, trop facile. Il y aurait eu moins d'enjeux, moins d'efforts à fournir. La facilité ce n'est pas ce qu'ils recherchaient. Celui-là, il ne l'utilisera qu'en tout dernier recours. Une fois sa collation avalée, il reprend la route.

En fin de journée, il finit par arriver à l'endroit où, au volant de la voiture de sa dernière victime, il a pu s'échapper in extremis de l'incendie qui était en train de ravager le coin. Il y a des petits mausolées faits par les familles des victimes, une stèle a aussi été dressée en leurs mémoires. Ethan déboutonne son pantalon et urine sur tout ça sans la moindre émotion ni remords. Ensuite, sans refermer son pantalon il s'avance un peu dans la forêt et se déshabille entièrement. Il balance ses fringues au hasard et se retrouve complètement nu. Il endosse son sac à dos et s'enfonce rapidement dans l'obscurité des bois. Il espère rejoindre sa caverne avant la tombée de la nuit pour faire un feu et se réchauffer.

Chapitre 4

Cela fait maintenant plusieurs semaines qu'Ethan se débrouille seul dans les bois pour survivre. La neige peut encore tomber de temps en temps et les nuits sont froides. Les forêts sont très humides, il pleut souvent et la fonte des neiges a commencé. Mais depuis qu'il est ici, il a tout de même déjà réussi à abattre un gros caribou grâce au pistolet de Karl et à récupérer sa fourrure pour se confectionner de quoi se protéger, au mieux, du froid. C'est bien beau de se trimballer à poil en été quand il fait chaud mais l'hiver c'est une autre histoire. Malgré tout, il le savait. Il a appris à se protéger du froid en pleine nature pendant ses stages de survie en milieu hostile. Se trimballer nu par ces basses températures n'est tout de même pas évident ; il s'est donc confectionné des « vêtements » de fortune pour se protéger du froid et de l'humidité avec quelques trucs comme des feuilles, des fougères. Il sait également et même parfaitement poser des pièges, se camoufler et tendre des embuscades… Il a aussi appris à construire des abris, mais là il n'en a pas besoin, il a sa grotte. Ce qui est un gros avantage déjà. Il sait faire du feu avec presque rien. Mais il est bien plus simple d'en faire avec des allumettes, un briquet ou tout autre dispositif pouvant servir à en allumer un.

Il a consacré beaucoup de temps à arranger la grotte et faire en sorte à se tenir au chaud le plus vite possible. Un jour, sans trop savoir combien de temps il avait passé ici, il décide de retourner là d'où est parti l'incendie qui a ravagé le coin. Il retrouve, sans trop de difficultés, l'emplacement du campement de cette bande d'enfoirés avec qui il avait eu fort à faire. Il se souvient parfaitement du moment où il avait vu sa bien-aimée attachée à un arbre, morte après avoir reçu une balle dans la tête par l'un des membres de ce groupe de randonneurs. Ils n'étaient pas censés avoir d'armes à feu ces imbéciles. C'est d'ailleurs ce qui avait fait basculer le destin en leur faveur jusqu'à ce qu'Ethan le rétablisse comme il l'entendait.

L'arbre auquel était attachée Camille n'existe plus. Du moins, il n'est plus debout. Il ne reste qu'un tronc calciné couché sur le sol poussiéreux. Il s'en approche et soulève quelques feuilles, quelques branches mortes et broussailles du bout de son pied, espérant retrouver les restes de Camille. Il pousse ce qu'il prend d'abord pour un caillou quand il réalise qu'il s'agit en fait du crâne sali et noirci par le feu de sa jeune compagne. En regardant plus attentivement il découvre d'autres ossements éparpillés.

- Ça y est, on est enfin réuni mon amour. Lui dit-il.

- On ne s'est jamais quittés. J'ai toujours été avec toi, à tes côtés. Tu ne te souviens pas de la promesse que tu m'as faite un soir ? murmura-t' elle
- Si, mais c'est juste qu'avec tout ce qui s'est passé je n'y ai plus trop accordé d'attention.
- Tu m'avais dit que même la mort ne pourrait pas nous séparer.
- C'est vrai, et c'est le cas. Tu es toujours avec moi, dans mon cœur, dans ma tête, dans mes pensées.
- Je le sais mon amour.

Ethan se dirige vers l'endroit où la bande d'amis avait fait leur feu de camp. Il y a encore les traces d'un ancien foyer qui se détache du reste réduit en cendre tout autour. Il voit des flammes y danser, léchant le corps de Camille qui se tient au centre. Il y a également les deux loups noirs présents dans son délire visuel dans le pub pendant que Laura se déhanchait comme une diablesse sur son podium pour faire bander les abrutis qui la reluquaient. Il y a un troisième loup, un peu plus maigre celui-ci, qui ne le lâche pas du regard. Camille et les deux loups s'évaporent en même temps que les flammes. Il ne reste plus qu'Ethan et ce loup. Il comprend rapidement que celui-ci n'est pas une nouvelle hallucination mais qu'il est bel et bien en face de lui. Il doit être affamé à en juger par sa maigreur. Ethan ne panique pas et tente de rassurer la bête qui le fixe sans la moindre peur. Ethan représente certainement son futur repas à ses yeux. Mais même s'il doit se battre et tuer cet animal à contrecœur, il ne se laissera pas faire. Il décide alors de continuer à fouiner un peu. Il se souvient de l'endroit où s'est écroulé Mickaël après avoir, lui aussi, reçu une balle en pleine tête. Il retrouve assez facilement quelques ossements lui appartenant. Il s'étonne que les corps n'aient jamais été retrouvés. Les squelettes ne sont pas complets. Des animaux ont dû faire un festin de leurs carcasses brûlées et pourrissantes. Peut-être même que ce loup s'en était délecté. Il ramasse le crâne de Mickaël puis il se tourne de nouveau vers les restes du feu de camp. Le loup est toujours là, immobile, à le fixer et se léchant les babines de temps à autre. Ethan aperçoit les restes de Simon qui, lui, a fini dévoré par les flammes dans ce foyer. Il s'avance prudemment en direction des ossements, ce qui fait reculer le loup de quelques pas. Il ramasse également le dernier crâne qu'il trouve facilement et qu'il fourre dans son sac à dos avec les autres. Il fouille encore un instant avant de repartir vers la grotte. Le loup le suit avec méfiance jusqu'à ce qu'il soit suffisamment éloigné de son territoire. Peut-être s'agit-il d'une femelle dont les petits sont cachés dans les parages. Elle est peut-être là pour les défendre au cas où ? Si c'était le cas, elle l'aurait peut-être attaqué pour les nourrir ? Il ne comprend pas ce que pouvait bien lui vouloir cet animal. Il s'agit peut-être d'un survivant, tout comme lui, de la meute qui règne dans cette forêt. Le seul à avoir survécu à l'incendie qui a tout dévoré sans distinction. Peut-être que le reste de son groupe a réussi à s'enfuir, mais pas lui. Il se retrouve donc seul à errer dans cette triste forêt aux arbres noircis, consumés par les flammes qui se sont déchaînées sur eux. Il s'agit peut-être de l'alpha qui ne quittera son territoire pour rien au monde. Il reviendra demain se dit-il, pour voir s'il le retrouvera au même endroit ou si ce n'était qu'une rencontre. Une étrange rencontre…

Il retourne vers sa caverne. En chemin il fabrique un piège pour attraper du petit gibier. Il pose un collet, confectionné avec un lacet, là où il a repéré des traces de passages d'un animal. Il viendra vérifier demain en allant voir le loup. Il pose un autre piège en arrivant près de sa grotte. Celui-là, il le vérifiera dans la soirée. Si un quelconque animal s'est fait attrapé, il pourra le manger avant de dormir. Il prendra le temps de le cuire sur l'un des deux feux qu'il a allumé. Un devant sa tanière et un autre à l'intérieur. Lorsqu'il sévissait avec ses compagnons, ils ne prenaient même pas la peine de cuire leur viande. Ils étaient si défoncés par la came et dopés par l'adrénaline de leurs chasses que ça ne leur venait même pas à l'idée. Ils vivaient dans le moment présent sans penser au reste. Ils n'avaient aucune conscience des dangers qu'ils encouraient en dévorant de la chair crue. Durant leurs stages de survie, ils avaient appris qu'ils devaient éviter, autant que possible, de manger de la viande crue dans un milieu hostile, certains animaux étant porteurs de parasites, de bactéries et de maladies dangereuses pour l'homme. Pour l'Homme c'est la même chose. Notre sang peut aussi être porteur de tant de maladies infectieuses, VIH, Hépatites pour les plus connues... En fait pour eux ça faisait certainement partie de leur délire extrême sans trop le savoir. Inconsciemment, ils devaient aller jusqu'au bout des choses et repousser leurs limites le plus loin possible quitte à prendre d'énormes risques sanitaires. Après tout, les loups ne cuisent pas leur viande avant de la consommer. Mais leurs défenses immunitaires sont bien meilleures que les nôtres, ce qui les rend bien plus robustes...

Avant que le soleil se couche Ethan part relever son piège le plus proche. Rien ne s'y est laissé prendre. Il mangera ce qui lui reste dans le sac. Il sort tout ce qu'il contient. Il dispose quelques bougies contre la paroi de la grotte. Il aligne les crânes de ses anciens compagnons de jeu. Il prend celui de Camille et l'observe attentivement sous toutes les coutures. Il passe le bout de son doigt sur les rebords du trou causé par la balle qui l'a traversé. Puis il sent une présence derrière lui. Elle lui est familière. Une main douce et délicate se pose sur son dos nu.

- C'est vraiment incroyable ! Lui murmure Camille.
- Incroyable comment ?
- Plus intense que tout ce qu'on a vécu ensemble.
- Tu veux que je te rejoigne ? Lui demande-t-il dans un soupir.
- Si tu dois me rejoindre, fais-le en te battant pour survivre, pas en mettant fin à tes jours toi-même.
- Je m'en veux parfois que tu sois partie seule sans que j'aie pu être à tes côtés.
- Tu ne peux rien y changer maintenant. C'est comme ça. On sera ensemble le moment venu, ne t'inquiète pas.

Ethan se retourne pour embrasser Camille, du sang lui dégouline de la bouche ainsi que du trou à l'arrière de sa tête. Elle se relève et s'éloigne. Elle sort, suivie d'Ethan puis elle disparaît dans l'obscurité de la forêt. En la regardant s'enfoncer dans la pénombre il se souvient du petit jeu auquel ils aimaient jouer de temps en temps, avant de former la meute. Ils partaient juste tous les deux le temps d'un week-end. Ils partaient en forêt et voulaient se confronter à la nature dans le plus simple appareil.

Alors ils voyageaient, plus ou moins au hasard, dans des régions dominées par de grandes forêts. Ils souhaitaient être, le plus possible, éloignés de la civilisation. Plus le coin était reculé mieux c'était. En France, il n'y en a plus tant que ça. Ils en avaient tout de même visité quelques-unes. Ils étaient allés jusqu'en Allemagne dans la fameuse forêt noire. Ils pensaient qu'elle serait parfaite avec un tel nom. Ils avaient fait quelques emplettes avant de partir se perdre là-bas. Pas grand-chose. Des chaussures d'escalades auxquelles ils avaient greffé des crampons pour avoir un maximum d'accroche lors de leurs folles courses dans les bois. Ils s'étaient aussi procurés des masques de loup-garou. Ils trouvaient l'idée marrante de se balader dans cette forêt, dont seul le nom est inquiétant, en portant ces horribles masques. Ils espéraient croiser des randonneurs dans cet accoutrement pour voir leur tête. Quelles têtes pouvaient faire des gens qui croisent un couple se promenant nu et portant d'affreux masques de loups-garous ? Peut-on lire de la peur dans leur regard ? Du dégoût ? Du mépris ? De l'indifférence ?

Le but du jeu était que chacun d'eux soit le prédateur de l'autre. Ils partaient, dans un premier temps, chacun de leur côté. Puis ils devaient se retrouver, ils devaient guetter l'autre sans que celui qui était épié ne s'en rende compte. Puis le chasseur devait attaquer sa proie pour finir et gagner. Camille n'était pas mauvaise à ce jeu mais son impatience lui jouait souvent de mauvais tours. Et Ethan toujours à l'affût du moindre fait et geste autour de lui la détectait bien avant qu'elle ne puisse l'attaquer. Ils avaient rapidement été lassés de jouer à deux. Ils avaient le sentiment qu'à plusieurs, ce serait nettement plus amusant et intéressant. Ils pourraient même corser un peu les choses en allant un peu plus loin. Donc un soir, lors d'un repas entre amis, Ethan et Camille avaient parlé de leur petit jeu à leurs convives. Mickaël, Simon et Tom étaient partants pour l'expérience. Simon a demandé s'ils auraient de quoi s'amuser en plus, s'il y aurait de quoi faire la fête.

- Comme quoi ? Demande Ethan. Des putes, de la came, de l'alcool ?

- Quelque chose comme ça par exemple. Un de ces trois trucs suffira. Répondit Simon.

- Ce serait encore plus sympa, je pense. Suppose Mickaël.

- Et sans les putes, ce serait possible ? Demande Camille. Je n'aime pas la concurrence et je vous veux tous rien que pour moi. Je vous veux à mes ordres, je veux que vous soyez là répondant à mes moindres désirs. Dit-elle en souriant et en faisant un clin d'œil à Ethan qui acquiesça

- On part quand ? Demanda Tom complètement emballé par l'idée.
- Ce week-end! Annonça Ethan.

La petite équipe se rend alors au fin fond de la forêt noire pour leur week-end. Tout se déroule merveilleusement bien jusqu'à ce qu'Ethan complètement survolté par la cocaïne se fasse remarquer par un couple de promeneurs avec un enfant. Le chien du couple, un doberman, s'en prend au jeune homme alors qu'il est en train de les épier. L'animal a senti sa présence et se rue sur lui pour le débusquer. Ethan est mordu à plusieurs reprises et le chien a encore les crocs enfoncés dans son avant-bras lorsque ses maîtres vont à la rescousse du jeune homme. L'homme, d'une quarantaine d'années, bedonnant, portant des lunettes et dégarni a quelques difficultés à faire lâcher prise à son chien. Il hésite en voyant que le visage du jeune homme est dissimulé sous un masque de loup-garou. Le chien semble déterminé à vouloir maîtriser Ethan ou à le mettre en pièces. Peut-être a t'il ressenti qu'Ethan avait de mauvaises intentions envers ses maîtres. La femme qui braille en allemand semble sous le choc. Elle parait, elle aussi, avoir la quarantaine d'années, mais elle fait plus jeune que le type. Ses longs cheveux blonds sont remontés derrière sa tête. Elle ne comprend pas pourquoi un type portant un masque

94

hideux se trimballe nu dans les bois en train de les épier. Le gamin, de six ou sept ans, portant fièrement un t-shirt sur lequel est imprimé Wolverine des X-men, parait effrayé et choqué par le spectacle que lui offre le jeune homme nu ainsi que par la violence de l'attaque du chien de ses grands-parents. Ethan est rapidement rejoint par le reste de sa troupe. Tous nus aussi et portant leur masque. Les deux promeneurs sont stupéfaits. Le garçon se cache derrière sa grand-mère alors que le chien aboie de plus belle. Il a le sentiment que quelque chose ne va pas. Camille ramasse alors une grosse branche tandis que Mickaël tente de communiquer en anglais avec le bonhomme. Il lui demande de bien vouloir faire taire son clébard et sa femme par la même occasion. Celle-ci n'a apparemment pas peur de ces énergumènes qui se trimballent masqués et à poil dans les bois. Elle est outrée et s'inquiète de l'impression que cela donne sur le petit bonhomme. Elle les insulte en Allemand. Là, par contre, elle ne s'inquiète pas le moins du monde de l'impression qu'elle donne à son petit-fils ! Son mari, sentant la tension monter d'un cran lorsqu'Ethan, le bras ensanglanté, ramasse lui aussi une grosse branche et lui demande de bien vouloir baisser d'un ton. Simon intervient à son tour avant que les choses ne dégénèrent. Il parle un peu allemand et demande à l'homme de partir sans faire d'histoires. Il leur promet qu'ils les laisseront tranquilles s'ils ne

95

disaient rien à personne sur ce qui s'était passé ici. L'homme accepte et parlemente un court instant avec sa femme qui ne veut pas se calmer. Il hausse le ton et finit par obtenir le silence. Il tourne le dos au groupe, entraînant sa femme par le bras et le gamin. Le chien avance aussi tout en jetant sans cesse des regards en arrière comme pour dire à Ethan et les autres qu'il les avait à l'œil.

- Dis-donc Simon, qui t'a demandé d'intervenir et de faire quoi que ce soit ? Demande Camille furieuse.
- Qu'est-ce qu'on aurait dû faire ? Les tuer ?
- Regarde gros malin. Dit Ethan en montrant le couple du doigt.

L'homme sort son mobile, il est en train de composer un numéro. Tout en parlant au téléphone, il montre du doigt, à son tour, le groupe de nudistes. Le chien tire sur sa laisse et en redemande, il veut en découdre de nouveau avec Ethan, il n'en a pas fini avec lui.

- Tu crois qu'il fait quoi là ? Demande Ethan à Simon.
- Eh bien ? Qu'est-ce qu'on en a à foutre ? On se tire et puis c'est tout !

- On va les rattraper et leur donner une bonne correction pour ne pas avoir suivi tes conseils. Dit Camille d'un ton déterminé.
- Vous n'êtes pas sérieux ?
- Et après ? De toute façon, ils vont donner quoi comme signalement aux flics ?

Ethan, le bras dégoulinant de sang, part le premier suivi de près par Camille. Les autres les suivent mais leurs pas ne sont pas aussi rapides. Ils ralentissent, ils n'ont pas vraiment envie d'assister à la suite des événements. La femme voit Ethan et Camille leur arriver dessus comme des furies. Elle tire le bras de son mari pour qu'il regarde dans leur direction. Le chien est de plus en plus déchaîné. L'homme se retourne et lâche immédiatement son doberman en voyant les assaillants fondre sur eux. Le chien bondit sur Ethan qui lui flanque un puissant coup de bois sur la tête. L'animal s'effondre. Furieux, Ethan s'arrête à côté du chien et le frappe de nouveau. Il lui brise la patte avant gauche. L'homme attrape par le bras sa femme et le petit garçon pour les entraîner dans sa fuite mais ils sont rapidement rattrapés par Camille et Ethan. Le jeune couple se jette sur eux ce qui les fait tomber lourdement. Voyant cela, le reste du groupe accélère le pas. Simon rattrape le petit garçon effrayé qui hurle de toutes ses forces. Ils tombent tous les deux, le gamin se débat mais il est aussitôt maîtrisé par Simon bien plus fort.

- Demande-leur à qui ils téléphonaient. Ordonna Camille à Simon.

Il s'exécute et l'homme leur répond qu'il voulait appeler sa fille pour lui dire ce qui venait d'arriver, rien de plus. Il dit à Simon qu'ils aggravent leur cas et il leur conseille de ne pas faire quelque chose de stupide qu'ils pourraient regretter par la suite. Il lui demande, surtout, de ne pas faire de mal à leur petit-fils. Sa femme se débat tout en pleurant et en insultant copieusement Camille qui, pour la faire taire, lui assène un coup de poing au visage.

- Simon, c'est toi qui nous as mis dans la merde, on aurait pu régler ça tout de suite. Lui dit-elle.
- Et alors ?
- C'est toi qui vas devoir te charger du gosse ! Lui affirme Ethan.

Cette annonce fait l'effet d'une bombe et fige tout le monde dans le silence le plus total. Ethan fait signe à Tom d'avancer et de lui donner le sac à dos qu'il porte. Il contient quelques objets qu'ils ont gardés en cas de nécessité, un gros

98

couteau de chasse, une pierre à feu, des cordages, tout ce dont ils ont besoin à cet instant comme le souligne Ethan. Tom, Ethan et Mickaël attachent les mains de la femme et de son mari. Ils leur passent la corde dans la bouche pour les bâillonner un minimum. Quant au gamin, le simple fait de le menacer avec le couteau suffit pour le faire avancer. C'est d'ailleurs tout aussi efficace pour faire avancer ses grands-parents. Ethan, qui a pris le téléphone, le jette violemment au sol ; il se brise sous l'impact.

Tous les trois sanglotent. Pas pour les mêmes raisons. Le gosse est en larmes parce qu'il a peur de ces sales types qui s'en prennent à eux. Ses grands-parents pleurent parce qu'ils sont effrayés par la tournure des événements ; ils redoutent qu'ils fassent du mal à leur petit-fils. La troupe les emmène là où ils avaient fait un feu la nuit précédente et où ils avaient passé la nuit à se défoncer et boire de l'alcool. Tout autour, il y avait des bouteilles de bière et de whisky cassées. Ils obligent leurs prisonniers à s'asseoir. Camille attise le feu. Il fait encore jour, il n'est que dix-sept heures trente environ et fin juin. Ethan creuse près d'un arbre à main nue. La terre à cet endroit a été fraîchement remuée, il n'a donc aucune difficulté pour atteindre son objectif, un sac contenant une poudre blanche, fortement appréciée par la plupart des membres du groupe. Il en dépose une petite quantité sur le dos de la main de chacun d'eux qu'ils sniffent tous d'un seul trait.

- Bon, on ne va pas y passer la nuit, ni tergiverser pendant cent sept ans. Annonce Ethan. On va devoir s'occuper d'eux.
- Comment ça ? Demande Simon.
- T'es responsable de ce merdier. Lui lance Camille.
- Si Ethan ne les avait pas suivis, et ne s'était pas fait remarquer on n'en serait pas là. Certifie Simon.

Ethan s'approche de Simon et lui arrache son masque dévoilant son visage à leurs trois prisonniers. Ensuite il retire le sien. Il fait la même chose à Camille ainsi qu'aux autres. Ils sont tous à visage découvert à présent.

- Voilà, maintenant ils pourront donner une description détaillée de nos tronches ! Ironise Ethan.
- Connard ! Tu n'as pas besoin de faire ça ! Lâche Mickaël.
- En fait, je pense que c'était le but de ce petit week-end depuis le début. Suppose Simon. Hein ? J'ai vu juste ?! Le but était de nous pousser à faire ce genre de truc ?!

Ethan ne répond pas ; il ne se soucie même pas de sa blessure au bras qui saigne toujours. Il leur tourne le dos et casse une branche fine à l'arbre près de lui. Il prend le couteau et commence à tailler un des bouts en pointe. Lorsqu'il trouve la pointe suffisamment acérée à son goût, il passe celle-ci quelques instants dans les flammes pour durcir le bois. Les autres le regardent sans trop comprendre à quoi il joue. Il pose son arme de fortune au sol et retourne casser une autre branche. Il procède alors à la même manoeuvre.

- Voilà ce qu'on va faire. On va détacher le vieux et sa vieille et leur donner ces lances. On va leur donner quelques minutes d'avance puis on se lancera à leur trousse.
- On ne va pas faire ça ? S'inquiète Tom.
- C'est ça ou on les exécute tout de suite, là maintenant, devant le gamin.
- Et lui, on en fait quoi ? Demande Simon.
- C'est toi qui vas t'occuper de lui. Lui annonce Camille souriante.
- La pute c'est une chose, mais là ce n'est pas possible… Bredouille Simon. Une pute ça ne représente rien, mais là c'est des gens et un gosse.

101

- Cesse de t'apitoyer. Dit Ethan en détachant le bonhomme. Dis-lui ce qui va se passer. Dis-lui qu'on leur laisse une chance de s'en sortir. S'ils s'en sortent, le petit sera relâché dans le patelin le plus proche. Tu ne trouves pas ça excitant ?
- Carrément. Atteste Camille ne tenant plus en place, les yeux pétillants.

Simon annonce la suite des événements au couple. Ethan libère la femme, qui proteste et baragouine en allemand de ne pas faire de mal à leur petit-fils. Munis de leur lance le couple s'élance et court aussi vite qu'ils le peuvent ayant parfaitement compris que leur survie en dépend. Ils trébuchent plusieurs fois dès les premiers mètres.

- Ça va être du gâteau ! Se satisfait Ethan affichant un large sourire, les yeux pétillants à l'idée d'une telle chasse.

Une véritable chasse à l'homme. Y-a-il quelque chose de plus excitant que ça ? Se demande Ethan. Comment l'Homme qui se croit au sommet de la chaîne alimentaire, au-dessus de toutes les espèces vivantes sur cette planète, peut s'imaginer de se retrouver dans le rôle de la proie. Si encore ils étaient dans un pays en guerre les choses seraient différentes, mais là, loin de tout conflit, rentrant s'installer tranquillement et confortablement dans leur canapé tous les soirs... Camille s'approche d'Ethan et l'embrasse fougueusement puis elle prend le sachet de came pour en déposer un peu dans la main. Elle en sniffe une partie puis en propose à Ethan qui fait de même. Ensuite elle ramasse le masque qu'elle enfile à son amant puis met le sien. Elle prend le couteau comme vient de lui demander Ethan. Celui-ci demande à Tom de l'accompagner. Il sera aux côtés de Camille pour lui venir en aide au cas où elle ne réussirait pas à prendre le dessus sur le type. Ethan s'occupera de sa femme. Mickaël et Simon devront surveiller le gamin épouvanté qui ne cessait de pleurer. Ethan demande surtout à Mickaël d'avoir un œil sur Simon et les alentours. On ne sait jamais. Après dix bonnes minutes, le petit groupe de trois s'élance à la poursuite de leur proie respective.

Ils les retrouvent facilement. Le couple s'est alors arrêté, épuisé, et tente de chasser leurs assaillants. Ils réussissent à les séparer, à défaut de les désarmer et de les mettre à mort. C'est un immense déchirement pour le couple de ne pas avoir d'autres choix que de se séparer. Ethan n'a aucune difficulté à rattraper la femme. Elle tente de repousser le jeune homme avec la maigre lance qu'il avait confectionnée, mais celui-ci s'en saisit alors que la femme tentait de le frapper comme s'il s'agissait d'un gourdin.

Il retourne aussitôt l'arme contre elle et lui enfonce dans l'abdomen. Elle hurle de douleur tandis qu'Ethan lui transperce ensuite la gorge. La femme s'effondre dans les feuilles mortes. Elle essaie vainement de faire pression sur la blessure pour stopper ou, au mieux, ralentir l'hémorragie. Ethan pose la pointe de sa lance au milieu de sa poitrine et appuie fermement mais avec retenue. La pointe noircie s'enfonce doucement dans la peau et la chair de la femme. Puis le bâton se casse. Il frappe alors la pauvre femme agonisante avec ce qui reste de sa lance. Elle finit par mourir sous les coups. Quant à son mari qui s'est arrêté en entendant les cris de sa femme, il est rapidement tué par Camille qui lui tranche la gorge alors que Tom le maintient allongé face au sol les mains dans le dos. Camille pose ses mains dans le sang de sa victime et s'en barbouille la poitrine et le ventre avant de les poser sur la poitrine de son compagnon de chasse, laissant les empreintes de ses mains comme le faisaient les Hommes des cavernes pour en orner les parois.

- Félicitations mon pote, t'es un vrai maintenant. Lui dit-elle en souriant sous son masque.

Lorsqu'ils rejoignent, tous les trois, Simon et Mickaël, leur accueil est plutôt glacial. Les deux hommes restés seuls à surveiller le petit n'en croient pas leurs yeux de les voir revenir couverts de sang. Ethan s'assoit et retire son masque qu'il balance au sol. Camille se tient debout face à lui puis s'installe sur lui, le chevauchant. Elle l'embrasse fougueusement après avoir enlevé son masque. Tom se laisse presque tomber sur le cul. Il attrape l'une des bouteilles de whisky entamée près de lui et l'avale presque d'une seule traite.

- Vous deux, c'est à votre tour. Montrez-nous de quoi vous êtes capables. Dit Ethan aux deux hommes restés assis à les attendre redoutant ce moment.

Ils sont persuadés que le couple n'a eu aucune chance. Ils espèrent, en revanche, que le gamin sera relâché malgré tout. Camille leur balance le couteau sur lequel il y a encore des traces de sang du grand-père.

- Si vous ne faites rien, je vous tue de mes propres mains et si vous faites la moindre bêtise vous le regretterez amèrement. Leur promet Ethan. J'ai été suffisamment clair ?

Ils savent qu'il ne rigole pas. Il n'est pas du genre à plaisanter souvent. Il les avertit que plus ils attendront, plus ce sera difficile, et il ne voudrait pas avoir à le faire à leur place. Simon, se lève aussitôt et ramasse le couteau. Il enfile son masque.

Il se dirige vers le gamin, suivi de Mickaël qui l'imite et enfile aussi son masque. Il tremble de tout son corps à l'idée de ce qu'ils vont devoir faire. Ses mains sont moites et son estomac semble vouloir rejeter ce qu'il contient comme pour désapprouver ce qu'il s'apprêtait à faire. Simon relève le garçon par le bras droit sans le regarder et sans lui dire le moindre mot pour le rassurer. Le garçon se débat, il est terrifié et pleure de plus belle, il tente de hurler le plus fort qu'il peut. Mais la corde passée dans sa bouche l'en empêche. Le bourreau tremble de plus en plus, ses jambes flageolent. Il a le sentiment qu'il va s'écrouler et qu'il ne parviendra pas à faire ce qui lui est demandé. Tom remarque une trace sombre qui apparaît et s'élargit entre les jambes du garçon. Il s'est pissé dessus. Simon et Mickaël l'entraînent un peu plus loin dans le bois. Ethan, méfiant, demande à Tom de les suivre. Celui-ci reste assis, faisant mine d'ignorer tout ce vacarme et fixe les flammes. C'est donc Camille, quelque peu agacée, qui se lève et suit les deux hommes. Elle était si bien avec Ethan, elle sentait monter son désir de lui faire l'amour, là, près du feu. Elle espérait ardemment que ce soit réglé rapidement pour qu'elle puisse le rejoindre au plus vite et reprendre là où ils en étaient restés.

Au bout de quelques minutes qui paraissent durer une éternité pour Tom resté près du feu et ne voyant personne revenir, Ethan décide de voir où ils en sont. Il veut que l'histoire soit enfin réglée. Il sniffe un peu de coke avant de les rejoindre. Quand il les trouve, il voit Simon à genoux, la tête baissée, devant le petit corps inanimé du garçonnet. En s'approchant, il constate qu'il n'y a aucune trace de sang. Il se fait la réflexion que c'est du bon travail. Il a eu un peu peur que ce soit bâclé. Il était persuadé que ce serait une vraie boucherie. Le mutant sur le t-shirt du gosse les menace toujours de ses longues griffes tranchantes comme des lames de rasoir. Comme s'il voulait les empêcher de s'approcher du garçon une dernière fois.

Michaël se retire de cette triste assemblée et retourne près du feu le visage grave et baissé. D'un signe de la tête, Ethan demande à Camille de le suivre, puis il s'approche doucement de Simon au côté duquel se trouve le couteau. Il le pousse du pied, histoire qu'il soit hors de portée du jeune homme qui retire son masque avec difficulté tant il tremble. Ethan constate que son ami est en larmes. Ethan pense alors que le masque lui a probablement servi de barrière de protection contre ce qu'il devait faire. Ainsi ce n'est pas lui qui a fait ça mais l'animal, la bête, la créature hideuse qu'il est devenu. Mais il semble, malgré tout, se dit Ethan, extrêmement marqué. Simon détourne un peu la tête du petit corps et vomit…

- Tu as peur de quoi ? Que je te tue toi aussi ? Lui demande-t-il ensuite en reniflant.

107

- Calme-toi. Tu as fait ce qu'il fallait. Bravo. Tu lui as fait vivre le moment le plus intense de sa petite vie. Je dirais même que vous avez vécu, ensemble, le moment le plus intense de votre vie.
- Connard !
- C'est aussi ça la pure survie. Ce sont eux ou nous ! Être celui qui survit ou qui périt.
- Ferme ta putain de gueule et retourne auprès de ta chienne !
- Ils ne sont rien, tu le sais bien ? ! Ils sont insignifiants. Ils meurent, et après ? Qu'est-ce que ça change ? On est au-dessus, on est au sommet. Ouvre les yeux Simon. Ils ne valent pas plus que cette pute qu'on s'est payée avec Camille.
- C'était un gosse pas une pute !
- Tu as certainement fait le plus dur, mais tu l'as fait. Je suis fier de toi.
- Je ne voulais pas en arriver là. Je ne voulais pas faire ça.
- C'est fait. On ne peut plus revenir en arrière.
- Il avait toute la vie devant lui. Il aurait eu une femme, des enfants. Il aurait pu devenir quelqu'un. Quelqu'un

d'important. Il aurait peut-être pu, lui aussi, arriver au sommet, comme tu dis !

- Tu sais très bien que ça ne marche pas comme ça ! Je ne dis pas que ça n'arrive jamais, mais ils sont combien à y parvenir sans faire partie d'une famille déjà en place au pouvoir ?

- Putain, la dernière image qu'il aura emportée de ce monde, c'est moi, portant ce putain de masque, en train de serrer mes mains autour de son petit cou, en train de l'étrangler.

- Tu aurais préféré qu'il voie quoi ? Des bisounours ? Qu'il vive une vie de merde et crève seul comme un clébard ?

- C'est ce qui s'est passé trou du cul. Il est mort tout seul ! Loin de ses parents ! Et si on est mis en cause ici ?

- Eh bien quoi ? Mon père fera ce qu'il faut, voilà tout. Tu ne crois pas qu'il va laisser sa carrière politique être éclaboussée comme ça, sans rien faire ? !

- Tu n'avais pas le droit de m'obliger à faire ça…

- On est frère maintenant !

Ethan entraîne Simon près des autres en déposant une main bienveillante sur son épaule. Il fait de son mieux pour le rassurer, pour les rassurer tous. Il leur jure que rien ne pourra les relier à ce qui s'est passé dans cette forêt. Il leur affirme qu'ils sont, désormais, unis comme peut l'être des frères et sœurs, qu'ils forment une fraternité indestructible, un clan, une meute solide... Après ça, ils boivent et se droguent jusqu'à ce qu'ils ne tiennent plus debout.

Le réveil est difficile. Simon qui est assis près des restes fumants du feu semble ailleurs. Il jette un coup d'œil furtif vers l'endroit où gît le petit corps avant qu'une nausée l'envahisse. Il vomit ses tripes ce qui réveille Ethan et Camille. Elle lui demande s'il va bien et, en guise de réponse, il lui tend son majeur. Camille en fait autant, mais avec le sourire. Ethan se lève et se dirige vers le cadavre du gamin. Il s'agenouille et creuse près de la dépouille avec les mains, puis il s'aide d'un solide bâton. Camille le rejoint. Celle-ci demande à Tom et Mickaël de les aider. Ils le rejoignent également et s'attellent à la tâche qui s'annonce ardue sans les outils adéquats. Lorsque le trou leur paraît suffisamment profond, ils se relèvent tous. Ethan prend les pieds du gamin, quand Simon l'interpelle en approchant. Il lui déclare, à la surprise générale, qu'il veut s'en charger. Il doit bien ça au gosse, prétend-il. Il reste quelques instants silencieux près du petit corps. Près de la tête du garçon, il voit alors les restes d'un papillon en décomposition, gisant lui aussi sur le mélange de feuilles mortes et de brindilles. Il aurait préféré que ce papillon soit en vie et s'envole à leur approche. Il se serait imaginé l'esprit du petit garçon s'envolant libre avec lui. À moins que ce ne soit ce qu'il était avant de commettre ce meurtre affreux qui s'échappe avec le papillon. Mais non, rien ici ne viendra le réconforter, lui donner un peu d'espoir, lui laisser croire qu'il pourra se racheter pour ce qu'il a commis. Il s'est damné. Il descend dans le trou et tire le cadavre avec lui. Il regarde longuement le visage blanchâtre du garçon, sans un mot, comme pour graver son image à jamais. Des larmes s'écoulent sur ses joues. Tom détourne le regard, tandis que Mickaël baisse la tête pour cacher sa profonde tristesse. Après avoir fait le pire, plus rien ne sera jamais comme avant. Ils en sont tous conscients. Les jours qui arrivent seront difficiles à surmonter.

Ils retournent ensuite, silencieusement, à leur véhicule. Celui-ci a été loué près de l'aéroport. Ils se rhabillent et prennent la route. Personne ne prononce le moindre mot. Pas pour les mêmes raisons. Camille et Ethan sont épuisés tandis que les autres sont sous le choc de ce qu'ils ont fait.

Au bout d'un quart d'heure de route, environ, Ethan qui est au volant aperçoit quelque chose au loin sur la route. Ils sont trop loin encore pour voir distinctement de quoi il s'agit. Peut-être un animal. Il accélère alors, non sans une petite appréhension. Il comprend rapidement que c'est le chien du couple qui déambule péniblement sur le bitume. Ethan aligne la voiture face à l'animal. Il n'y a aucun autre véhicule arrivant en face. Camille reconnaît le chien. Les autres passagers aussi. Tom demande à Ethan de l'épargner.

- Tu n'es pas obligé de faire ça, il ne dira rien, c'est juste un clébard. Affirme Tom.
- Si ça peut te faire plaisir. Dit Ethan en souriant dans le rétroviseur intérieur.

Camille n'en croit pas ses oreilles et dévisage Ethan qui l'ignore totalement. Il évite le doberman de justesse mais le camion qui les suit n'y parvient pas. Sous les regards effarés de Tom et Mickaël, l'animal passe sous les roues du poids lourd. Simon n'a rien vu de tout ça, il est perdu dans ses pensées. De sombres pensées.

Chapitre 5

Tandis que les rayons du soleil commencent à percer entre les branches des arbres, Ethan est déjà parti relever un de ses pièges. Le plus proche de la grotte n'a toujours rien alors que le second, plus éloigné, a fonctionné. Un lièvre s'est fait prendre. Ethan est satisfait de cette belle prise. Il décide que celui-ci sera pour le loup, son propre estomac patientera. Il se rend donc immédiatement à l'endroit où ils se sont rencontrés. En arrivant aux abords de l'ancien campement, il se tient en retrait pour tenter, discrètement, d'apercevoir l'animal. Ne voyant rien, il se dirige vers le centre et y dépose le gibier. Il se retire d'une dizaine de pas et s'assoit au sol. Il attendra une bonne partie de la journée avant que le loup ne daigne enfin montrer le bout de son museau. Il reste en retrait reniflant vers le centre de ce qui était le refuge d'un groupe de randonneurs malchanceux. Il est méfiant. Il s'avance par à-coups reniflant tantôt le sol tantôt en direction du lièvre et en direction du jeune homme immobile qui l'observe silencieusement. Le loup n'a pas peur de lui, visiblement. Il a, peut-être, compris que, tout comme lui, il essaye de survivre dans cette forêt dévastée. Il garde, malgré tout, une petite méfiance vis-à-vis de cet Homme, cet intrus qui, comme ses congénères, a

113

massacré ces pauvres descendants, en partie à cause de croyances stupides à leur propos ou pour se faire de l'argent en vendant leur peau.

Le loup s'avance prudemment jusqu'au lièvre et le renifle. S'il sent la moindre odeur suspecte, il ne prendra pas l'animal offert pas Ethan. Rien ne paraissant anormal, il s'allonge devant le gibier et le lèche avant d'y planter ses crocs. Il tire sur la tête tandis qu'il maintient fermement le reste du corps avec ses puissantes pattes avant, contre le sol. Ethan est en admiration devant le spectacle que lui gratifie le loup en retour. Il meurt d'envie de le caresser, de sentir la douceur, ou la rugosité, de sa fourrure. Il sait parfaitement que cela est impossible ; jamais ce loup ne le laissera s'approcher suffisamment de lui pour qu'il puisse le toucher. Il s'imagine pourtant tout près de lui et se voit même l'apprivoiser. Il aimerait tant faire de longues parties de chasse avec ce prédateur. Il apprendrait tellement se dit-il. Pendant qu'il songe à ses longues parties de chasse accompagné de son nouvel ami, celui-ci détale soudain dans le sous-bois avec son butin. Il ne le reverra pas durant trois jours. Ce n'est pas plus mal puisqu'il n'a pas réussi à attraper grand-chose pendant ces trois jours précisément. Un écureuil, une souris et une petite truite. Chaque jour, il se rend à l'endroit où il a rencontré le loup espérant le revoir. Pendant cette période il en profite pour pister un cerf de Virginie qui passe régulièrement dans sa zone de chasse. Il fabrique alors une lance avec laquelle il compte bien avoir l'animal. Il choisit une branche plutôt fine et légère dont il taille en pointe une des extrémités qu'il passera ensuite quelques instants dans le feu pour la durcir. Il essayera le soir même de tendre une embuscade au cerf à proximité d'un point de passage. Abattre un animal à l'aide d'une arme à feu n'est vraiment pas son genre. Le caribou qu'il a eu il y a quelques temps, était, selon lui, une erreur commise sous l'emprise de la drogue. Ce jour-là il avait un peu abusé de la cocaïne et était très nerveux, excité et en colère. Alors au détour d'un rocher, il était tombé sur un caribou qui arpentait tranquillement le coin, Ethan avait aussitôt fait feu sur l'animal. Mais ça aurait pu être autre chose, même un être humain, il en aurait fait autant. Cela lui avait permis de manger pendant plusieurs jours et la peau lui avait été très utile aussi.

Ethan grimpe dans un arbre qui surplombe la trace de passage la plus fraîche en cette fin d'après-midi. Il y a une grosse branche qui passe juste au-dessus sur laquelle il pourra s'installer pour attendre l'animal. La tombée de la nuit sera certainement le meilleur moment pour une embuscade. Lorsque celui-ci s'aventurera sous le chasseur, il se laissera tomber dessus la lance en avant. Il souhaite ainsi le surprendre et pouvoir la planter sans trop de difficultés. Mais pour son premier essai, il a attendu une

115

bonne partie de la soirée sans qu'aucun animal ne passe dessous. Il a froid et faim. Il a laissé la peau de caribou dans la grotte de façon à ne pas être gêné pour monter dans l'arbre et aussi pour ne pas se faire repérer à cause de l'odeur. Il retourne prudemment dans sa caverne tout en scrutant le sombre et lugubre sous-bois. Il est à l'affût du moindre bruit ; il n'a pas envie de se faire surprendre par un animal féroce rôdant dans le coin dans l'espoir de faire un festin avec sa carcasse. Il a de quoi se défendre, mais un gros grizzly se servirait de sa frêle lance comme d'un cure-dent après avoir boulotté ses restes. Il ne s'attarde donc pas dans les bois. Il tentera de nouveau sa chance au petit matin s'il parvient à se lever suffisamment tôt.

C'est au lever du jour qu'il émerge sous sa peau de bête. Il balance un bout de bois dans le feu, prend sa lance et se précipite dehors. La faim commence à le tirailler, ou plutôt l'idée de réussir à avoir ce cerf le stimule au point qu'il ne tient pas à perdre une minute de plus. Il retourne sur la branche sur laquelle il était installé la veille. Une fois en position, il observe les environs et scrute le moindre mouvement. Parfois un oiseau qui s'envole, le vent dans les branches, lui laissent croire à l'arrivée de sa proie. Un lapin qui surgit de derrière un buisson. Si seulement il pouvait se faire prendre au piège par l'un de ses collets, se dit Ethan qui désespère de voir passer ce satané cerf. Et ce lapin qui ne part pas. Il reste dans le coin à sautiller tranquillement. Puis un léger bruissement attire le regard d'Ethan juste en-dessous de lui. Cet enfoiré de cerf est là. Il se délecte des quelques bourgeons qui annoncent l'arrivée prochaine du printemps. De temps en temps, il jette un coup d'œil au lapin qui allume tous les voyants d'alerte dans sa tête à chacun de ses déplacements. Il le surveille constamment puisqu'à tout moment un prédateur pourrait surgir d'un fourré et l'attaquer. Ethan doit se montrer très agile et ne pas faire le moindre bruit sous peine de voir sa proie s'échapper. Il se met en place lentement, espérant que l'animal ne s'éloigne pas trop quelle qu'en soit la raison, sinon il ne pourra pas se laisser tomber dessus. Au moment qui lui semble le plus approprié il se laisse glisser pour tomber sur le dos de l'animal. Il réussit à planter sa lance dans l'épaule du cerf mais elle casse aussitôt. Le cerf s'effondre sous l'impact du poids d'Ethan sur son dos. Il se débat sans attendre pour pouvoir se relever et s'enfuir aussi rapidement qu'il le pourra. En balayant de ses bois tout ce qui se trouve à proximité, il blesse Ethan au bras droit, à la main, à la poitrine et lui inflige une légère entaille sur la joue gauche. L'animal blessé se relève rapidement et s'enfuit à toute allure, tandis qu'Ethan reste au sol, un peu sonné par sa chute et la charge du cerf pour échapper au funeste destin qui lui était réservé. Il veut se relever en s'appuyant sur sa main blessée mais la douleur l'en empêche. Il reste allongé un moment, le temps que la douleur s'atténue. Il ne doit pas trop rester là avec ses blessures sanguinolentes. Il va devoir les soigner du mieux qu'il le pourra avec ce qu'il a à sa disposition. C'est-à-dire pas grand-chose. Rester au milieu de nulle part avec de graves blessures peut être un piège fatal pour celui qui ne sait pas quoi faire dans une telle situation. Mais Ethan a appris deux ou trois petites astuces pour se soigner au mieux avec ce que la nature peut lui offrir. Il traîne péniblement sa carcasse jusqu'à la grotte.

Il l'atteint alors qu'il fait déjà nuit. Pendant le trajet retour il a ramassé de la mousse qui lui servira à essuyer ses plaies. Elles ne sont pas trop profondes mais il y a, tout de même, un risque d'infection.

Le lendemain il part juste inspecter ses pièges constatant qu'ils n'avaient malheureusement pas fonctionné. Il emporte une autre lance au cas où. Puis, rentrant bredouille, il a soudain le sentiment d'être suivi. Il tente de voir ce que ça peut être, mais dès qu'il s'arrête le bruit s'arrête aussi. Cette partie de la forêt a été épargnée par l'incendie et il est donc facile de s'y cacher, de se dissimuler derrière un buisson. Un court instant il pense être suivi par quelqu'un. Camille qui lui joue un mauvais tour ? Il ramasse, en plus de sa lance, une branche qui pourrait lui être utile en cas d'attaque d'animal. Par contre si on lui tire dessus, il n'y pourrait pas grand-chose. Mais il y a peu de chance qu'il soit la proie de qui que ce soit. Les probabilités pour qu'il soit pourchassé par quelqu'un comme lui sont plutôt minces.

Malgré ses blessures qui le tiraillent un peu et le font souffrir, il se met à courir doucement en lâchant la branche. Il jette un coup d'œil furtif en arrière et voit le loup surgir d'un fourré qui le poursuit. Il accélère la cadence pour voir s'il le poursuit tel un prédateur après sa proie ou s'il s'agit d'autre chose, comme un jeu. L'animal le rattrape sans difficulté et Ethan doit redoubler d'efforts pour le distancer. Il sait pertinemment que c'est peine perdue. Pour la première fois, il réalise ce que ses proies ont pu ressentir lorsqu'il les pourchassait. Il ne sait pas s'il a vraiment peur. C'est plutôt de l'excitation, une nouvelle expérience en tout cas. Devenir la proie, se sentir menacé par quelque chose qui n'aura pas la moindre pitié ni remord au moment de sa mise à mort. Être tué et dévoré, voilà tout. Voilà ce qui risque de lui arriver si le loup parvient à ses fins. Étrangement celui-ci ne semble pas accélérer sa course. Cependant, il reste menaçant, son regard montre clairement sa détermination. Il l'aura coûte que coûte. Ethan court à toute allure sans pouvoir distancer son poursuivant. Il trébuche plusieurs fois ce qui devrait donner l'avantage au loup et l'occasion de lui sauter dessus. Mais il n'en fait rien. Il se contente de le suivre en se tenant à distance. Ils atteignent l'une des zones ravagées par les flammes. Ethan pourra plus facilement analyser le sol et repérer les pièges qui pourraient le faire tomber. Il commence déjà à ressentir de la fatigue. N'ayant presque rien mangé ces derniers jours, il risque d'être rapidement au bord de l'épuisement. C'est à ce moment qu'il pense comprendre la technique adoptée par le prédateur. Plutôt que de l'attaquer de front en pleine possession de ses capacités physiques, il veut d'abord l'épuiser. Quel salopard ! Mais c'est bien joué, se dit Ethan qui s'accroche pour ne pas flancher. En passant sous un gros arbre, il se dit qu'il ferait mieux de grimper dans l'un d'eux plutôt que d'aiguiser l'instinct de prédation de son poursuivant en courant pour lui échapper. Il a pleinement conscience que c'est souvent ce qui déclenche une attaque, la fuite de la proie. Et lui, comme un con, il s'était mis à courir. Il tente de zigzaguer entre les troncs noircis. Mais le loup s'en moque ; son objectif est clair. Il ne lâche pas Ethan du regard, faisant le choix de le poursuivre tout droit. Evitant les zigzags, il gagne du temps, de l'énergie et du terrain. Il va au plus simple. C'est comme ça. Pas de stratégies hyper développées, de l'instinct, un instinct forgé depuis des milliers d'années et qui fait ses preuves en matière de chasse. Par exemple, ce loup solitaire ne

120

s'en prendrait pas à une proie plus imposante que lui, même avec la faim qui le tiraille. Et cette fois, sa proie est de taille acceptable, elle n'est pas très rapide par rapport à lui, et l'autre point important dans ce cas-là, elle est blessée. La seule chose qui pourrait lui poser problème, c'est cette lance qu'Ethan n'a pas lâchée depuis le début de la poursuite. Ethan tente de changer de direction pour retourner dans la forêt mais le loup se déporte l'en empêchant. Il doit donc continuer en restant à découvert. Finalement, courir dans la zone brûlée n'est pas si avantageux que ça, songe-t-il. Il puise dans ses dernières ressources sachant que ça n'y changera pas grand-chose au final. Le loup accélère et le colle de près. Il est si près maintenant qu'il pourrait l'atteindre d'un seul bond. Camille était douée pour ça. L'animal tente même de le mordre au mollet droit. Ça ressemble plus à un avertissement envers sa proie pour lui signifier qu'il est sur le point de l'avoir. Ethan s'arrache les tripes dans un dernier effort pour le distancer un peu. Puis il s'arrête net choisissant le combat plutôt que la fuite. Le loup arrête aussi sa course folle. Son regard est fixé sur sa proie, les poils de son dos sont dressés, il maintient sa queue à la verticale et se tient droit, haut sur ses pattes, ses oreilles sont dirigées vers Ethan qui ne le lâche pas du regard tenant sa lance en avant. Les babines du loup se retroussent légèrement dévoilant les crocs acérés qui menacent de s'enfoncer

121

dans la peau de sa future victime. L'heure de vérité sonne. Un des deux doit triompher. Ethan n'avait jamais songé à un conflit avec ce loup. Seul l'un d'entre eux régnera sur ce territoire. Ce n'est probablement pas ce qui motive le loup en cet instant. Mais la faim, uniquement la faim. Tous les muscles d'Ethan sont tendus, prêts à exploser au moindre signe d'attaque de la part du loup. Il hésite à lui jeter la lance. Il ne doit pas le rater s'il tente sa chance. Peut-être que ça suffira à le mettre en fuite s'imagine-t-il. Mais le regard déterminé du prédateur présage du contraire. Rien ne le détournera de son objectif. Tuer. Tuer et manger. Ethan remarque une pierre à ses pieds il se baisse lentement pour la ramasser tandis que le loup scrute la moindre occasion de lui bondir dessus. Il lui tourne autour nerveusement. Ethan lui balance la pierre en se relevant. La bête esquive et décide de passer immédiatement à l'offensive. Il lui bondit dessus si vite qu'Ethan n'a pas le temps d'ajuster sa lance pour la planter dans la peau de son assaillant. Il parvient miraculeusement à le retenir avec l'une de ses mains libres et sa lance qu'il tient en travers et contre la gorge de l'animal. Mais le prédateur mord la lance qu'il brise facilement. C'est alors des deux mains, plaqué au sol sous le poids et la force du loup, qu'Ethan se maintient du mieux qu'il peut hors de portée des crocs. La gueule est si proche de son visage qu'il peut sentir l'haleine pestilentielle et chaude du loup. Tous les deux se débattent avec rage et détermination. Pour ne pas être mangé pour l'un et pour rassasier sa faim pour l'autre. Puis Ethan parvient à glisser ses deux pieds sous la poitrine de celui qui a le dessus pour l'instant. Il réussit à le repousser, mais le loup se rétablit avec agilité et rapidité et revient aussitôt à la charge grognant et bavant, tandis qu'Ethan récupère un des bouts cassés de sa lance, celui avec l'extrémité taillée en pointe, qu'il place en avant lorsque le loup se précipite sur lui et l'enfonce en pleine poitrine. L'animal, surpris, s'écarte de sa proie dans un gémissement, comme pour prendre la fuite, avouant son échec mais finit par s'effondrer quelques mètres plus loin, sous le regard médusé d'Ethan qui n'en revient pas d'avoir réussi à s'en sortir. Ses plaies se sont rouvertes sous l'attaque. Sa victoire lui laisse pourtant comme un goût amer. Il espérait tellement pouvoir vivre en communion avec lui, apprendre et partager ce territoire. Il décide d'emporter le cadavre de l'animal jusqu'à la grotte malgré l'intense fatigue qu'il endure à présent.

Il lui faut plus d'une heure pour rejoindre son antre. Il s'assoit à côté de la dépouille et passe sa main dans sa fourrure. Il a enfin le loisir de le caresser. C'est de son vivant qu'il aurait préféré le faire. Sentir la chaleur de son corps sous sa main. Un mâle. Il s'agit bien d'un mâle. Soudain le loup lève la tête et s'adresse à lui.

- Tu ne vas pas pleurer sur mon sort tout de même ?
- Je ne voulais pas que ça finisse comme ça. J'en suis désolé. S'excuse Ethan.
- Ne le sois pas. C'est comme ça, ça a toujours été comme ça. C'était toi ou moi. Qu'est-ce que tu croyais ?
- Ce n'est pas ce que je voulais pour nous, je pensais que...
- C'est ça le problème avec vous les humains. Vous pensez ! Vous croyez ! Vous avez perdu vos instincts primaires. Et vous vous imaginez invincibles. Mais seul, on n'est rien, seuls vous n'êtes rien, vous ne valez rien.
- Il a raison Ethan. Affirme Camille qui s'est jointe à eux et se tient accroupie près du loup.
- Je suis seul ici ! On était un groupe, une meute soudée, un clan solide, rien ne pouvait nous arrêter, on était au top. Il n'y a plus rien de tout ça aujourd'hui. Sauf des fantômes... Se lamente Ethan.
- Il n'y a pas de fantômes, ça n'existe pas. Lui assure Camille.

Ethan se remet rapidement de tout ça et finit tant bien que mal par manger. Des racines, des petits animaux. Il arpente à présent les bois, revêtu de la peau du loup, et parfois il enfile son masque. Une façon de lui rendre hommage et de se sentir complètement animal, ne laissant parler que ses propres instincts. Les jours s'enchaînent alors sans trop de difficulté pour lui. Il ne mangera pas tous les jours mais il s'y fait plutôt bien. Il sait s'économiser.

Un jour, début juillet, alors qu'il pêche à la main dans un ruisseau, quelque chose attire son attention. Un mouvement fugace dans les buissons un peu en contrebas par rapport à lui, aiguise sa curiosité. Du coin de l'œil, il lui semble avoir aperçu une couleur qui ne se trouve pas habituellement dans la nature. Une couleur vive comme peut l'être un t-shirt par exemple. Si c'est le cas, alors cela veut signifier une présence humaine. Peut-être qu'ils ne l'ont pas vu, même si c'est le cas, cela peut vouloir dire une seule chose, la chasse est ouverte... Les traques, les pièges, les embuscades, les mises à mort... Il en trépigne et sent de nouveau ce tremblement dû à l'excitation.

Partie 2

Chapitre 6

En ce denier jour du mois de juin, il fait très chaud ; le thermomètre frôle les trente-deux degrés. Agathe, Anthony, Matt, Jessie, Lisa, Érika, Keith, des amis en vacances cherchent à vivre le grand frisson une nouvelle fois pour décompresser. Pour cela, ils sont tout proches d'arriver dans un endroit que Lisa, la sœur de Matt, a gardé secret à ses amis. Elle veut leur faire la surprise. Les autres savent très bien que c'est encore un de ces endroits dans lequel il s'est déroulé d'horribles événements. Chaque année, à tour de rôle, l'un d'eux organise un voyage pour un de ces lieux au passé effroyable. C'est le genre de vacances qu'ils apprécient tous et qui les fait vibrer. Plus ce qui s'y est passé est horrible et flippant plus cela les emballe, et, selon les cas, ils sont contents voire rassurés. Contents d'être en vie et rassurés de ne pas figurer dans la liste des victimes. Le dernier endroit où ils se sont rendus, c'était à New-York sur le site de l'incroyable attentat du 11 septembre 2001. C'est la seconde fois qu'ils prétendaient n'avoir jamais rien ressenti de tel tant ce lieu est chargé d'émotions. La première fois où ils avaient été autant bouleversés, c'était dans le camp d'Auschwitz en Pologne. À New-York, ils avaient loué des chambres dans un hôtel assez proche de Ground Zéro. Et le soir, ils se passaient des vidéos du tragique évènement. Ce moment incroyable et effroyable où les deux avions de ligne s'étaient écrasés l'un après l'autre dans les tours du World Trade Center.

Cette année ils vont au Canada. Dans les montagnes. L'ambiance est différente. Pas de gens qui grouillent comme des fourmis, pas de cohorte de touristes piaillant et jetant leurs détritus de partout, pas de raffut, pas de voitures par centaines qui klaxonnent à tout bout de champ. Enfin, normalement... Lisa a loué un van. Un gros van blanc américain tout confort. Les routes sont sinueuses et étroites mais il n'y a pas grand monde qui circule, ils ne seront donc pas trop gênés lors d'éventuels croisements.

Aux pieds des montagnes, ils peuvent apercevoir la fameuse forêt, ou du moins ce qu'il en reste, qui a été ravagée par un incendie l'année précédente. Les montagnes sont tristes, noires et grisâtres. Au bout de trente minutes de lacets, ils se retrouvent au milieu de ces arbres calcinés qu'ils apercevaient d'en bas. Le paysage est incroyable de désolation si on ne regarde pas attentivement. En dehors des quelques oiseaux qui s'envolent lors du passage du van il n'y a pas le moindre signe de vie. Seulement si on n'y prête pas plus d'attention. Car la nature commence depuis quelque temps déjà, par endroits et par petites touches éparses, à renaître timidement. La vie semble vouloir prendre sa revanche, faire un bras d'honneur aux tragédies qui se sont jouées ici. Comme pour balancer un bon gros fuck à ces salopes de flammes qui ont tout dévoré sans distinction, végétation comme toute vie animale... Les passagers du van commencent à se poser des questions quant aux événements qui se sont déroulés ici. Certains imaginent, forcément, que des personnes ont péri dans les flammes. Sinon ils ne seraient pas là.

Tandis qu'il tapote son volant au rythme de *Someone's in the wolf* du groupe de rock Queens of the stone age, Anthony aperçoit deux hommes au loin, sur une longue ligne droite qu'ils empruntent, qui leur font signe de ralentir. Ils sont interpellés par deux gardes forestiers, Jack et Denis, en sueur, fondant sous la chaleur écrasante. Les deux hommes arrêtent donc le van et Jack demande à Anthony, après les courtoisies d'usage, où compte se rendre tout ce petit groupe. Lisa s'empresse de leur répondre qu'ils se rendent à l'endroit où un groupe de randonneurs a été sauvagement attaqué par une bande de cinglés. Il n'y a eu, selon elle, qu'un seul rescapé à ce massacre au milieu de tout ça, ajoute-t-elle en désignant la forêt calcinée.

- Mauvaise réponse ma petite dame. Il est hors de question de vous laisser continuer par-là. Annonce Jack.

- On n'a pas trop envie que le coin devienne une sorte de parc d'attractions pour jeunes en mal de sensations fortes. Ajoute Denis nerveux.

- On a déjà donné !

- Et plus qu'on peut en supporter. Complète Denis.

- De plus, vous devriez avoir un peu de respect pour les défunts et les proches.

- Excusez-nous Messieurs, elle plaisante. Argumente timidement Anthony qui ne sait même pas de quoi elle parle. On ne cherche pas le grand frisson ou je ne sais quoi. On a fait un long voyage pour venir jusqu'ici vous savez ?!

- Et alors ? Leur demande Jack. Vous auriez dû choisir un autre endroit voilà tout !

- On espérait tout simplement passer des vacances tranquilles dans ce coin magnifique.

- Vous savez quoi ? Demande Jack. Je m'en moque de votre excuse foireuse. Vous n'êtes pas les premiers à nous faire le coup. Et les gens dans votre genre, à faire les malins, ont tendance à me gonfler.

- Donc, vos amis et vous, allez faire demi-tour et vous trouver un autre coin tranquille, loin de ces foutues montagnes pour passer vos vacances ! Leur ordonne Denis qui s'avance d'un pas menaçant le fusil tenu fermement en mains.

- Oui, un coin loin de ces montagnes et surtout loin de nous ou vous aurez des problèmes, ça, je vous le garantis. Martèle Jack qui s'approche du van et pose sa main droite sur le rebord de la fenêtre du côté conducteur.

- Ok, ok messieurs, on va faire demi-tour et s'en aller. Mais c'est vraiment dommage parce que c'est vraiment magnifique ici.

- Stop ! On arrête là ! Vous êtes soit en train de vous enfoncer, soit en train de vous foutre de nous ? ! Je ne vois pas ce que vous trouvez de magnifique à cette forêt calcinée et ces pauvres montagnes noircies ? Demande Jack. De plus, sachant que des personnes sont mortes ici, je ne vois vraiment rien de magnifique, personnellement ! Mais peut-être que c'est votre truc ? !

- C'est bon, ne vous énervez pas, on s'en va, on a compris ! Affirme Anthony ne cherchant plus à discuter. Il fait donc demi-tour comme le lui demande Jack.
- Qu'est-ce tu fous ? Lui demande discrètement Lisa.
- Reste tranquille. On ira quand même dans ces foutues montagnes. Dit Anthony qui lui fait un petit clin d'œil plein de malice souligné par un sourire en coin.

Il a compris que ce qu'elle a lancé un peu plus tôt est probablement la raison de leur venue sur ce site. Elle le connaît bien ce sourire, le genre de sourire qui veut dire qu'il a une idée en tête, celui qui veut dire, aussi, qu'il va leur jouer un mauvais tour à ces deux gardes forestier. Et donc, ceux-ci ne se doutant pas de ce que leur prépare le groupe, observent le van s'éloigner en enchaînant les virages avec douceur. Les deux hommes décident alors de continuer leur route pour vérifier l'endroit où les jeunes comptaient se rendre. Ils espèrent ne pas trouver d'autres touristes. De plus la route qui mène là-bas est la seule qui existe pour s'y rendre, donc si le groupe qu'ils ont refoulé veut tout de même revenir sur le lieu, ils les croiseront forcément…

Le fourgon est à présent hors de portée de vue des deux gardes. Anthony, crâne rasé, grand et sec s'engage alors sur un petit chemin de terre qui se faufile entre les arbres, bordé par des buissons épais épargnés par les flammes, tandis que les autres passagers surexcités harcèlent Lisa de questions. Le chemin est tout à fait praticable pour la saison, à condition qu'il ne se mette pas à pleuvoir. Auquel cas ce serait un véritable bourbier. Mais le ciel est bien dégagé. Lisa reste muette. Elle leur annoncera ce qui s'est passé dans cette forêt une fois sur place. Anthony engouffre le van aussi loin qu'il le peut sur ce sentier étroit. Les autres ne sont pas très rassurés pour autant. Il leur explique qu'il ne veut simplement pas être visible depuis la route. Il veut attendre là un moment pour pouvoir repartir et croiser les doigts pour que les gardes ne soient plus dans le coin. Il immobilise le véhicule et coupe le contact. Tous les passagers descendent enfin et tendent l'oreille pour s'assurer que le tout-terrain des gardes s'est éloigné. Ils sont invisibles depuis la route, mais d'ici ils pourront très bien entendre n'importe lequel des moteurs de véhicules qui s'approcheraient tant l'endroit est calme et silencieux. Ils patientent, malgré tout, deux bonnes heures avant de reconnaître le bruit d'un 4x4 repartir. Lisa fait un petit saut de joie sur place et tout le monde se précipite dans le van pour reprendre la route. Anthony fait démarrer l'engin en trombe. Il s'arrête quelques secondes avec précaution et plus ou moins d'appréhension aux abords de la route, et regarde de gauche à droite pour s'assurer que ce sont bien les deux gardes qui sont partis. Il ne voit pas de véhicule mais se risque tout de même à démarrer, encouragé par Lisa et les autres, pressés d'arriver afin de connaître le terrible secret de ce lieu pour l'instant si mystérieux et insaisissable.

Chapitre 7

Enfin arrivés à destination, ils descendent tous du van en silence, attentifs au moindre bruit, craignant d'entendre le véhicule des deux gardes forestiers rappliquer et de devoir faire demi-tour pour de bon, dans le meilleur des cas. Lisa et Anthony ne les attendent pas et commencent à s'aventurer dans la forêt. Les autres ne se rendent compte de rien. Au bout d'un moment, Érika finit par signaler au reste du groupe que Lisa et Anthony ont disparu. Ils se regardent les uns les autres dans un premier temps, puis rapidement, ils scrutent les bois autour d'eux. Matt appelle Lisa, sa sœur. Ni elle ni son petit copain ne répondent. Le petit groupe semble être sur le point de paniquer quand Matt dit aux autres que sa sœur et son mec doivent leur jouer un mauvais tour. Jessie dit alors sur un ton moqueur, qu'ils sont peut-être allés lui faire un petit-neveu dans les buissons. Érika semble ne pas apprécier la plaisanterie et reprend Jessie.

- Tu n'es pas sans savoir qu'on est dans un endroit où il est arrivé quelque chose d'horrible dans le passé ?
- Et alors ? Demande Jessie.
- Laisse tomber… Souffle-t-elle exaspérée.

Matt regarde en l'air et contemple le ciel. Un ciel parfaitement bleu. Il semble savourer pleinement le petit vent frais qui lui lèche le visage et fait danser ses cheveux mi-longs. Il aime tous ces petits riens que la plupart des gens ne remarquent pas et ne savent pas, ou plus, apprécier. Où qu'il soit il est toujours attentif à « ces petits riens », comme il dit. Même en ville, il prend le temps d'apprécier le peu que la nature lui offre. Le ciel, l'air, une feuille morte qui tombe d'un arbre, la pluie, les nuages…. Il ne fait pourtant pas parti de ces écologistes purs et durs et ils le font même plutôt sourire pour la plupart. Même eux ne savent pas apprécier ces petits riens ou ces grands « tout ». L'important pour ces gens c'est la bataille qu'ils pensent mener contre la malbouffe, contre les industries agroalimentaires, la souffrance animale, les supermarchés et leur gaspillage honteux, ou simplement pour faire bien, pour être différent, se démarquer de la masse…

Ces grands « tout », ce sont ces espaces immenses et sauvages qui parsèment notre planète. Lorsqu'il se trouve dans un de ces endroits magiques, d'après lui, il est comme hypnotisé par la beauté du lieu et rien ni personne ne semble pouvoir le détourner de sa contemplation. Ni même Jessie, celle qu'il aime secrètement. Habituellement, il ne peut s'empêcher de la regarder, discrètement, toujours sans qu'elle ne le remarque. Elle aussi il la

135

contemple avec admiration, mais parfois ces petits riens ou, grands « tout » accaparent son attention à un point que plus personne ne semble exister ou avoir la moindre importance. Il ne sait pas s'il pourra un jour lui avouer son amour, il est probable, selon lui, que non. Il en est incapable. Il est bien trop timide, de plus, il se trouve un physique ingrat et est persuadé qu'il n'est pas du tout le genre de type qu'elle aime. Il s'imagine qu'elle aime les mecs bien dans leurs pompes, sans aucun traumatisme, beaux gosses, musclés, les dents qui brillent, bien fringués et à la mode, drôles, intelligents, sans le moindre défaut, blindés de tunes avec une bagnole sportive à la peinture aussi éclatante que leurs dents. Le genre de mec qui n'a pas besoin de déclarer sa flamme aux filles, ce sont elles qui font le premier pas, ou lui font comprendre, sans trop de détours, qu'elles sont prêtes à « l'accueillir ». Alors il se contente d'être un ami... Et d'avoir mal. C'est peut-être aussi pour ça qu'il aime autant ces petits riens et grands « tout » ; ils lui permettent de se vider complètement la tête et de ne penser à rien et surtout pas à Jessie qu'il n'aura jamais, d'après lui. Il a déjà parlé à Lisa de ses sentiments pour elle. Elle lui a toujours affirmé que c'était un beau gosse et qu'il n'avait pas de soucis à se faire de ce côté-là. Elle lui avoue toujours, lorsqu'il se confie à elle, qu'elle l'aime plus que tout au monde et que s'ils n'étaient pas frère et sœur, elle se serait jetée sur lui pour lui faire sa fête. Il est

136

tout ce qu'il lui reste depuis que leurs parents sont morts tragiquement. Elle a toujours été là pour Matt lorsque ça n'allait pas et réciproquement. Les liens qui les unissent sont très forts et semblent être indestructibles. Elle n'hésite pas à partir de chez elle en pleine nuit lorsqu'il ne va pas bien et qu'il l'appelle. Lisa est plus âgée que son frère de quatre ans mais parfois c'est Matt qui doit la consoler ou la rassurer en pleine nuit ; même son petit ami, Anthony, ne peut rien dans ces moments là. Elle lui a déjà dit à plusieurs reprises que, bien qu'elle l'aime, seuls les bras de son frère réussissent à l'apaiser et la réconforter. Anthony l'avait mal pris au début de leur relation. Il était jaloux de Matt et Lisa l'avait remarqué évidemment, mais s'il voulait que leur histoire continue il devra faire avec et il ne pourrait absolument rien y changer de toute façon. À présent ils vont bien tous les deux, du moins en apparence… Leurs blessures s'enfoncent en eux petit à petit. Matt s'est également rendu compte qu'Anthony n'appréciait pas cette complicité qu'ils partagent, ce besoin qu'ils ont l'un de l'autre. Il a alors fini par cesser d'appeler Lisa au secours en pleine nuit et ces petits riens ont souvent remplacé sa précieuse présence. Quant à Lisa, le moyen qu'elle a trouvé pour se réconforter, se dit Matt, est de se rendre sur des lieux où il s'est passé de terribles événements. Certainement sa façon à elle de faire face à la mort, ainsi qu'à la mort de leurs parents. C'est elle qui est à l'origine de ces expéditions pour le moins particulières. Matt accepte à chaque fois de faire partie du voyage pour être près de sa sœur au cas où elle craquerait, ou au cas où elle aurait besoin de lui tout simplement. C'est peut-être aussi parce qu'il a peur d'être trop éloigné en cas de besoin absolu qu'elle soit là pour lui. Ils n'ont pas besoin de se le dire, ils le savent pertinemment l'un comme l'autre. Le reste du groupe ne connaissent pas la circonstance dans laquelle leurs parents ont disparu, ils ne le leur ont jamais dit et personne d'ailleurs n'ose aborder le sujet. Ils se doutent qu'il s'est passé quelque chose de terrible et que fréquenter précisément ces endroits tragiques n'est pas le fait du hasard ou simplement le goût du morbide, mais qu'ils ont appris à les aimer pour le frisson ou les émotions qu'ils leur procurent.

Pour l'heure, ils ne savent pas trop à quoi s'attendre quant à la disparition de Lisa et d'Anthony. Un petit canular peut-être ? Personne n'ose les appeler en criant par crainte d'être entendu par les gardes. Tous sont tentés d'utiliser leur mobile pour les appeler mais ce serait totalement inutile puisqu'il n'y a aucun réseau dans le coin. Agathe demande si quelqu'un sait ce qui s'est passé ici. Personne n'est renseigné sur la question. Soudain quelque chose bouge dans le sous-bois.

- C'est vous ? Demande Agathe.

138

- Ferme-la, si ça se trouve c'est un ours ou des loups. Dit Érika.
- Et alors ? Ils vont s'enfuir en nous entendant. Réponds Matt.

Presque tout le monde sursaute lorsque Lisa surgit soudain de derrière un buisson et leur annonce qu'un bon nombre de personnes sont mortes quelque part dans cette forêt. Il n'y a eu qu'un seul survivant, dit-elle. En fait, leur explique Lisa, deux groupes de randonneurs ont tous péri dans l'incendie qui a ravagé cette forêt. En fouillant sur le net, elle a trouvé deux ou trois trucs sur ce drame. Des trucs qui diffèrent de ce qui a été raconté dans la presse. L'incendie qui a dévasté le coin aurait été déclenché par ce survivant même en tentant de s'échapper. Sur certains forums, elle a déniché des articles qui prétendent que les membres d'un premier groupe ont tous été assassinés il y a deux ans environ, puis tous les membres du second, à l'exception de l'un d'eux le rappelle Lisa, l'année dernière. Elle raconte à ses amis que le type qui s'en est sorti a, d'après certains témoins, été retrouvé complètement à poil. Certains disent qu'il a été torturé, violé. En tout cas, il a tenté de fuir les flammes avec la voiture de l'une des victimes qui a été sauvagement assassinée à l'endroit même où ils se trouvent. Tous se regardent avec stupéfaction. Lisa leur fait alors découvrir tous les petits mausolées de fortune dressés par les familles des victimes en leur souvenir ainsi qu'une stèle commémorative.

- Donc ce que tu as raconté à ces deux clowns n'est peut-être pas totalement faux ? Tu sais où tout s'est passé ? Demande Anthony.

- Non pas exactement. En fait les lieux précis n'ont pas été divulgués, par contre il paraît que seulement deux corps ont été retrouvés. Celui qui a été retrouvé ici et celui d'un membre du premier groupe de randonneurs disparus il y a deux ans. Les autres sont tous encore quelque part dans cette forêt.

- Et donc ? Demande Érika.

- On va s'aventurer là-dedans. Dit Lisa en désignant du doigt le sombre sous-bois. On ne va certainement pas trouver quoi que ce soit, mais ça ne nous fera pas de mal de faire un peu de marche non ? Dit-elle en se tapotant le ventre.

- Et tu fais quoi des loups et des ours ? Demande Érika.

- Ça tombe bien que tu en parles, parce que figure-toi que tu es là pour ça ! Répond Lisa sèchement. C'est toi l'appât. Et donc pendant qu'un de ces trucs te grignotera, nous, on pourra se tirer en douce !

140

- Lisa, c'est pas sympa. Elle t'a rien fait. S'étonne Anthony.
- Je préfère juste que ce soit elle qui se fasse bouffer que moi. Ajoute Lisa avec une pointe d'ironie et un léger sourire de satisfaction.

Anthony regarde Érika et lui fait signe de ne pas en rajouter, de laisser tomber. Elle n'insiste pas et attrape son sac à dos. Ils se mettent, enfin, tous en marche. Ils passent silencieusement devant tous les petits mausolées. Des petits tas de pierres sont disposés les uns près des autres, sur lesquels il y a des pots de fleurs contenant des plantes qui ne semblent pas au mieux de leur forme. On peut voir également des croix en bois plantées solidement dans le sol. Sur certaines, la photo d'un disparu y est accrochée. Matt s'approche d'une des croix et redresse une photo qui est sur le point de tomber. Sur cette croix il est inscrit le prénom de la victime, une jeune fille, Emma. Matt observe pendant quelques secondes le visage souriant de cette jolie jeune femme. À chaque fois qu'il se trouve sur le lieu d'un drame et qu'il y a des photos de victimes, il s'efforce de garder un de leur visage ainsi que son prénom, en mémoire. Il se dit qu'il y aura au moins une personne de plus, autre que ses proches, qui se souviendra d'elle. Du bout de l'index, il effleure le doux visage

141

aux couleurs délavées d'Emma quand Lisa l'appelle, lui demandant de se dépêcher s'il ne veut pas se retrouver tout seul comme un con. Il délaisse alors la croix d'Emma et les autres témoignages d'amours et d'amitiés plus ou moins effacés par le temps et part rejoindre le groupe. Son regard croise celui de Jessie. Elle lui fait un petit sourire qu'il lui rend aussitôt. Il la rejoint, et reprennent, ensemble, la marche. Il voudrait paraître heureux d'être aux côtés de Jessie mais le visage d'Emma est encore incrusté dans sa rétine pour l'instant. Il marche, tête baissée vers le sol, ses yeux parcourant les feuilles mortes, la mousse, les pierres, les racines... Il regarde ces petits riens qui finiront au bout d'un bon quart d'heure de marche par lui vider enfin l'esprit. Il n'oubliera pas le visage d'Emma pour autant. Il ne pense même plus à Jessie qui marche silencieusement près de lui, sans se rendre compte que celle-ci lui jette des regards furtifs espérant croiser, une nouvelle fois, la beauté de ses yeux. Jessie aime énormément Matt, et même bien plus que ça, mais elle n'ose pas non plus le lui avouer. Elle pense ne pas correspondre au genre de nana qu'il doit aimer. Elle pense ne pas être à la hauteur. Elle se dit qu'un rêveur comme lui, qui se laisse transporter par tout un tas de petites choses paraissant anodines et pourtant si essentielles pour lui, ne doit certainement pas s'intéresser à des nanas qui au contraire passent leur vie à ne pas se préoccuper de détails paraissant dénués d'importance, mais pourtant si indispensables à la vie, au bien-être, qui ont le pouvoir d'apporter tellement de bonheur pur et simple si on prenait le temps de s'y attarder quelques instants. Elle aimerait tant qu'il lui apprenne à regarder la vie autrement, qu'il lui montre le monde à travers ses yeux. Une fille, qui se teint les cheveux, qui a des piercings et des tatouages n'est sûrement pas son style de fille, mais putain, qu'est-ce qu'elle aime quand il est dans les parages, qu'est-ce qu'elle aime le voir s'envoler avec une légère brise, un groupe d'oiseaux ou dans un tourbillon de feuilles mortes. Elle profite du moindre de ses moments d'égarement pour le contempler avec amour, passion, admiration, mais aussi tristesse, sachant qu'avec Lisa, ils ont perdu leurs parents trop tôt. Elle se montre volontairement distante par crainte d'en être amoureuse au point de souffrir d'un amour à sens unique.

Jessie accélère le pas laissant Matt dans ses pensées, accroché à ses précieux petits riens. Sitôt qu'elle se trouve devant lui elle trébuche sur une racine qu'elle n'a pas vue, et manque de tomber. Cela sort immédiatement Matt de ses rêveries et il demande, sur-le-champ, à la jeune femme si elle va bien, si elle ne s'est pas tordu la cheville. Elle lui affirme que tout va bien et qu'elle n'avait qu'à faire attention où elle pose les pieds. Il lui déclare que le plus important c'est qu'elle ne se soit pas fait mal, au final. Elle reprend aussitôt la marche, suivie par Matt qui ne lâche pas du regard la jeune femme, sa silhouette, ses formes, ses longs cheveux roux ondulés qui lui tombent au milieu du dos. Il revoit ses tatouages qui parsèment son corps. Il a, à de multiples occasions, et par ailleurs, discrètement, eu l'occasion d'admirer sa peau claire qui paraît si douce, et l'empreinte de ses tatouages bien trop dissimulés ce jour même à son goût. Avec sa sœur, son beau-frère, Jessie et lui, ils ont déjà passé quelques vacances ensemble au bord de l'océan ou sont tout simplement allés se baigner dans des lacs près de chez eux, ou parfois à la piscine. Il se rappelle alors combien il aurait aimé pouvoir la prendre dans ses bras et sentir sa peau contre la sienne. Passer ses doigts dans ses longs cheveux. Il aime aussi regarder ses reins, ses jolies fesses se balancer de gauche à droite quand elle marche, comme elles le font en ce moment, devant lui. Il en rougit légèrement. Jessie, elle, semble être un peu troublée le sachant juste derrière. Elle espère secrètement qu'il la regarde, que son regard abandonne tout ce qui retient habituellement son attention pour s'attarder un instant sur son postérieur et, pourquoi pas, que celui-ci fasse partie intégrante de ses foutus trucs qui accaparent toutes ses pensées. Elle hésite, mais décide tout de même de lui jeter un petit regard par-dessus l'épaule. Matt, toujours captivé par les formes de la jeune femme, ne s'est pas tout de suite rendu compte de ce petit regard amusé et satisfait que lui lance Jessie, les joues teintées de rose. Elle se dit qu'il mettra ça sur le compte de l'effort. Quant à lui, il rougit de nouveau mais de honte cette fois, et s'excuse aussitôt quand il croise son regard. Elle lui renvoie alors un petit sourire timide et plein de tendresse. Va-t-il le traduire de cette façon ? se demande-t-elle.

- Ce n'est rien. Lui dit-elle d'une voix douce et amusée.

Et elle regarde droit devant elle, faisant attention où elle pose ses pieds, et ne pas chuter comme une conne, se dit-elle. Matt, quant à lui, baisse la tête, toujours confus, pour retourner à l'observation de ses divers petits riens qui défilent sous ses pieds. Pour lui c'est réglé, ce regard un peu insistant sur le cul de Jessie a définitivement avorté toutes tentatives d'approche ou de déclaration. Et Jessie, elle, espère que son regard amusé ne le fermera pas définitivement. Peut-être qu'il l'aura mal interprété ? Elle va ruminer ça pendant un long moment, jusqu'à leur première pause pour boire un peu, manger un morceau et souffler. Le coin est déjà assez difficile, surtout pour des gens qui ne pratiquent pas la marche de manière régulière.

Ils déposent leurs sacs à dos et autres ustensiles avec soulagement. Keith fait quelques étirements et invite Jessie à s'étirer avec lui. Elle le rejoint et s'exécute. Matt les regarde un instant, puis il se détourne afin de ne pas voir le petit manège de Keith qui lui a déjà avoué vouloir tenter sa chance avec elle. Et lui n'hésitera pas ! Keith est plutôt le beau gosse typique. Brun, les cheveux courts, les yeux bleus, une silhouette qui laisse facilement deviner qu'il entretient son corps et qu'il fait de la musculation. Pas trop, juste ce qu'il faut pour se sculpter un corps qui ne laisse pas indifférent la plupart des femmes, pense Matt. De plus, les conquêtes qu'il enchaîne ne font que le conforter dans cette idée. Il pourrait très bien être du goût de Jessie. Il a aussi quelques tatouages. Ils en ont déjà parlé, Jessie et lui. D'ailleurs, Il avait évidemment sauté sur l'occasion, un soir, lors d'une de leur expédition sur le lieu d'une tragédie, dans une chambre d'hôtel où ils logeaient tous. Il lui avait exhibé ses tatouages, enlevant son t-shirt et faisant d'une pierre deux coups. Il lui dévoilait en effet, par la même occasion, ses tablettes de chocolat, ses biceps saillants etc. Il se vantait des heures de travail que cela lui coûtait pour obtenir un tel résultat. Matt, pour le taquiner, mais surtout par agacement et un soupçon de jalousie, lui avait alors demandé si le but de ce mini-strip-tease était de se pavaner le torse nu pour montrer ses muscles gagnés en ingurgitant tout un tas de produits chimiques, de protéines et autres merdes, ou pour montrer ses tatouages, ce qui était la

146

discussion de départ, et par conséquent à l'origine de cet étalage de viande impropre à la consommation. Keith ne l'avait pas mal pris mais avait été surpris par la réaction de Matt. Anthony lui avait ensuite demandé de montrer à son tour ce qu'il cachait sous son t-shirt pour voir s'il tiendrait la comparaison. Keith avait alors répondu à Anthony que ce n'était pas un concours, et qu'il ne faisait ça que pour s'entretenir et être en forme. Il avait rajouté qu'il se foutait des gens qui ne faisaient pas de sport, que ce n'était pas grave, que chacun faisait ce qu'il voulait. Il ne portait pas de préjugés envers les autres d'après leur apparence physique. Il n'aimait pas non plus ceux qui se moquaient des gens obèses, trop maigres, en mauvaise santé. Matt était soudainement sorti de la chambre prétextant une forte fatigue. Il s'était enfermé, ruminant la phrase de Keith affirmant qu'il ne portait pas de préjugés envers les autres d'après leur apparence physique. Putain se disait-il, c'est exactement ce qu'il venait de faire. « Quel con, putain » se répétait-il. Il était persuadé que cette attaque envers Keith, ses muscles taillés à coups de merdes chimiques n'aurait pas échappé à Jessie.

Pour l'heure, Matt retourne dans son univers, peuplé de ses petits riens, afin de s'aérer la tête une fois de plus. Il s'assoit et regarde un avion qui passe au-dessus de ces montagnes et de cette forêt dans laquelle ils peinent à avancer sans savoir où ils vont vraiment. À chaque fois qu'il regarde un avion passer au-dessus de lui il se demande quelle est sa destination et qui sont ses passagers. Des hommes d'affaires ? Des vacanciers ? Des jeunes mariés en lune de miel ? Des gens qui fuient leur quotidien merdique ? Un aigle passe et coupe la trajectoire de l'avion, ce qui détourne le jeune homme de ses pensées. Il se concentre alors sur le rapace, délaissant ce copieur métallique et lourdaud qui, sans moteur, ne serait rien de plus qu'un autobus de luxe géant et encombrant. Il ne dénigre pas pour autant l'ingéniosité de ceux qui mettent au point ces appareils. Faut être fou ou incroyablement intelligent pour faire voler ce qui, à l'origine, n'est pas fait pour ça.

Jessie qui s'étire en arrière remarque elle aussi le rapace. Son cri puissant qui résonne entre les montagnes attire tous les regards.

Chapitre 8

- Je suis vraiment désolé pour tout à l'heure. Dit Matt à Jessie qui s'est assise près de lui.
- Ce n'est pas grave, je n'ai pas de problème avec ça, j'aime bien qu'on me mate le cul, c'est plutôt flatteur. Dit-elle avec un sourire toujours plein de tendresse et un peu malicieux.
- Putain la honte ! Avoue Matt.
- Ça ne me gêne pas, surtout si….. Jessie est interrompue par Lisa qui signale à tout le monde qu'il est temps de se remettre en route.

Lisa prie son frère de la rejoindre, ne laissant pas à Jessie, à son plus grand désarroi, l'occasion de lui dire que ça ne la gêne pas qu'on lui mate le cul surtout lorsque c'est lui. Lisa demande à son frère, qui l'a rejoint, s'il n'a rien oublié et s'il a bien tout vérifié. Il lui affirme que c'est bon et lui confie que de toute façon il est un peu tard pour s'en inquiéter. Lisa acquiesce et se remet en route à ses côtés.

- Dis-moi, ça à l'air de bien se passer avec Jessie on dirait ? Demande-t-elle.

- Tu parles. Dit-il d'un ton déçu.
- Quoi ? Je vous ai vu marcher ensemble et discuter tous les deux pendant la pause.
- Oui, je m'excusais d'avoir été pris en flagrant délit de lui mater le cul !
- Elle a un joli petit derrière donc c'est compréhensible. Je ne te le reprocherai pas va. Lui dit-elle en lui faisant un clin d'œil.
- Encore heureux !
- Elle n'avait pas l'air de t'en vouloir en tout cas. Elle avait l'air d'être... Lisa marque une pause pour faire durer le suspense... Elle avait l'air heureux à côté de toi. Malgré cet incident... Le rassure-t-elle en lui filant un petit coup de coude.

Matt ne répond pas et rougit un peu. Il suppose qu'elle lui dit ça simplement pour le réconforter et rien d'autre. Il regarde en arrière pour observer Jessie. Il espère la surprendre en train de le mater en douce. Elle marche en compagnie de Keith tout en riant. L'idée qu'elle vient de lui raconter sa mésaventure lui traverse l'esprit, et à son tour il manque de tomber en se prenant le pied gauche dans une racine. Bon sang, arrête de te prendre la tête avec cette fille, se dit-il, et regarde où tu mets les pieds. Agathe, Érika et Anthony marchent ensemble, enfin, disons plutôt qu'Érika et Anthony marchent ensemble tandis qu'Agathe marche légèrement en retrait avec son casque sur les oreilles. Agathe, brune aux cheveux courts, de taille moyenne, un piercing à l'arcade droite et les yeux marron, est plutôt très mignonne selon Matt et les autres. Pourtant ils ne savent pas grand-chose d'elle. Elle est très discrète, trop pour certains, d'ailleurs Érika, Keith et Anthony la verraient très bien avec Matt. Ils s'éloignent parfois tous les deux sur leur planète respective, l'un avec ses petits riens qui peuplent tout son univers, l'autre avec sa musique. Agathe qui n'est pas très bavarde, s'isole totalement lorsqu'elle met son casque sur ses oreilles. Et en ce moment elle est complètement immergée dans son monde. Elle suit le groupe machinalement sans prêter attention aux uns et aux autres. Elle marche et suit tout simplement. Elle ne se perd pas dans tout ce qui l'entoure, passe au-dessus d'elle, ou sur ce qui défile sous ses pas comme le fait Matt.

Ils l'ont rencontrée à New York sur le site du nouveau projet qui était en train de s'ériger à la place des deux tours. C'est Matt qui a fait sa connaissance le premier. Il l'a abordée alors qu'elle regardait là où se trouvaient les tours disparues, une larme s'écoulant sur ses joues. Il lui a alors tendu un mouchoir en papier

151

pour s'essuyer. Elle l'a remercié. Ils ont entamé une conversation sans qu'il lui ait demandé si elle avait perdu quelqu'un ici ou si c'est l'émotion que dégage l'endroit qui la faisait pleurer. Ils se sont revus pendant leur séjour là-bas, elle leur a servi de guide. Un excellent guide d'ailleurs. Ils lui ont expliqué en quoi consistent leurs expéditions qu'ils organisent de temps en temps, et ils lui ont proposé de partir avec eux pour la destination suivante. Elle a accepté. Tous pensent qu'elle a perdu quelqu'un à New-York mais personne ne le lui a jamais demandé. Et, si c'est le cas ils préféreraient que ce soit elle qui se confie. Ils ne lui connaissent pas de petits amis. Certains d'entre eux pensent que celui qu'elle aimait était mort là-bas ou un truc comme ça. Pour Matt ce n'est pas plausible puisque au moment de cet attentat, ils étaient tous mineurs, Agathe y compris.

Érika et Anthony ont l'air entièrement satisfait de cette balade. Ils sourient bêtement tout en marchant. Lisa propose alors à tout le monde de chercher un coin pour dormir ce soir et de repartir le lendemain pour s'enfoncer encore un peu plus dans la forêt en espérant trouver quelques trucs intéressants. Pour l'instant la forêt est loin d'être la forêt dense qu'elle devait être avant l'incendie. Leurs chaussures de marche sont noircies par les cendres et les branches calcinées qui jonchent le sol. Leurs pantalons aussi ne sont pas épargnés. Lisa leur propose de continuer en direction de la forêt épargnée par les flammes. Ils marchent pendant deux bonnes heures lorsque Keith appelle tout le monde. Il leur demande de le rejoindre. Il a trouvé quelque chose. Ils s'approchent tous de lui ; il leur montre alors le crâne d'un animal. Un gros crâne avec des grandes dents, puis un peu plus loin les restes d'un squelette imposant.

- C'est quoi d'après toi ? Demande Agathe.
- Un loup ou un ours, un truc qui mord en tout cas d'après ses canines. Dit Keith qui titille ces dents, bien inoffensives à présent, avec une brindille.
- S'il était en vie tu ferais moins le malin. Il n'a pas eu le temps de s'enfuir lui non plus. Précise Matt. Je le ramènerais bien ! Ajoute-t-il.
- Tu n'es pas déjà assez chargé ? Demande Lisa.
- Si, mais au retour, peut-être que j'aurai un peu de place.
- Je le prendrai avec moi. Dit Jessie. Je n'ai pas pris grand-chose.
- Légèrement vêtue ? ! Intéressant… Dit Keith en haussant un de ses sourcils.
- Je n'ai pas besoin de grand-chose. Je ne suis pas une de ces pétasses qui a besoin de tout un tas de fringues

où qu'elles aillent. Précise-t-elle. Tu m'as prise pour ce genre de nanas, sérieusement ?

- Un peu, oui. Avoue-t-il honteusement.
- Je croyais que tu ne jugeais pas les gens d'après leur apparence ? ! Lui lance-t-elle.
- Tu marques un point. Dit-il.
- On reprend ? Demande Lisa.

Ils se remettent en route. Matt jette un dernier coup d'œil à ce crâne qui l'emporte certainement dans de nouvelles rêveries d'après Jessie.

- N'empêche, j'espère sincèrement qu'on ne va pas croiser un de ces trucs vivant ?! S'inquiète Keith qui désigne les restes de l'animal d'un geste de la main.
- Ça me fait flipper. Dit Érika.
- Ce n'est pas Lisa qui prétendait que tu étais là pour ça ? Pour servir d'appât, de diversion ou un truc comme ça ? Demande-t-il.
- Si, c'est ce que j'ai dit. Confirme Lisa. Tu as une bonne mémoire dis-donc. J'espère que tu t'en souviendras le moment venu ?
- Arrête de dire des bêtises, elle flippe, merde. Pas la peine d'en rajouter. Lui dit Anthony agacé.

154

Lisa n'est pas du genre à lancer des piques comme ça, aussi, Matt surpris par sa sœur la rattrape.

- Qu'est-ce qui se passe ? Demande-t-il.
- De quoi ?
- Ce que tu as dit à Érika.
- Ce n'est rien, je dois être fatiguée ? ! Suppose-t-elle.
- Ne te fous pas de moi ! Quand tu es fatiguée, tu n'es pas méchante comme ça, gratuitement. Affirme Matt.
- Je ne sais pas, elle commence à me sortir par les yeux cette poupée gonflante.
- Et pourquoi ?
- Je ne sais pas, c'est comme ça ! Et puis occupe-toi de ton cul ou plutôt de celui de Jessie, et fous-moi la paix. Merde !

Matt sait très bien que lorsque sa sœur est énervée et qu'elle lui demande d'aller voir ailleurs, il vaut mieux lui obéir et s'éclipser. Il s'écarte et la laisse prendre la tête du groupe. Il ira lui parler plus tard. Il regarde alors Érika comme si le simple fait de l'observer pourrait lui donner l'explication de cette animosité soudaine envers la jeune femme. Érika est une belle blonde, le genre de fille qu'on pourrait confondre sans difficulté avec la célèbre poupée que la plupart des petites filles rêvent d'avoir, puis qu'elles rêvent de devenir en grandissant. Certaines même, feront tout et dépenseront beaucoup d'argent pour lui ressembler. Eh bien Érika semble avoir eu envie de lui ressembler visiblement. Blonde, les cheveux mi-longs, les yeux bleus, pulpeuse et terriblement sexy. Matt n'est pas un saint, et elle est tout à fait le genre de nana à laquelle il pense pour des petits plaisirs solitaires. C'est comme ça qu'il la voit, une fille d'un soir, d'un après-midi voire plusieurs, mais uniquement pour du sexe et rien d'autre. Elle n'est absolument pas méchante, elle est même assez sympa, mais ils n'ont pas du tout les mêmes préoccupations ni les mêmes centres d'intérêt dans la vie. Elle est le cliché type de la fille plutôt superficielle. Fringues, maquillage, chaussures, sacs à main, sous-vêtements à faire bander un cheval, belles bagnoles, clubs branchés... Keith est sorti avec elle, enfin disons plutôt qu'il la baisait. Ils sont restés en bons termes puisqu'ils n'avaient pas de relation amoureuse à proprement parler. Ils baisaient c'est tout. Puis Keith a rencontré une autre nana pour laquelle il a eu des réels sentiments. Celle-ci l'a largué au bout de six mois ! Érika et Keith se sont rencontrés dans le même club de sport. Ce n'est pas pour autant une blonde complètement stupide. Elle est même loin d'être conne. Et loin d'être pudique aussi ! Un chaud jour d'été, elle devait accompagner Matt, Lisa et Anthony pour se baigner dans un lac près de leur domicile. Donc, elle les rejoints chez eux, ils sont tous prêts sauf elle. C'est une citadine et il est hors de question qu'elle sorte dans la rue habillée simplement. Toujours se montrer au top, toujours sexy. Jean ultra-moulant petit haut court, très court. Tout juste de quoi cacher sa poitrine, soutien-gorge bien visible d'un blanc immaculé. Dès son arrivée elle a voulu se changer, pour enfiler... son maillot de bain. Ou du moins pour se mettre un petit bout de tissus cachant à peine ce qu'il y a à cacher pour éviter l'attentat à la pudeur.

Matt est dans la salle de bains à ce moment-là ; il n'a donc pas entendu qu'Érika allait se changer dans une chambre. Elle connaît un peu la maison, elle a déjà fait une soirée ou deux chez eux. Lorsqu'il finit dans la salle de bains, il sort pour aller dans la chambre où justement se trouve Érika, afin de récupérer ses affaires. La porte n'est pas verrouillée et il est persuadé qu'il n'y a personne, ou que tout le monde l'attend soit dans le salon, soit dehors. Lorsqu'il ouvre la porte, il n'en croit pas ses yeux. Érika est totalement nue. Elle n'est ni effrayée ni surprise pour autant, elle ne saute pas sur ses fringues pour s'habiller en quatrième vitesse ou prendre quelque chose pour se cacher comme l'auraient fait la plupart des femmes, et même des hommes d'ailleurs. Elle reste comme ça, tranquille, comme si c'était normal. Ou comme si elle s'attendait à quelqu'un d'autre... Elle lui fait même un petit

157

sourire coquin. Matt s'excuse immédiatement, lui disant qu'il était venu chercher son sac et qu'il ignorait qu'elle était là. Elle lui répond qu'il n'y a pas de soucis et qu'il peut prendre ses affaires pendant qu'elle se change. Elle lui confie qu'elle n'a aucun problème avec la nudité, qu'ils sont des adultes et elle suppose que ce n'est quand même pas la première fois qu'il voyait une fille totalement nue. C'est clair, mais qu'aurait-elle dit s'il lui avouait qu'il risquait fort de penser à elle, à présent, en certaines occasions... Sans rentrer dans les détails... Elle sait parfaitement ce qu'elle provoque chez beaucoup d'hommes. Matt récupère ses affaires puis sort de la chambre en jetant un dernier petit coup d'œil fugace vers Érika qui vient tout juste d'enfiler le bas de son maillot de bain. Un string, un sacré putain de string ! Qui lui va magnifiquement bien ! Le string en question n'avait, apparemment, pas laissé non plus Anthony indifférent. Tiens, se dit Matt, il ne s'était jamais rappelé ce détail jusqu'à aujourd'hui. Puis, il se souvient de cet après-midi au bord de ce lac. Sa sœur n'arrêtait pas de le charrier avec Érika et son string perdu au milieu de ses fesses insolentes. Elle n'avait pas remarqué que son mec aussi louchait sur ce fameux cul dès qu'il le pouvait. Mais, lorsque Matt se trouvait dans l'eau parce qu'il avait trop chaud à cause du soleil qui cognait franchement ou à cause d'Érika, il oubliait tout. Il faisait la planche, fermait les yeux et se laissait

158

porter par le doux liquide. Il se laissait porter vers le vide. Pourquoi bizarrement s'en rappelle-t-il aujourd'hui ? Un truc qui le chagrine soudainement. L'attitude de sa sœur, Antony qui avait passé une après-midi à mater Érika, leurs échanges de sourire, de mots, leurs regards... Et merde se dit Matt. Non, ce n'est pas ça quand même. Jalouse. Elle est jalouse d'Érika, à tort espère-t-il.

Matt suit le groupe en ruminant cette idée. Agathe a rejoint Lisa. Keith, Anthony, Érika marchent ensemble. Jessie rejoint Lisa et Agathe un peu plus tard. Ils ne vont pas tarder à rejoindre la partie de la forêt qui n'a pas été dévastée par les flammes. Les arbres ont visiblement moins souffert par ici, le vent devait souffler à l'opposé.

- On va marcher encore longtemps ? Demande Keith.
- Tu es fatigué ? Demande Jessie. Tu devrais être content de marcher autant, c'est bon pour ta ligne, pour ton corps parfait. S'amuse-t-elle.
- Ouais, d'ailleurs tu devrais en faire plus souvent. Lui lance-t-il accompagné d'un clin d'œil. Ton cul s'en porterait d'autant mieux.
- Il ne te plaît pas mon cul ?
- Oh que si, mais un peu plus ferme peut-être... J'aime peloter des culs bien fermes.

- Et bien tu peux toujours rêver. Le jour béni où tu pourras toucher mon cul n'existe pas, ni dans un futur proche, lointain, ni même dans tes rêves, je ne t'en laisserai pas l'occasion. Jamais !
- Ah, si tu savais, pourtant, ce que je fais avec ton cul dans mes rêves…

Jessie lui fait alors un doigt d'honneur avec un grand sourire en lui disant qu'il peut toujours s'asseoir sur lui.

- C'est bon je déconne, il est très bien ton cul.
- Je le sais, merci.
- N'empêche que dans mes rêves…
- Ta gueule !
- On avance encore un peu et on monte nos tentes pour passer la nuit ? Ça vous va ? Demande Lisa.
- Oui pas de problème, on peut marcher encore un peu, il est tôt. Répond Anthony.

Lisa ne prête pas attention à lui et reprend aussitôt la marche. Matt commence à être un peu fatigué. Agathe aussi accuse le coup. Elle s'arrête pour boire un peu d'eau puis elle rejoint Matt pour lui en proposer. Il la remercie et lui montre sa bouteille.

- J'en ai, regarde. Garde ton eau pour plus tard et pour demain. Lui dit-il en lui souriant.
- Ok. Tu sais où on va ? ou non ?
- Pas du tout, et apparemment ma sœur non plus. J'espère qu'on sera capable de rebrousser chemin.
- Je suis contente d'être ici avec vous.
- Nous aussi on est content que tu sois avec nous. On ne te voit pas souvent le reste du temps.
- Je sais mais en temps normal je n'aime pas trop sortir…
- Pas de soucis. Sache que tu es toujours la bienvenue avec nous.
- Merci. On se remet en route ? Demande-t-elle en remettant son casque de baladeur sur ses oreilles.
- C'est reparti.

Chapitre 9

Ils ont trouvé un coin totalement épargné par l'incendie, un coin encore bien vert. Ils ont rapidement monté leur tente. Ils ont ensuite fait un petit feu autour duquel ils se sont tous installés. Ils sont, pour la plupart, épuisés. Anthony s'est assis près de Lisa. Matt est entouré d'Agathe et de Jessie. Érika est assise près de Keith qui paraît plus épuisé que les autres. Quel sportif du dimanche, dit Matt à Jessie en montrant Keith. Elle le défend un peu en attestant qu'il ne produisait pas les mêmes efforts que dans une salle de musculation. Dans son club de sport il fournissait une heure ou deux d'efforts tandis qu'aujourd'hui il marchait depuis le matin. Ils engloutissent leur sandwich comme s'ils n'avaient pas mangé depuis plusieurs jours. Matt les regarde tous un par un et apprécie énormément ce moment qu'ils partagent. Lisa n'a plus l'air d'être en rogne. Puis son regard s'attarde sur les flammes qui dansent au gré de la petite bise fraîche qui souffle doucement.

Agathe est la première à se lever et à souhaiter une bonne nuit à tout le monde. Jessie, avec qui elle partage la tente, lui signale qu'elle ne va pas tarder à la rejoindre.

- Les filles ? J'ai de la place dans ma tente si jamais vous avez peur ou si vous ne voulez tout simplement pas dormir sans un homme contre vous, pour vous protéger et vous… réchauffer. Dit Keith.

- On va se réchauffer toutes les deux, juste entre filles, lui répond Jessie avec un clin d'œil.
- Oh putain j'en rêve !
- Tu parles, tu es bien trop fatigué pour tenir la distance avec deux femmes affamées. Ironise Jessie.
- Tu n'as pas tort, avoue-t-il, mais demain matin au réveil gare à la bête.

Jessie se lève à son tour et rejoint Agathe. Il n'y a pas de lumière dans la tente. Agathe s'est couchée directement sans se déshabiller. Jessie enlève au moins son pantalon pour être plus à l'aise dans son sac de couchage. Lisa qui a aussi beaucoup de mal à garder les yeux ouverts, finit aussi par aller se coucher en demandant à Anthony de la suivre. Il ne se fait pas prier et la suit sous le regard gêné d'Érika. Un détail qui n'a pas échappé à Matt. Il ne reste plus que lui, Keith et Érika.

- Alors ma belle, avec lequel veux-tu passer la nuit chaudement ? Demande Keith.
- Pas avec toi en tout cas. Dit-elle.
- Et nous deux en même temps, ça te dit ?

- Tu me fatigues, je dirais même que tu nous fatigues tous avec tes conneries des fois. Ajoute-t-elle d'un ton agacé.
- Ok, c'est bon ne t'énerve pas, je déconne.
- C'est ça le problème avec toi, tu es toujours en train de déconner et ça prend la tête à la longue.

Érika se lève aussitôt et va dans sa tente. Keith secoue sa tête de gauche à droite comme pour désapprouver sa propre attitude ou celle d'Érika, Matt se le demande. Keith boit une gorgée d'eau.
- Bon et bien il est temps d'aller se coucher non ?
- On dirait. Dit Matt.
- Passe une bonne nuit.
- Merci, toi aussi mais je ne vais pas me coucher tout de suite. Je vais rester là à profiter du feu encore un moment.
- Fais comme tu le sens mon pote.

Keith disparaît à son tour dans sa tente. Une tente bien trop grande pour une seule personne. Le type a vraiment prévu de prendre une tente plus grande au cas où... Matt se concentre de nouveau sur les flammes qui dansent toujours. Elles ne sont pas

164

fatiguées elles. Il se rapproche un peu du feu et s'allonge. La chaleur est douce mais intense à la fois. A la fois, quelque chose de réconfortant mais qui peut, pourtant, se révéler meurtrier et incroyablement destructeur. La partie carbonisée de la forêt en atteste. Le visage d'Emma lui revient en mémoire et un léger frisson lui parcourt le corps. Sans être croyant pour autant, il imagine l'âme de la jeune femme dansant autour du feu, puis il la voit assise, le visage figé de tristesse, avec ceux qui l'accompagnaient. Ils avaient certainement vécu un, voire plusieurs moments similaires à celui que Matt et ses amis ont partagé ce soir. Un moment paisible et sans artifices. Juste des amis autour d'un feu qui profitent pleinement du moment présent et rien d'autre. Il se demande alors si ses amis l'ont ressenti comme ça aussi. Puis le visage d'Emma revient le hanter une nouvelle fois. Il l'imagine agonisante et seule dans cette forêt. Comment une balade entre amis peut-elle dégénérer à ce point ? Qu'est-ce qui ne tourne plus rond dans ce monde ? Se demande-t-il. S'ils avaient été attaqués par les animaux sauvages qui rôdent dans le coin il comprendrait plus facilement. On ne vaut pas mieux que ça ? Il observe les étoiles, plein d'interrogation, quand ses yeux commencent à brûler et à se fermer tout seul. Il entend un loup hurler à la lune. Son hurlement est faible, il doit être loin. Il se dit qu'il est enfin temps d'aller se coucher. Il se lève et remet du bois dans le feu pour tenir à l'écart les animaux qui s'aventureraient dans le coin. Avant d'entrer dans sa tente, il scrute l'obscurité du sous-bois. Les craquements, les branches qui grincent l'apaisent encore un peu plus. Il se sent en sécurité malgré les drames. Rien ne peut les atteindre selon lui. Il a l'impression qu'en renaissant, la forêt efface son triste passé ; elle s'offre une nouvelle chance. Il entre sous son abri et se faufile dans son sac de couchage. Il ne lui faudra pas plus de cinq minutes pour s'endormir.

Le lendemain matin, c'est Lisa qui le réveille. Elle tapote contre la toile de sa tente en lui demandant de se lever, et lui annonce qu'il est le dernier. Il sort péniblement et constate que non seulement tout le monde est déjà debout mais qu'ils ont tous plié leur tente.

- C'est pas vrai ! tu ne pouvais pas me réveiller avant ?
- J'ai essayé, à plusieurs reprises, alors ne me fais pas chier !

Ok, se dit-il, elle s'est levée du pied gauche. Agathe s'approche de lui et lui propose son aide pour plier son équipement. Il accepte. Il cherche Jessie du regard mais ne la voit pas. Il exprime alors à Agathe son impression qu'il manque du monde. Elle lui répond que tout le monde est là, prêt à reprendre la route. Au bout de quelques minutes Jessie réapparaît. Elle réapparaît en fait avec un rouleau de papier toilette à la main mettant fin à toute interrogation et inquiétude. Il attrape une pomme dans son sac en guise de petit-déjeuner et tout le petit groupe peut enfin se remettre en marche.

- Dis-moi Lisa, on va marcher jusqu'où, ou jusqu'à quand ? Demande Matt.
- On va au pied de cette montagne, en gros. Répond Lisa.
- Et tu penses qu'on va y arriver quand ?
- Ça dépendra de notre allure.
- Pourquoi tu es autant sur les nerfs ?
- Quoi ?
- Tu es sur les nerfs depuis hier. Pourquoi ?
- Ce ne sont pas tes oignons ! Répond-elle d'un ton légèrement agacé.
- Si, tu es ma sœur, tu as toujours été là quand j'en avais besoin, et inversement, alors je ne vois pas pourquoi ce serait différent cette fois !
- Parce qu'il s'agit de moi et d'Anthony.
- Et d'Érika ? !

- Tu fais chier ! Laisse-moi régler ça, et après si j'ai besoin de toi je viendrais te voir.
- Ok, ça marche.

Matt aurait préféré ne pas avoir compris ce qui se passait dans le dos de sa sœur. Erika et son string ! Son putain de string ! Il est rejoint par Jessie qui lui sourit. Un merveilleux sourire. Qu'ils sont beaux ses sourires ! Il aimerait tellement les voir chaque jour, dès qu'il ouvre les yeux, et ce, jusqu'à ce qu'il les ferme définitivement. Jessie et lui sont les seuls à marcher ensemble ce matin. Les autres avancent tous seuls et paraissent déjà fatigués. Ils se traînent. La seule présence de Jessie auprès de Matt lui donne de l'énergie. Il remarque qu'Érika est devant eux.

- Elle a vraiment un beau cul cette nana, non ? Demande-t-elle.
- C'est clair. Lui répond-il timidement sans trop savoir s'il a bien fait de l'avouer.
- Tu le préfères au mien ?
- Oh que non, je préfère le tien, et de loin ! Lui dit-il, amusé, dans un premier temps, et soudainement inquiet par cette réponse.
- Tu as intérêt ! Lance-t-elle d'un air malicieux.

Jessie accélère aussitôt la cadence pour passer devant lui. Celui-ci remarque immédiatement sa démarche. Un déhanché exagéré, balançant davantage son postérieur de gauche à droite, ce qui le fait sourire. Jessie se retourne et lui lance un clin d'œil amusé et lui envoie un petit baiser du bout des lèvres. Il rougit mais elle ne le verra pas puisqu'elle s'est retournée pour continuer son chemin. Ce petit baiser envoyé sera sa plus belle image de la journée. Un petit rien qui va lui trotter dans la tête toute la journée. Il va se repasser cet instant sans cesse jusqu'à ce qu'ils arrivent à destination. Érika n'a pas fait attention à Jessie qui remuait son cul de manière plus que provocante lorsqu'elle l'a dépassée, se moquant d'elle bien évidemment. Jessie, qui, en plus de se foutre d'Érika, espère que cette petite provocation ou petite attention marquera Matt pour le reste de la journée et le poussera, pourquoi pas, à faire le premier pas. Agathe a, quant à elle, vu le petit manège de Jessie ce qui ne la fait pas sourire. Elle place instantanément son casque sur ses oreilles et met en route son baladeur numérique.

Ils ont franchi un ruisseau et ont marché pendant une bonne heure lorsque Lisa annonce enfin qu'ils sont bientôt arrivés à destination. L'air ambiant est plus frais et humide dans le sous-bois encore vert. Les moustiques sont bien évidemment au

169

rendez-vous. Ils ont tous prévu de quoi éloigner ces petites vermines. Saloperie de moustiques, grogne Keith qui vient d'en écraser un sur son avant-bras. Jessie qui a un petit vaporisateur de citronnelle dans une des poches de son sac à dos lui en propose. Il accepte et s'en vaporise un peu sur les bras et la nuque puis finit de l'étaler. Il lui glisse doucement à l'oreille que si elle se retrouve les fesses couvertes de piqûres, il a la crème idéale pour calmer les brûlures à cet endroit. Jessie range son petit flacon dans son sac et lui fait un beau doigt d'honneur avant de reprendre son chemin et de se rapprocher de Matt pour lui demander s'il a ce qu'il faut contre ces sales bestioles. Il lui répond, en souriant, qu'il a tout ce qu'il faut et surtout s'il se retrouve le cul couvert de piqûres.

- Quel connard ce Keith !
- Il tente sa chance. Je peux le comprendre...
- Putain, mais comment des nanas peuvent se laisser draguer de cette façon, sérieusement ? !
- Il faudrait le lui demander. Dit-il en désignant Érika.
- Non pas besoin, c'est trop évident avec elle. Dit-elle. Qu'est-ce qu'il croit ? Que je n'ai rien dans la tête ? ! Je ne pourrais pas tomber sur un mec qui ne pense pas qu'à ce qui se cache dans ma culotte et me sauter ? Attention je n'ai pas dit qu'il ne devait jamais y

penser, mais pas tout de suite en tout cas, pas au premier rendez-vous !

- On est arrivé. Annonce enfin Lisa.
- Enfin. Souffle Matt.
- J'ai cru que tu allais nous faire marcher jusqu'à ce soir encore. Affirme Keith.
- Non, c'est bon on y est. Dit-elle en désignant le petit coin clairsemé où ils se trouvent.

C'est avec énormément de soulagement qu'ils balancent leur sac à dos sur le sol. Ils se posent, boivent et mangent un peu avant le montage des tentes. Lisa leur explique qu'ils se trouvent à proximité d'une tourbière. Elle rajoute qu'elle aurait préféré les emmener à l'endroit exact où campait le groupe de randonneurs qui s'était fait attaquer, selon certains forums sur internet, mais que ce n'était pas si mal d'être là au milieu de nulle part sans savoir exactement où tout s'était déroulé ni ce qui s'était vraiment passé. Ce qui lui avait plu c'était la part de mystère que conservait ce lieu, et elle voulait être là pour se sentir vraiment vulnérable. Avoir l'impression d'être une proie guettée par un dangereux prédateur tapi dans l'ombre prêt à leur bondir dessus à la moindre occasion. Sentir son cœur battre à tout rompre à l'approche de son bourreau pour sa mise à mort.

Chapitre 10

Les tentes ont été montées assez rapidement puis les garçons ont vite allumé un feu. Les filles ont préparé quelques trucs à faire griller. Ils ont tous aspergé l'intérieur et même l'extérieur de leur tente d'anti-moustiques espérant pouvoir passer une nuit tranquille sans se faire dévorer par ces saloperies d'insectes. Lisa leur explique que le lendemain elle voulait qu'ils se rendent un peu plus en hauteur pour avoir une vue d'ensemble sur cette forêt et simplement profiter de la vue. Matt est immédiatement emballé par la proposition. Les autres un peu moins. Ils vont devoir marcher, encore. Matt et Jessie ne se sont pas quittés depuis qu'ils sont arrivés, sauf pour préparer ce qui va être grillé sur le feu de camp. Agathe s'est excusée de ne pas aider les filles puis est allée dans sa tente pour se reposer. L'accumulation de la fatigue de la veille et celle d'aujourd'hui ont eu raison d'elle leur explique-t-elle. Les garçons ont aussi trouvé du bois pour maintenir le feu allumé toute la nuit au moins. Ils vont devoir se relayer un peu pour l'alimenter.

Il n'y aura pas que de l'eau à boire ce soir. Keith a emporté deux bouteilles de vodka, deux bouteilles de whisky et une bouteille d'eau-de-vie pour le digestif... C'est peut-être à cause de tout ce poids supplémentaire qu'il en avait bavé autant ! Matt se doit d'avouer qu'il est plutôt balaise le bougre ! Lui n'aurait jamais réussi à se rendre jusqu'ici avec tout ce barda. En tout cas ce soir ils vont s'amuser un peu et fêter leurs vacances, en partie grâce aux efforts et à la persévérance de Keith. Les filles, sauf Agathe, apportent les grillades et autres brochettes et les placent sur le feu qui paraît crépiter de joie à l'idée de rôtir ces quelques morceaux de viande. Il semble ravi de faire parti de la fête et de voir tout ce monde rassemblé autour de lui. Il parait tellement enjoué qu'il lance ses flammes pour entamer une danse infernale et hypnotique en l'honneur de ses convives. Certaines, les plus audacieuses, viennent lécher les morceaux de viande qui frémissent sous ses brûlantes caresses. Les moustiques ne ratent pas l'occasion de festoyer aussi et s'acharnent avec plaisir sur les peaux tendres de la bande d'amis.

Keith sert un verre d'alcool à toutes celles et ceux qui sont réunis autour de ce feu. Lisa lui rappelle qu'il manque quelqu'un et qu'il devrait aller chercher l'absente. Ni une ni deux, il part en direction du campement d'Agathe. Hors de question qu'elle ne participe pas à la fête. Il est persuadé de trouver les bons mots pour la faire sortir et venir s'amuser avec eux, malgré la fatigue. Il ouvre doucement la tente et voit la jeune femme en train d'écrire sur un carnet.

- Excuse-moi, je pensais que tu dormais déjà. Tu nous rejoins ? On va trinquer à nos vacances.
- Ok j'arrive. Répond faiblement Agathe qui ne semble pas en grande forme remarque Keith.
- Ça va ? Tu as vraiment l'air fatiguée. Viens boire un coup et manger un bout, ça va te requinquer, crois-moi !
- Je finis et j'arrive.
- T'écris quoi ? Si ce n'est pas trop indiscret ?
- Oh rien, je griffonne c'est tout.
- Bon ok, on t'attend alors ? ! Dit-il sans trop insister.
- J'arrive tout de suite.

Keith retourne vers les autres, content de ne pas avoir eu à trop insister, et leur annonce qu'Agathe va les rejoindre d'un instant à l'autre. En effet, quelques petites minutes plus tard, elle rejoint tout le monde. Keith siffle et applaudit l'arrivée d'Agathe, puis lui tend alors aussitôt un verre de vodka pur. Lorsque chacun d'entre eux a le sien à la main, ils le lèvent bien haut et le boivent cul sec en même temps. Anthony et Jessie toussent un peu au passage du liquide. Ils tendent tous immédiatement leur verre vers Keith afin qu'il les remplisse à nouveau. Il s'exécute sans attendre, puis tous trinquent encore une fois avalant le breuvage aussitôt d'une seule traite. Cette fois, c'est Matt qui tousse sous un petit gloussement de la part de Jessie. Ils finissent par s'asseoir enfin. Les verres sont remplis de nouveau. Ils rient et discutent de tout et de rien. Ils se rappellent quelques anecdotes passées. Matt et Jessie, quant à eux, ne cessent de s'échanger des regards intenses et complices et ont l'air complètement en dehors de toute discussion. Ils partagent quelque chose qu'eux seuls appréhendent et peuvent s'expliquer, excluant ainsi tous les autres, excluant même la forêt et les flammes qui se donnent un mal fou à attirer, de nouveau, l'attention vers elles. Presque personne ne remarque ce qui se joue entre les deux amoureux. Ils sont tous trop occupés à refaire le monde. Personne n'entend, non plus, leur cœur qui bat à tout rompre tellement ce qui est en train de naître entre eux est intense et rempli d'une tension presque palpable. Le regard de Jessie envers Matt est si brûlant de désir qu'il doit probablement faire mourir de honte le pauvre feu de camp qui se démène comme un diable pour rappeler sa présence, ainsi que sur les grillades et brochettes qui vont finir par brûler et être immangeables. Le regard de Matt est un peu plus modéré, il se souvient de ce que Jessie lui a dit un peu plus tôt, elle espérait qu'un mec s'intéresse à elle pour autre chose que ce qui se cache dans sa culotte et la sauter. Pas évident avec l'alcool et l'euphorie qui s'est emparée de tout le monde, même Lisa semble enfin

175

détendue et rit aux éclats. Agathe enchaîne les verres sans que personne ne s'en rende compte. Anthony et Érika aussi s'échangent quelques regards. Ils sont furtifs, paraissent un peu anxieux, et plein d'interrogations.

Le temps passe ; les grillades et les brochettes sont enfin dévorées et les verres vidés à vitesse grand V. Puis tous partent se coucher dans leur tente. Plus personne ne prête attention aux moustiques. Certains titubent et certains, comme Agathe et Keith, ont besoin d'aide. Assez rapidement, Agathe n'était plus trop à la fête. Anthony doit également aider Lisa à se coucher, mais avant d'entrer dans sa tente elle se tourne pour dire un dernier truc à son frère qui, justement, espérait qu'elle l'oublie…

- Allez les amoureux, passez une putain de bonne nuit d'amour. Éclatez-vous comme des bêtes !
- C'est bon Lisa va te coucher. Lui dit Matt plus agacé que gêné.
- Bravo petit frère, t'assure ! Je t'aime ! Lui lance-t-elle en levant le pouce.

Anthony réussit enfin à faire entrer Lisa dans la tente puis leur fait un petit geste de la main comme pour s'excuser de son comportement et pour les saluer aussi par la même occasion. Ils lui répondent également d'un petit signe de la main. Matt regarde

Jessie d'un air désabusé et s'excuse lui aussi du comportement de sa sœur.

- Ne t'excuse pas pour ta sœur, elle est cool, bourrée certes, mais surtout elle t'aime comme n'importe quelle grande sœur, ce n'est pas méchant...
- Ouais, moi aussi je l'aime.

Ils échangent alors de nouveau un regard mais cette fois d'une intensité telle qu'il pourrait embraser la forêt toute entière d'un seul coup. Matt se lance et se penche lentement pour embrasser Jessie dont les lèvres s'avancent déjà vers les siennes. Matt savoure pleinement ce moment qu'il attendait tant sans jamais trop y croire. Merci la Vodka ! Soudain le bruit de la fermeture éclair d'une tente remplit Matt d'effroi. Faites que ce ne soit pas elle, pense-t-il en un éclair. Matt a à peine le temps de reprendre ses esprits que Lisa se jette à son cou comme une furie et le serre fort dans ses bras. Puis elle enlace Jessie dans la foulée.

- Trop cool, ils se sont embrassés. T'es trop fort mon petit frère, je t'aime, je t'aime. Jessie je te jure que tu ne trouveras jamais de mecs aussi bien que mon petit con de frère. T'as pas intérêt de le décevoir par contre, sinon je t'éclate la tête !

- C'est bon, fous leur la paix ! Lui ordonne Anthony qui la rejoint aussi vite qu'il le peut.
- Mais merde, je n'ai pas le droit d'être heureuse pour mon frère non plus ?
- C'est bon, arrête ton cirque et viens te coucher. Bordel de merde, laisse ton frère vivre un peu tranquille.
- Je suis trop contente. Mais toi, fais attention ! Lance-t-elle en désignant Jessie d'un doigt menaçant.

Jessie lève les mains en l'air comme le ferait n'importe qui se faisant braquer et Anthony finit, enfin, par ramener Lisa dans la tente. Matt et Jessie se mettent à rire comme si cet événement inattendu et incongru leur avait permis de relâcher le trop-plein de pression qu'ils avaient accumulé depuis quelques heures. Cependant la tension sexuelle qui les tiraille est toujours là. Ils peuvent sentir leur sang bouillir en eux tandis que le feu renonce peu à peu à élever ses flammes pour faire danser les deux amoureux qui sont toujours près de lui, Ils n'ont d'yeux que l'un pour l'autre. Ils finissent par s'embrasser fougueusement sans que personne ne vienne les interrompre cette fois-ci. Le feu meurt lentement au côté de ces deux corps qui s'embrasent laissant place à cet amour naissant. Matt se ressaisit un instant, le temps de remettre du bois dans le foyer pour raviver les flammes.

178

Le lendemain matin, Jessie et Matt sont debout les premiers et réveillent tout le monde. Pour la plupart d'entre eux le réveil est difficile. Ils ont presque tous mal à la tête à cause de l'abus d'alcool de la veille. Keith est tout de même le premier à émerger et à sortir de sa tente. Il a une méchante gueule de bois mais est entièrement satisfait de la soirée qu'ils ont passé, un peu grâce à lui et ses bouteilles. Érika est la suivante à s'extraire de sa tente. Elle n'a pas l'air d'être trop mal ce matin. Elle est l'une des seules à ne pas avoir trop abusé de l'alcool. Anthony sort à son tour, puis peu après, Lisa sort aussi. Agathe sera la dernière à les rejoindre. Elle n'a vraiment pas l'air d'être bien ce matin. Il y a des traces de vomi sur ses vêtements et sur son visage.

- Eh ben dis donc Agathe on dirait que t'as passé une sale nuit. Lui lance Keith.
- Tu as vomi pendant ton sommeil ? Demande Érika. C'est dangereux, il y en a qui se noient dans leur vomi comme ça !
- Foutez-lui la paix. Dit Keith.
- C'est bon, ça va aller. Répond Agathe.

Elle retourne dans sa tente pour se changer, se passer une lingette sur le visage et nettoyer le vomi répandu à l'intérieur du

179

mieux qu'elle peut, ainsi que son sac de couchage. Jessie et Matt ont préparé un bon petit-déjeuner. Le feu a été ravivé mais n'est pas aussi vaillant que la veille, un peu comme si lui aussi accusait le coup. Les flammes ne sont pas aussi vigoureuses, elles paraissent fatiguées. Leur danse est moins énergique et sans grande conviction. Elles sont suffisantes pour réchauffer l'eau qui frémit dans une gamelle en inox pour le café, mais c'est tout. Tout le monde s'installe tranquillement autour du feu sans avoir envie de prononcer le moindre mot. Agathe les rejoindra un peu plus tard avec un t-shirt propre.

- Ça va aller ? Demande Lisa.

- C'est bon, merci.

- Jessie, on dirait que tu as été épargnée par son vomi. Remarque Keith.

- Et oui, t'es observateur ! Lui dit-elle.

- À moins que tu n'aies pas dormi dans la tente avec Agathe ? Suggère Keith.

- Va savoir... Répond Jessie d'un air mystérieux exagéré.

- Oh merde, tu as dormi avec qui ? Demande-t-il excité par cette nouvelle.

- Avec quelqu'un, ou pas. Peut-être qu'avec cette personne on est simplement resté dehors pour dormir près du feu.
- Peut-être qu'avec cette personne vous avez baisé comme des fous ? Non ? Espère-t-il.
- Tu aimerais bien le savoir hein ?
- En tout cas ce n'était pas avec moi sinon je m'en souviendrais. Même salement déchiré, je me rappelle toujours de mes parties de jambes en l'air.
- Keith, ferme ta gueule, tu me fais mal à la tête. Lui dit Lisa d'un ton sec.
- Je me demande avec qui c'était, c'est tout. Dit-il en regardant Matt le nez plongé dans sa tasse de café espérant que personne ne le remarque.
- Ta gueule Keith, ne me gonfle pas avec tes questions à la con ! Rétorque-t-il immédiatement, sentant tous les yeux braqués sur lui.
- Holà, c'est bon, on se calme ! Se vexe Keith.
- Je suis calme, mais si tu continues de nous casser les couilles avec tes questions d'emmerdeur je vais te faire bouffer ma tasse à café pour te fermer ta grande gueule !

181

Tout le monde reste sans voix devant l'attitude de Matt ce matin. Malgré le feu autour duquel est installé le groupe il y a comme un froid glacial qui vient de s'abattre sur chacun d'eux. Matt, conscient qu'il a été un peu brutal pour pas grand-chose, se lève et se dirige vers sa tente suivit par Jessie.

- Au moins on sait qu'il s'est passé quelque chose cette nuit entre ces deux-là. Dit Keith sur un ton un brin ironique.
- Tu es vraiment trop con. Lui jette Lisa.
- Pourquoi ?
- Qu'est-ce que ça peut te foutre ce qu'il s'est passé cette nuit avec Jessie ? Tout le monde sait qu'ils étaient attirés l'un par l'autre et qu'elle ne voulait surtout pas sortir avec toi ! Je la comprends, tu es bien trop con !
- Merci de me le rappeler.
- De rien, c'est avec plaisir !

Jessie raisonne Matt en lui disant que ce n'est pas la peine de se mettre dans cet état à cause d'un abruti qui a réussi à savoir plus ou moins ce qu'il voulait avec ses réponses évasives. Mais elle se moque complètement de ce que Keith et les autres pensent. D'ailleurs, au final il ne sait pas grand-chose, lui répond Matt. Il

182

se doute effectivement que quelque chose se passe entre eux, mais il ne peut pas affirmer qu'ils ont couché ensemble, et c'est surtout ce détail qui l'intéressait.

Lisa demande ensuite à tout le monde de se préparer pour monter jusqu'à la falaise qu'elle leur a montrée la veille. Érika n'est pas emballée par l'idée de devoir marcher aujourd'hui. La falaise surplombe la forêt et domine complètement les environs. Ils vont devoir marcher encore pendant quelques heures pour arriver là-haut. Lisa ignore complètement Érika et ses protestations, mais elle ne peut pas par contre ignorer le mini short qu'elle porte à ras les fesses.

- S'il te plaît Érika, va enfiler autre chose pour marcher.
- Pourquoi ? C'est confortable, même pour la randonnée.
- C'est certainement confortable pour faire le trottoir ou pour allumer les mâles de cette troupe, mais certainement pas idéal pour la marche.
- Qu'est-ce que tu en sais, tu en as déjà porté ?
- Non, mais je te jure que tu ne monteras pas avec nous habillée comme ça !
- Ok, pas de problème je reste ici.

- Comme tu veux. Tu crois que tu pourras repousser toute seule un ours affamé, si jamais il y en avait un qui se pointait ici ? Ou une meute de loup ? Tu comptes leur montrer ton cul pour apaiser leur faim ?
- Un des garçons va rester avec moi je pense. Je crois qu'Anthony n'a pas très envie d'y aller non plus.
- Compte là-dessus ! Anthony vient avec nous là-haut.
- Et s'il ne veut pas non plus ?
- Je ne lui laisse pas le choix.

Lisa tourne les talons et rejoint Anthony dans la tente pour préparer les affaires. Érika se résout finalement à partir avec le groupe. Elle n'a pas envie de se retrouver seule face à face avec un animal sauvage affamé effectivement. Elle ne ferait pas le poids, et son cul ne lui serait d'aucune utilité. Elle entre, furieuse, dans sa tente pour se changer et enfiler un treillis. Elle ne prend même pas la peine de fermer l'entrée. Discrètement et idéalement placé, Anthony n'en perd pas une miette. Elle l'a sans doute fait exprès, histoire de faire chier Lisa.

Ils prennent leur temps pour préparer leur sac. Ils emportent de quoi manger une fois sur place, ils emportent aussi de quoi boire, pas d'alcool évidemment, ils en ont suffisamment consommé la veille et aucun d'entre eux n'a envie d'en reboire aujourd'hui. En tout cas pas pour le moment. Peut-être que ce soir autour du feu, ils remettront ça...

Chapitre 11

Ils sont partis en milieu de matinée. Ils ont bien alimenté le feu en bois en souhaitant qu'il tienne jusqu'à leur retour. Ils espèrent d'avantage qu'il tiendra les animaux sauvages suffisamment éloignés et en particulier les ours, sachant pertinemment que les ours ont un excellent odorat et sont capables de ravager une toile de tente ou un campement entier en un rien de temps pour trouver de la nourriture.

Érika furieuse après Lisa marche avec Keith et Anthony. Lisa marche avec Agathe et Jessie. Matt marche seul, la tête dans les nuages, des étoiles plein les yeux. Il en oublie même tout ce qui défile sous ses pieds et autour de lui. Le bruit de l'eau d'un ruisseau, se frayant un chemin entre les rochers qui tentent en vain de lui barrer la route, le sort de ses songes. Ils approchent d'un petit cours d'eau qu'ils vont devoir traverser. Il n'est pas profond, ils vont pouvoir le franchir sans grandes difficultés ni même sans avoir besoin d'enlever leurs chaussures de marche. Ils n'auront, par conséquent, pas besoin de trouver un autre passage. Les rochers sont glissants toutefois, et Érika dérape sur l'un d'eux. Elle se retrouve assise dans l'eau, ce qui fait bien rire les garçons, enfin juste Keith et Anthony. Du coup ses fringues sont trempées et donc collantes, et donc moulantes, au grand désarroi de Lisa qui se demande si elle ne l'aurait pas fait un peu exprès, dans le seul but de la provoquer. Soudain un coup de feu retentit dans la forêt et fige tout le monde sur place. Il est immédiatement suivi d'un autre coup de feu. Le son est différent fait remarquer Anthony.

- Donc ils sont plusieurs, il va falloir qu'on soit prudent. Dit Keith.

- C'est clair, je n'ai pas envie de me prendre une balle. Ajoute Érika.

- Pour être honnête je préfère que ce soit toi que moi, et de loin. Répond Lisa. Mais avec mon t-shirt orange fluo, normalement, ils ne peuvent pas me confondre avec un animal.

Un troisième coup de feu résonne dans les bois. Plus personne n'ose bouger tant celui-ci parait être très proche.

- T'es sûre de toi quand tu prétends que la couleur de ton t-shirt devrait éviter toutes confusions ?! Demande Érika.

- En tout cas tu as plus de chance que moi d'être prise pour cible. Riposte Lisa.

Quelque chose qui détale attire l'attention du groupe. Ils ont à peine le temps de voir un élan s'enfuir dans la pénombre de la forêt. Lisa crie de ne plus tirer, qu'il y a des gens qui se promènent près du ruisseau. Pas de réponse. Ils attendent un instant puis reprennent timidement leur marche. Ils ne sont pas rassurés par la présence de ces chasseurs qui ne leur ont pas répondu. Ils n'ont pas envie de se retrouver au milieu de tirs croisés.

- Et si c'était ces chasseurs qui avaient tué tous ces pauvres gens ? Suggère Keith.

- Tu ne crois quand même pas à ce que tu dis là ? Demande Lisa.

- Et pourquoi pas ? Ils en ont peut-être eu un peu marre de chasser le gibier ordinaire de ces forêts. Ils avaient peut-être envie d'un petit plus. Insinue Keith.

- Remarque, ce ne serait pas étonnant avec ces types complètement bourrés du matin au soir une arme à la main. Dit Anthony

- D'autant plus que dans le coin, les habitants ne doivent pas avoir grand-chose d'autres pour se distraire. Alors, pourquoi ne pas chasser la gazelle des villes qui viendrait se perdre dans ce trou perdu ? Qu'est-ce que tu en penses ? Demande Keith à Érika.

- T'es sérieux ? C'est quoi tous ces clichés de merde que vous balancez ?
- À ton avis?
- Arrêtez vos conneries, c'est l'incendie qui a tué tout le monde et pas des chasseurs ou je ne sais quoi. Faut arrêter de croire à toutes les théories du complot et ces conneries ! Dit Matt d'une voix sourde et anxieuse.

Des bruissements dans les bois les inquiètent de nouveau. Tous s'immobilisent et guettent les environs. Puis ils distinguent trois silhouettes. Des silhouettes vraisemblablement humaines. Érika n'est pas rassurée par ces trois types qui s'avancent vers eux. Elle repense à ce qu'a suggéré Keith. Du coup ses fringues mouillées et ultra-moulantes l'amusent beaucoup moins maintenant. Le premier type qu'ils peuvent distinguer clairement est un type d'une quarantaine, voire d'une cinquantaine d'années. Il devance les deux autres plus jeunes. Il est plutôt pas mal se dit Érika. Un type bien foutu pour son âge avec une belle gueule. Le type ultra viril, qui pourrait facilement faire de l'ombre à Keith, lui qui se donne un mal de chien dans sa salle de musculation pour ressembler à un homme, comme il le dit parfois pour charrier Matt. Le type a les cheveux courts grisonnants, une barbe de trois ou quatre jours, les yeux marron. Il est habillé en treillis.

189

Il tient son fusil dans ses mains épaisses et calleuses, une machette pendouille, accrochée à sa ceinture. Les deux autres types, plus jeunes, se ressemblent. Ils n'ont pas l'air d'avoir trop de différence d'âge. Lisa leur trouve tout de suite un air de ressemblance, un air de famille avec le plus vieux des trois. Elle ne serait pas étonnée qu'il soit leur père. Ils sont bruns, les yeux marron aussi et sont habillés en treillis également. L'un des deux porte un fusil à lunette à son épaule. Ils ont le même grand couteau de chasse dans un étui, laissant dépasser le manche, accroché à leur ceinture. Le plus vieux se présente rapidement, il s'appelle Ben. Celui avec le fusil à lunette c'est Chris et l'autre Neil.

- Vous nous avez fait peur. Leur dit sèchement Lisa.

- Excusez-nous. Lui répond Ben d'une voix grave et puissante.

- En tout cas vous l'avez raté votre élan.

- Cet enfoiré à éviter les trois tirs. Confirme Neil.

- Ce n'est pas très prudent de se balader dans le coin sans armes. Dit Ben.

- Pourquoi ? Demande Érika.

- Les ours, les loups, les cougars, enfin pour vous protéger de tous les trucs qui pourraient vous faire du mal. Lance Chris d'un ton ironique. Vous n'êtes pas au courant de tous ces morts qu'il y a eu ici ?

- Si, on est au courant, merci. Mais c'est le feu qui les a eus. Non ? Il y en a beaucoup des ours, des loups, des cougars et des trucs qui pourraient nous faire du mal, par ici ? Demande Keith.

- Le feu ? Ouais c'est ça... Des ours, il n'y en a pas trop. Il y en a bien un ou deux quand même. Peut-être même un grizzly. Des loups, il y en a par contre. Ce coin c'est le territoire d'une meute, une petite meute, mais très agressive si on en juge par les carcasses qu'on retrouve de temps en temps. Certainement toute récente et bien décidée à prendre possession de cette zone. L'ancienne, celle qui détenait ce territoire, était assez conséquente. Quant aux cougars, ils se font très discrets. Ils nous repèrent bien avant qu'on ne les aperçoive et détalent sans bruit. En fait il n'y en a presque plus. Se désole-t-il.

- Vous en avez aperçu par ici ces derniers temps ? Demande de nouveau Érika.

- On a vu deux gros loups il y a trois jours près d'un autre ruisseau à cinq kilomètres environ, mais pas depuis. Quant aux ours on n'en a vu aucune trace.

191

- C'est plutôt rassurant, non ? Se rassure-t-elle.
- Ça ne veut rien dire ma petite, c'est assez vaste ici, mais ça ne veut pas dire qu'ils ne traînent pas dans le coin. Lui dit Ben.
- Mais ce n'est peut-être pas ce qui est le plus dangereux dans cette forêt. Suggère Neil.
- C'est-à-dire ? Demande Lisa.
- Des types armés pourraient très bien s'en prendre à vous. Ironise Neil.
- Surtout aux demoiselles. Dit Chris. Il n'y a pas beaucoup de jeunes et jolies jeunes femmes dans le coin vous savez ? ! Surtout dans ces forêts. Dit-il en posant un regard intéressé sur Érika qui, pour une fois, paraît gênée par la transparence de son t-shirt et de ce qu'il ne peut plus dissimuler.
- Ce qu'il veut dire, c'est que vous pourriez tomber sur des personnes mal intentionnées en vous promenant sans rien pour vous défendre, apparemment. Suggère Neil.
- Et qu'est-ce qui vous fait dire qu'on n'a rien pour se protéger ? Demande Matt.

- Les gens des villes se croient toujours plus malins que les gens comme nous et ils pensent toujours qu'il ne peut rien leur arriver. Prétend Ben.
- Ce n'est pas notre cas ! Rétorque Keith.
- On n'en doute pas. S'exclame Neil qui étouffe un petit ricanement. T'es un dur, un coriace !
- Une chose est sûre en tout cas, si vous aviez croisé Jack et Denis ils ne vous auraient jamais laissés venir vous promener dans le coin.
- Ce ne serait pas les deux gardes forestiers qu'on a croisés ? Demande Anthony.
- Ils sont effectivement gardes forestiers. Affirme Neil.
- Et vous nous dites qu'ils vous ont autorisés à passer comme ça sans rien dire ? S'étonne Ben.
- Ça m'étonnerait d'eux. Ajoute Chris qui semble avoir du mal à croire à leur histoire.
- Moi aussi, bordel ! Dit Ben.
- Je n'ai jamais dit qu'ils nous ont laissés passer sans rien dire. Conteste Anthony.
- Ils ne voulaient pas qu'on vienne ici, alors on a fait mine de faire demi-tour et…
- Ok, ok, c'est bon, on ne veut pas savoir. Nous, en fait on s'en balance de ce que vous avez fait. Mais vous

auriez peut-être dû les écouter et faire demi-tour. Ce n'est pas un endroit comme les autres ici pour se balader. Ça peut être dangereux. Vous ne vous renseignez pas un minimum avant de partir en vacances quelque part ? Demande Ben.

Ils discutent pendant une bonne demi-heure. Lisa leur désigne l'endroit où ils comptent se rendre. Elle leur demande également de ne pas les prendre pour du gibier si jamais ils les avaient dans leurs viseurs. Neil leur dit alors qu'il est difficile de confondre des gens de la ville avec du gibier, surtout avec quelqu'un portant un t-shirt qui éblouirait n'importe qui sur des centaines de mètres, s'amuse-t-il. Les trois hommes se mettent alors à rire aux dépens de la troupe dont tous les membres semblent le prendre plutôt bien. Certains d'entre eux, dont Keith et Anthony, sourient simplement. Ben demande s'ils ont une radio en cas de problème puisque ici il n'y a pas de réseau pour les téléphones mobiles. Ce n'est pas le cas évidemment. Encore des abrutis des villes mal préparés, se dit Ben. Puis arrive enfin le moment où chacun doit reprendre sa route. Érika n'est pas rassurée pour autant. Les autres se sentent pourtant plus tranquilles maintenant qu'ils ont fait connaissance avec les trois chasseurs. Seule Agathe est restée silencieuse tout du long. Pour

194

la plupart, le fait qu'ils n'aient pas aperçu d'ours ni de loups ces derniers jours, est plutôt une bonne nouvelle pour le reste de leur séjour. Et comme le fait remarquer Anthony, les tirs qui ont résonné entre ces montagnes ne vont certainement pas encourager les animaux à venir se promener dans le coin. Les trois hommes disparaissent derrière des buissons tandis que le groupe continue son ascension. Ils vont marcher de longues heures sans entendre le moindre coup de feu. Keith, pour charrier Érika, suggère qu'ils sont peut-être en train de les suivre pour leur sauter dessus quand ils s'y attendront le moins, ou bien quand l'un d'eux ou l'une d'elle, de préférence, sera isolée dans un coin, derrière un arbre ou derrière un buisson en train de pisser ou autre. Il ajoute que les filles seront certainement violées avant d'être égorgées, à moins que ce ne soit dans l'ordre inverse. Lisa, qui en a ras le bol de ses conneries, lui demande de fermer sa grande gueule une fois pour toutes ou sinon c'est elle qui va l'égorger et le laisser se vider de son sang avant de balancer son cadavre du haut de la falaise. Érika affirme qu'elle ne versera pas la moindre larme pour sa gueule. Et le visage d'Emma hante alors une nouvelle fois l'esprit de Matt qui se demande si ce n'est pas ce qu'elle a vécu en repensant aux trucs que sa sœur a trouvés sur le net. Jessie qui se rend compte qu'il est soucieux lui demande s'il va bien.

- Ça va. Lui répond-il, mais je repensais à cette fille sur une des photos, Emma, et je me dis que c'est peut-être ce qu'elle a vécu dans cette forêt.
- C'est vraiment un connard ce mec de dire des trucs pareils. Même si c'est juste pour nous faire flipper ! Il n'a pas de respect pour ces victimes et pour leurs familles ?
- Quel trou du cul ! En tout cas je lui recommande de fermer sa gueule maintenant sinon ma sœur va vraiment le défoncer.
- Ce serait marrant non?

Après trois heures de marche, ils arrivent en haut de la falaise tant convoitée par Lisa. Et là, ils reconnaissent tous qu'elle avait raison. La vue est impressionnante et magnifique malgré la désolation que l'incendie a laissé derrière lui. Ils peuvent voir distinctement la forêt perdue entre ces montagnes qui les dominent. La forêt s'étend sur, à peu près, trente-cinq kilomètres de long et quinze de large. Ils constatent avec stupeur l'étendue des dégâts causés par l'incendie l'année précédente. D'ici, ils peuvent encore apercevoir la fumée s'élever de leur campement. Ce qui les rassure. Les garçons, ainsi que Jessie, s'avancent au bord de la falaise pour jauger le vide en-dessous d'eux.

- Bordel que la marche est haute ! S'exclame Keith.
- Comme ça, tu vois de quelle hauteur va te balancer ma sœur ! Le prévient Matt.
- Ouais, elle est un peu à cran ces temps si, non ?
- Si tu étais moins con elle serait peut-être moins sur les nerfs, tu ne penses pas ?
- On est là pour se détendre il me semble ?
- Oui, alors arrête d'être si con ! Ça détendra tout le monde, crois-moi.
- Ok, je vais essayer. Affirme-t-il.

Ils retournent vers les filles qui se sont maintenues à distance du bord du précipice. Ils posent leurs sacs et en sortent ce qu'ils contiennent. De quoi se faire des sandwichs vite fait et de l'eau, sauf pour Keith qui a aussi emporté des boissons énergétiques. Disons plutôt des boissons ultra-sucrées et bourrées de saloperies. Ils s'installent ensuite tranquillement et commencent à manger un peu, histoire de reprendre des forces. Matt plane déjà au-dessus de la forêt aux côtés d'un aigle qu'il a repéré. La liberté totale, se dit-il. Agathe s'approche du bord de la falaise sans que personne ne lui prête la moindre attention. Matt la remarque seulement lorsqu'elle se trouve tout au bord et qu'elle laisse tomber une petite chaîne à laquelle pend une croix en or.

Celle-ci s'échappe et coule entre ses doigts comme de l'eau. Une bourrasque fait dévier sa chute. Ensuite Agathe écarte les bras, comme si elle allait s'envoler emportée par le vent qui remonte le long de la paroi et agite ses cheveux et ses vêtements. Puis soudain, stupéfait mais surtout pétrifié, il ne peut que la regarder tomber dans le vide sans avoir le temps de faire ni de prononcer quoi que ce soit. Il était sur le point de lui dire de faire attention, de ne pas se faire happer par le vent qui remonte et qui peut être suffisamment violent pour la faire tomber. Il reste là, la bouche entre-ouverte sans que le moindre mot n'en sorte. Il a l'impression d'avoir vécu la scène au ralenti. Jessie pousse soudain un cri qui effraie et fait sursauter tout le monde. Matt qui n'en croit toujours pas ses yeux ne l'entend même pas. Jessie se précipite, bien trop tard, vers l'endroit d'où a chuté Agathe. Les autres comprennent en un éclair ce qui vient de se passer. Matt se relève d'un bond et court vers Jessie qui s'effondre en criant le prénom d'Agathe dans le vide. Il l'attrape et veut la serrer dans ses bras. Elle se débat pour tenter de voir la jeune femme en contrebas. Il ne sait pas si elle est tombée par accident ou si elle s'est jetée dans le vide. Il ne peut rien affirmer dans l'immédiat.

Son corps a disparu sous les arbres qui se trouvent au pied de la falaise, comme si la forêt l'avait immédiatement avalée. Ou comme si les arbres voulaient protéger ses amis de l'horrible vision qu'ils auraient en apercevant son corps en contrebas. Les autres sont également sidérés. Érika s'effondre, elle aussi, en larmes. Anthony se rend immédiatement près d'elle pour la soutenir et tenter de la rassurer. Keith et Lisa restent muets face à cet événement que personne n'a vu venir. Jessie suggère en sanglotant qu'ils doivent descendre sans attendre pour voir si elle est toujours en vie, si c'est le cas ils vont devoir l'aider au plus vite. Elle leur dit que les arbres ont peut-être ralenti et amorti sa chute. Ils se précipitent tous sur leur sac qu'ils endossent vite fait pour venir en aide à Agathe le plus rapidement possible. Matt récupère celui de la malheureuse. Keith est pessimiste quant aux chances de survie de la jeune femme après une telle chute. Ils se hâtent pour descendre, et Matt leur rappelle qu'ils doivent, en effet, se dépêcher, mais qu'ils doivent également faire très attention s'ils ne veulent pas se faire mal et ralentir leur progression pour la secourir au plus vite. Pendant leur descente personne ne parle, les filles reniflent en retenant leurs larmes, mais tous redoutent qu'il ne soit trop tard. Ils demandent à Matt ce qui s'est passé, et lui répond qu'il ne sait pas trop. Il ne sait pas si elle s'est jetée dans le vide volontairement ou s'il s'agit d'un simple accident. Il a l'impression que c'était volontaire mais il ne peut pas l'affirmer réellement. Elle n'a pas, selon lui, fait de gestes, comme un saut ou un pas en avant, pouvant affirmer avec certitude qu'elle s'est jetée dans le vide de son propre chef.

Ils auront, tout de même, mis une bonne demi-heure pour arriver au pied de la falaise où ils sont censés retrouver Agathe. Ils vont la chercher pendant encore plusieurs minutes qui vont leur paraître durer des heures, de précieuses heures. C'est Anthony qui va la retrouver. Il appelle les autres pour qu'ils le rejoignent au plus vite. Lorsque tout le monde arrive auprès de lui, il est agenouillé près de la jeune femme en lui soutenant la tête. Des branches un peu tout autour ont cassé et n'ont pu la stopper, elles l'auront tout de même un peu freinée pendant la chute. Anthony leur annonce immédiatement qu'elle est toujours en vie. Lisa a ses mains devant sa bouche comme pour retenir un cri et se cramponne à Matt. Jessie s'est laissée tomber à genoux. Le pouls d'Agathe est très faible et sa respiration l'est également. Ils constatent alors l'ampleur des dégâts provoqués par une telle chute sur le corps d'Agathe. Ses jambes sont brisées, l'os du fémur gauche dépasse de son pantalon déchiré comme son tibia droit. Son bras droit semble complètement désarticulé. Rien n'est plié normalement. Son visage est boursoufflé, parsemé d'entailles et de plaies. Elle est quasiment méconnaissable. Elle saigne de partout. Ses vêtements sont entièrement maculés et imbibés de sang. Lisa demande à Anthony s'il pense qu'elle peut les entendre.

Il n'en a pas la moindre idée. Lisa qui s'est approchée, murmure à Agathe, dans l'espoir de pouvoir la rassurer si elle l'entend, qu'ils vont la sortir de là et qu'ils vont tout faire pour y parvenir le plus rapidement. Ils réfléchissent immédiatement à la meilleure façon de l'extirper de ce merdier. Certains suggèrent de la transporter jusqu'au campement. Les autres pensent qu'il ne faut surtout pas la bouger au cas ou elle aurait la colonne vertébrale brisée, ils risqueraient fort de la tuer en essayant de la déplacer. Ceux qui ne veulent pas la laisser sur place suggèrent alors de lui construire une sorte de brancard sur lequel ils pourraient l'attacher solidement pour qu'elle ne puisse pas être trop secouée pendant le transport. Matt, Jessie et Lisa refusent eux, de la transporter. Trop risqué selon eux. Les autres finissent par céder. Ils vont rester là près d'elle. Un petit groupe va devoir retourner au camp pour ramener le plus de choses nécessaires près d'Agathe. Un autre petit groupe ira ensuite chercher des secours aussi vite qu'il le pourra. Ils se répartissent les tâches à la hâte. Érika et Matt vont rester avec Agathe pendant que Jessie et Keith vont faire des allers-retours au campement pour récupérer le plus de matériel possible. Lisa et Anthony vont retourner vers le van pour aller chercher de l'aide au plus vite en souhaitant, plus que jamais, tomber sur les deux gardes forestiers. Ils savent très bien qu'ils vont se faire durement engueuler, et, pour le coup, ils auront raison.

Lisa, Jessie, Anthony et Keith se rendent sur le champ au camp. Ils laissent donc Érika et Matt pour surveiller Agathe. Ils espèrent que son état ne va pas se dégrader en leur absence. Érika est complètement paniquée et à la limite de l'hystérie. Matt la gère du mieux qu'il le peut. Il est partagé entre l'envie de lui flanquer une bonne et grande gifle pour la calmer et l'envie de l'ignorer. Il tente une dernière fois de la calmer en la rassurant au mieux mais sans grande conviction.

- Et si on appelait les trois chasseurs à l'aide ? Propose-t-elle.
- Ils ne sont certainement plus dans le coin, ça ne servirait à rien.
- Il ne faut pas qu'elle meure.
- Je suis bien d'accord ! Mais ce n'est pas en paniquant que ça va l'aider !
- Je n'y peux rien, je suis complètement effrayée.
- Comme nous tous. Ok, bon rapporte un peu de bois pour faire un feu s'il te plaît.
- Non, non, non je ne veux pas bouger d'ici.

- Pourquoi ? Je ne te demande pas d'aller en chercher à l'autre bout de la forêt, il doit y avoir ce qu'il faut là, autour. Dit-il en désignant les arbres autour d'eux.
- Mais tout ce sang ne risque pas d'attirer des ours ou des loups ?

Matt prend conscience que sa remarque est pour le moins pertinente. Des animaux sauvages pourraient très bien être attirés par l'odeur du sang qui se répand dans les bois.

- Oui et bien justement, d'où l'intérêt de trouver du bois rapidement pour faire un feu et les tenir éloignés.
- Je flippe trop !
- Ok, c'est bon je vais y aller. Surveille constamment son pouls.
- Et s'il s'arrête je fais quoi ?
- Tu m'appelles. Ce n'est pas compliqué quand même ?

Chapitre 12

Lisa, Jessie, Anthony et Keith font aussi vite qu'ils le peuvent pour retourner au camp. En trajet ils s'interrogent les uns et les autres sur les causes de cette chute. Lisa avance l'hypothèse du suicide. Jessie ne sait pas quoi en penser, cela lui paraît totalement irréel ce qui vient de se passer. Elle émet l'idée que si elle n'allait pas bien ils l'auraient tous remarqué. Anthony lui répond que les personnes qui passent à l'acte ne le crient, généralement, pas sur les toits avant, ils le font et c'est tout. Keith, quant à lui, ne voit pas pourquoi elle aurait fait ça.

- Elle était avec nous, avec ses amis, c'est incompréhensible. Dit Keith.
- C'est dégueulasse surtout. Dit Lisa les yeux embués par les larmes et un brin en colère.
- Vous vous souvenez quand on l'a rencontrée la première fois ? Demande Jessie.
- Elle était en larmes, c'est vrai. Se souvient Anthony.
- Vous croyez que c'est en lien avec ça ? Demanda Keith.
- Peut-être ?! On ne lui a jamais rien demandé à ce sujet. Soumet Lisa.

204

- On avait trop peur de lui faire revivre un mauvais moment.
- On aurait peut-être dû... Regrette Jessie.
- Putain, faut qu'on la sorte de là à tout prix.

Ils vont devoir de nouveau franchir le petit ruisseau, là où ils ont rencontré les trois chasseurs. Mais ils n'aboutissent pas tout à fait au même endroit. Le ruisseau s'écoule en contrebas d'une petite falaise d'une bonne dizaine de mètres de hauteur. Ils vont devoir la longer jusqu'à ce qu'ils trouvent un endroit adéquat pour le traverser facilement. Ils avancent prudemment sur le rebord de cette falaise jusqu'à ce qu'ils arrivent suffisamment bas, mais malheureusement, tout un tas de branches et de troncs se sont amoncelés au bord du ruisseau et le rendent ainsi infranchissable. Ils sont forcés de continuer encore un peu quand Lisa les prévient qu'elle doit absolument faire une pause pipi, elle ne tiendra pas encore très longtemps. Elle les prie de la laisser un peu seule, le temps qu'elle soulage sa vessie. Les autres s'éloignent alors dans les bois lui ordonnant de se dépêcher. Lorsqu'elle est à peu près certaine de ne pas être vue par les autres, elle s'accroupit au bord de la rive, quand quelque chose attire son attention un peu plus loin. Elle fixe un instant, sans faire le moindre mouvement, une forme qui se distingue au bord de l'eau. Elle pense d'abord qu'il s'agit d'un ours. Mais elle se dit que c'est trop petit et trop maigre pour en être un, puis l'idée qu'il s'agisse d'un loup lui traverse l'esprit. Mais elle se rend rapidement compte qu'il ne s'agit pas d'un animal mais d'un homme. Elle n'en revient pas. Elle se rhabille rapidement pour aller chercher les autres. Elle ne retrouve qu'Anthony. Elle l'appelle en chuchotant et lui demande où sont Jessie et Keith. Il lui répond qu'ils pissent eux aussi dans un coin. Elle le supplie de venir voir ce qu'elle a vu au bord de l'eau. Il la suit en silence, comme elle le lui a demandé. Ils arrivent enfin sur les lieux, encore un peu plus près de l'homme que Lisa a aperçu. Ils se cachent derrière un rocher pour l'observer. Il est complètement nu et est en train de se laver. Il est plutôt maigre. Ses cheveux sont longs et il arbore aussi une barbe bien fournie. Il y a un bon moment que ce type ne s'est pas coupé les cheveux, ni rasé ou taillé la barbe. Ils ne parviennent pas à voir distinctement son visage. Près de lui, au sec, il y a une espèce de tas de peaux d'animaux parmi lesquelles l'homme se saisit d'un large morceau et se recouvre avec malgré la chaleur. Puis il ramasse une sorte de grande lame, une machette. Lisa dit alors dans un murmure à Anthony, qu'ils devraient peut-être lui demander de l'aide.

- Tu crois vraiment que ce type pourrait nous aider ? Tu n'es pas sérieuse ? Il doit être complètement cinglé.

- Qu'est-ce que tu en sais ?
- Non mais sérieusement, tu as trouvé qu'il avait l'air sympathique ? Tu n'as peut-être pas bien vu la machette qu'il a ramassée ?
- Et alors ? On a bien croisé trois types avec des putains de fusils qui auraient pu nous faire sauter la cervelle à dix kilomètres de distance.
- Ce sont des chasseurs, des enfoirés de chasseurs !!! Ce type il sort de nulle part, se trimballe à poil sous une peau de bête par trente-cinq degrés avec une machette et toi tu veux lui demander de l'aide ? Si ça se trouve cet enfoiré a massacré tous ces gens qui sont venus faire de la randonnée dans le coin comme les pauvres cons que nous sommes en ce moment !!! L'incendie ce n'est, hypothétiquement, qu'une excuse à ce que personne n'est capable d'expliquer réellement.

Lisa n'insiste pas et suit Anthony qui veut retrouver Jessie et Keith pour continuer leur mission. Retourner au camp et sauver Agathe, en espérant qu'il ne soit pas déjà trop tard. Ils retrouvent alors les autres et leur racontent le truc improbable qu'ils viennent de voir. Jessie et Keith ne sont pas rassurés. Ils auraient fait le même choix qu'Anthony, ignorer ce type en souhaitant qu'il ne trouve pas leurs traces et qu'il ne décide pas de les suivre.

Ils arrivent enfin au campement. Tout est intact, aucun ours n'est passé fouiller dans les tentes ni même ce type. Lisa et Anthony prennent rapidement ce dont ils ont besoin puis s'enfoncent rapidement dans la forêt. Keith démonte la tente qu'Agathe partageait avec Jessie. Jessie récupère des trousses de secours qu'ils ont laissées là-bas, quelques affaires, de quoi boire et manger. Ils reviendront plus tard pour démonter les autres tentes. Cet inconnu intrigue tout le monde. Qu'est-ce qu'un mec fait dans le coin habillé de peaux de bêtes et armé d'une machette ? Jessie et Keith ont, eux aussi, repensé à ce qui avait eu lieu dans cette forêt dans le passé. L'incendie n'était peut-être pas la cause de tous ces morts. Ils ont peut-être été torturés et massacrés par ce type. Ce n'est peut-être qu'une sorte d'ermite, un illuminé qui se tape un trip du genre « retour aux sources ». Ok, mais pourquoi ici ? Et pourquoi pas ?!

Anthony a accéléré la cadence et Lisa commence à être à la traîne. Elle lui demande de ralentir un peu le rythme. Mais il fait mine de l'ignorer.

- Tu veux bien ralentir un peu ?

- Quoi ? Demande-t-il exaspéré.
- Ralentit un peu, je n'arrive plus à te suivre.
- Magne-toi ! Lui répond-il d'un ton sec.
- Je viens de te dire que je n'arrive plus à te suivre !
- Il ne faut pas qu'on traîne c'est tout !
- Je le sais très bien, mais je ne peux pas aller plus vite.
- On doit vite retourner vers Érika, Agathe et ton frère.
- La priorité n'est plus Agathe ? Demande Lisa surprise par sa réponse.
- Quoi ? Comment ça la priorité n'est plus Agathe ?
- Oui, tu parles d'abord d'Érika, ta chère, très chère Érika.
- C'est quoi encore ces conneries ? Allez, avance, on perd du temps.
- Tu t'inquiètes plus pour cette pétasse, cette salope, que pour Agathe qui risque de mourir si on ne l'aide pas rapidement.
- Evidement que je m'inquiète plus pour Agathe qu'Érika.
- Tu crois vraiment que tu aurais réussi à me cacher ça encore longtemps ?

- De quoi tu parles bon sang ? Avance je t'ai dit ! Dit-il d'un ton ferme. Ce n'est pas le moment de me casser les couilles avec ta jalousie !
- Tu crois que je ne sais rien, sérieusement ? Tu vas faire comme si rien ne s'était passé ? C'est ça ? Tu crois que je ne sais pas que tu baises en douce cette espèce de salope, cette pute ?!

Stupéfait par cette révélation Anthony s'arrête net. Il regarde Lisa avec de grands yeux. Il n'ose pas dire le moindre mot.

- Ça t'en bouche un coin ? Dit-elle.
- Comment tu t'en es rendu compte ?
- Ça n'a pas d'importance ça, ce qui compte vraiment c'est que tu puisses me tromper.
- On en discutera une autre fois si tu veux bien, pour le moment on doit secourir Agathe. Dit-il en prenant soin de bien mentionner celle-ci en premier.

Lisa est folle de rage et ne desserre pas la mâchoire. Ses poings sont serrés. Anthony lui demande d'avancer mais elle ne semble pas l'entendre. Il s'approche d'elle pour l'attraper par un bras. Au moment du contact de sa main sur sa peau elle se dégage en un geste et lui colle son poing au visage. Il recule se tenant le nez et manque de tomber. Ses yeux lui piquent et son nez lui fait atrocement mal. Il regarde ses mains pleines de sang. Sa vision est troublée par les larmes dues à la douleur. Son nez saigne abondamment. Lisa le regarde froidement.

- Ça ne va pas non ? Tu n'es pas bien, sérieux ! Faut te faire soigner !!! C'est pas le moment pour ces conneries. Lui dit-il en criant.

Il avance auprès d'elle pour lui coller une gifle qu'elle esquive et elle lui colle un autre coup de poing au visage. Cette fois il tombe sur les feuilles et la mousse qui recouvrent le sol. « Tu vas regretter ça » lui dit-il tout en se relevant rapidement et se jetant sur Lisa. Dans son élan, son pied se prend dans une racine et le fait chuter la tête la première contre un rocher qui se trouve derrière Lisa qui a esquivé une nouvelle fois son attaque. Sa tête heurte lourdement la pierre. Anthony n'arrive pas à se relever, sa tête lui fait terriblement mal. Soudain le bruit d'une branche qui craque sous le poids de quelque chose attire l'attention de Lisa. Cela provient d'un peu plus haut. Elle panique soudain à l'idée qu'il s'agisse de Jessie et de Keith qui les auraient rejoints pour une raison ou une autre, en entendant leur dispute par exemple. En cherchant d'où peut venir ce bruit elle aperçoit une ombre. Elle reconnaît la silhouette qu'elle a vue tout à l'heure au bord de l'eau mais quelque chose a changé. Elle ne voit pas son visage. Elle voit une espèce de tête de loup, une horrible tête de loup. Les poils sont noircis et collés par endroits. Comme s'ils avaient brûlé partiellement. Par contre, elle remarque distinctement avec effroi la machette que tient ce type. Il lui paraît bien plus menaçant et inquiétant à présent. Entre-temps, profitant qu'elle soit distraite, Anthony lui agrippe une jambe la faisant tomber à la renverse. Elle se débat mais Anthony est bien plus fort qu'elle et prend le dessus. Il la plaque au sol. Elle réussit à se retourner malgré tout. Anthony lui enfonce alors le visage dans les feuilles mortes, la mousse et la terre. Il lui empoigne les cheveux et lui tire la tête en arrière avant de la lui écraser deux fois de suite contre le sol ce qui lui fait éclater la lèvre inférieure. Sans qu'il ne s'en rende compte Lisa réussit à attraper une pierre aussi grosse que son poing et plutôt pointue d'un côté. Elle le frappe alors violemment en plein visage en se retournant d'un seul coup. Anthony s'écroule à ses côtés, secoué par de violents spasmes. Puis ils cessent aussitôt. Il ne bouge plus du tout. Lisa se relève rapidement, sans prendre le temps de vérifier s'il respire encore ou non. Elle remarque que l'homme qui les observait s'était rapproché d'eux. Il n'est plus qu'à une dizaine de mètres. Elle s'enfuit immédiatement. Elle court rejoindre ses amis pour les prévenir que le type louche qu'elle avait vu plus tôt les avait attaqués. Mais dans sa fuite un doute l'assaille soudain. Et si ce type ne leur voulait pas le moindre mal ? Et s'il retrouvait l'autre groupe avant elle et leur racontait ce qu'elle avait fait, que c'était bien elle qui avait attaqué Anthony. D'ailleurs elle n'est même pas certaine qu'il soit mort. Ça ne l'arrangerait pas non plus. En tout cas elle ne va pas faire demi-tour pour s'en assurer. Trop tard.

Tandis que Lisa s'enfuit pensant échapper à l'inconnu, celui-ci ne la poursuit pas. Il avance au contraire, tranquillement vers le corps d'Anthony. Il s'agenouille à ses côtés et pose la pointe de sa machette sur son ventre. Il est fébrile, un peu comme si c'était sa première fois. L'excitation est telle que sa main tremble comme s'il venait de plonger dans une eau glacée. Il appuie lentement pour savourer pleinement cet instant. La pointe perce le t-shirt d'Anthony puis déforme et tend la peau de son ventre avant de pénétrer d'un seul coup à l'intérieur. Il ressent alors ce moment de plaisir si intense qu'il prend véritablement son pied. Anthony gémit et une dernière grimace de douleur se grave sur son visage avant de rendre son dernier souffle. L'homme continue d'enfoncer la lame dans la chair d'Anthony, puis, la fait remonter jusque sous la cage thoracique. Il retire la lame et plonge sa main dans les entrailles pour en extirper le foie puis le cœur. Il dépose ensuite celui-ci sur la poitrine d'Anthony et mord à pleines dents dans le foie sanguinolent. Il le dévorera presque entièrement avant de s'attaquer au cœur.

Jessie et Keith rejoignent Érika et Matt rapidement malgré le poids qu'ils transportent. Matt est heureux de les voir rappliquer aussi vite, mais pas le temps pour un petit bisou, en plus avec Keith dans les parages... Enfin il est surtout heureux pour Agathe qui est toujours en vie, il est heureux de retrouver Jessie et il est heureux de ne plus être seul avec Érika. Keith n'aura qu'à s'en occuper maintenant. Avec un peu de chance ça va les rapprocher et elle laissera tranquille Anthony, s'imagine-t-il. Les filles entreprennent de nettoyer, du mieux qu'elles le peuvent, les blessures d'Agathe. Keith et Matt allument un feu avec les branches amassées dans un coin. Matt demande à Keith pourquoi sa sœur et Anthony ne sont pas arrivés en même temps qu'eux, et Keith répond qu'ils ne vont certainement pas tarder à arriver. Il ne lui parle pas du type que Lisa a vu dans le ruisseau. Il juge cela inutile et malvenu. Il suggère qu'ils ont peut-être pris un chemin différent.

À l'aide de ciseaux, Jessie commence à découper délicatement les vêtements d'Agathe pour nettoyer les plaies béantes sur son corps. Le tissu est collé à cause du sang séché par endroits, alors elle le décolle lentement en versant un peu d'eau. Lorsqu'elle lui retire enfin son t-shirt, elles constatent avec horreur l'étendue des dégâts. C'est bien pire qu'elles l'avaient imaginé. Elles remarquent de nombreuses contusions sur ses côtes, ses flancs, son ventre, ses épaules. Jessie se penche pour approcher son oreille de la bouche d'Agathe et écouter sa respiration. Elle entend à peine un faible souffle. Par contre, elle perçoit un vilain sifflement et des gargouillis qui s'échappent de ses poumons. Jessie demande à Érika de lui passer une couverture afin de lui recouvrir le haut du corps, pendant qu'elle découpera le bas. La vue des fractures ouvertes lui donne la nausée mais elle va devoir surpasser son dégoût et prendre sur elle. Elle nettoie ensuite les plaies. Lorsqu'elle touche les os qui dépassent de la chair de la jeune femme elle ressent comme une décharge électrique qui lui remonte la colonne vertébrale, elle n'arrive pas à imaginer la douleur que doit endurer Agathe. Une fois terminé, elle la recouvre entièrement avec la couverture. Keith et Matt montent difficilement la tente autour d'Agathe. Ils devront se relayer auprès d'elle. Jessie est la première à la surveiller tandis que les autres se sont regroupés autour du feu. Ils sont silencieux. Matt fixe le feu et observe les flammes qui dansent mollement. Keith tient une bouteille d'eau dans ses mains. Puis il fouille dans le sac d'Agathe qui est près de lui et en sort un carnet. Il l'ouvre et le feuillette rapidement, s'arrêtant sur une page qu'il commence à lire. Au bout d'un petit instant, il marque un temps d'arrêt et regarde Matt. Celui-ci ne le remarque pas, il continue de fixer les flammes. Keith replonge alors dans sa lecture. Érika lui demande ce qu'il est en train de lire en ajoutant, pour détendre un peu l'atmosphère, que ce n'est pas dans ses habitudes de lire quoi que ce soit. Keith referme aussitôt le carnet et le fourre dans le sac en disant que ce n'est rien de bien important, juste des trucs qu'Agathe a écrit, des pense-bêtes, des petits textes, des dessins, rien de plus.

- Il n'y a rien qui pourrait confirmer qu'elle s'est jetée volontairement du haut de cette falaise ?
- Non, rien de particulier, vraiment.
- Alors pourquoi tu le gardes ?
- Je n'ai pas encore tout regardé. Peut-être qu'il faut lire entre les lignes de certains trucs, je n'en sais rien. Dit-il espérant avoir été suffisamment persuasif pour qu'ils ne veuillent pas le lire aussi.

Jessie lui confie espérer qu'Anthony ne va pas trop tarder à rentrer. Il ne répond pas. Il semble ailleurs soudain. Érika sent bien que ce qu'il vient de lire le contrarie et le perturbe.

Soudain, des cris résonnent contre les parois de la falaise alertant le groupe autour du feu ainsi que Jessie qui se précipite en dehors de la tente pour voir ce qui se passe. Tout le monde se tient sur ses gardes ne sachant pas à quoi s'attendre.

- C'était quoi ? S'inquiète Keith.
- Quelqu'un vient de crier. Répond Matt.
- Qui ça peut être ? Demande Érika à son tour.

Un nouveau cri, plus près cette fois-ci, fait monter leur tension à un tel point qu'ils ont l'impression que leurs artères, leur cœur et leurs tempes vont exploser. Jessie ne veut pas pour autant s'éloigner de la tente. Matt prétend avoir reconnu la voix de sa sœur. Les autres ne savent pas quoi penser, mais surtout, ils espèrent que ce n'est pas le cas, car s'il s'agit de Lisa cela veut dire que les emmerdes continuent. Lisa surgit d'entre les arbres en courant et en pleurant. Elle se précipite dans les bras de son frère.

- Putain ! S'exclame Keith.
- Qu'est-ce qui t'es arrivé ? Et où est Anthony ? Demande Matt inquiet.

Tout le monde a remarqué que son visage et ses affaires étaient tachés de sang. Ils s'empressent de se regrouper autour d'elle pour en savoir le plus possible. Son visage est souillé par la

217

terre et les feuilles dans lesquelles Anthony le lui a écrasé. Son menton et son t-shirt sont tachés par le sang qui s'est écoulé de sa lèvre fendue.

- Anthony est mort… Enfin je crois… On a été attaqué par un type bizarre. Dit-elle, essoufflée, et au bord des larmes.
- C'est qui ce type ? Un des trois chasseurs ? L'interroge Matt.
- Non, un type qui se trimballe à poil avec une machette et recouvert de peau d'animaux.
- Vous lui avez fait quelque chose pour qu'il s'en prenne à vous ? Demande Keith.
- Mais non, ce taré nous a attaqués comme ça sans raison. Simplement pour nous tuer je crois.
- Ça n'a pas de sens ! Affirme Matt.
- Tu as bien dit qu'Anthony était mort ? Je n'ai pas rêvé ? Implore Érika qui est sur le point d'éclater en sanglot.
- Oui je crois, je n'en sais rien en fait. Le type et Anthony se sont battus et il s'est pris un coup avec une pierre je crois, en plein visage. Il est tombé et je suis parti en courant.

Érika s'effondre en larmes et tombe à genoux, Keith la relève et la serre contre lui. Jessie, Matt et Keith se regardent sans trop savoir quoi faire dans l'immédiat. Doivent-ils prendre le risque de retrouver Anthony ou doivent-ils se concentrer sur Agathe ? Soudain Érika s'échappe des bras de Keith pour se jeter sur Lisa.

- Espèce de connasse pourquoi tu n'es pas restée pour l'aider ? Hein ? Pourquoi tu n'as pas fait quelque chose pour le sauver ?
- Ce mec est complètement dingue, il a une machette, tu voulais que je fasse quoi ? Et pourquoi tu te mets dans ces états pour Anthony ? Sale pétasse. Lui crache Lisa au visage.

Matt sépare aussitôt les filles avant que ça ne dégénère d'avantage. Il leur demande fermement de se calmer immédiatement. Ce n'est vraiment pas le moment pour ces conneries. Ils doivent vite prendre une décision. Keith suggère de se rendre à l'endroit où ça s'est passé afin de voir s'ils peuvent retrouver Anthony ou l'aider, il ajoute qu'il est peut-être salement blessé. Ils auront peut-être la chance de tomber sur les chasseurs qui pourraient les aider, et même les protéger. Il décide de partir sur-le-champ avec Lisa. Matt et Jessie vont rester auprès d'Agathe. Érika veut absolument partir avec Keith et Lisa, prétextant se sentir plus en sécurité avec Keith. Lisa proteste mais Érika n'en tient pas compte. Keith ramasse son sac à dos et en sort un couteau qu'il met dans la poche de son pantalon. Il demande à Lisa si elle se sent capable d'y retourner, si elle en a la force. Elle confirme, puis ils se mettent aussitôt en route. Lisa se tourne vers Matt qui lui fait un petit signe de la main comme pour lui dire que tout allait bien se passer. Le petit groupe s'engouffre rapidement dans la forêt qui parait subitement de moins en moins paisible et sereine. Après tout ce remue-ménage, même les oiseaux ne chantent plus. Matt et Jessie se regardent sans pouvoir se dire le moindre mot. Jessie se rend auprès d'Agathe tandis que Matt récupère des branches qui traînent sur le sol et taille leurs deux extrémités. Il en prépare quatre, puis il passe les pointes un instant dans les flammes pour les rendre plus résistantes. Il les dépose ensuite près de lui puis il observe la forêt. Il essaye de comprendre ce qui s'est passé avec sa sœur, avec Agathe, et se demande pourquoi ils n'avaient pas fait ce satané demi-tour comme le leur avait ordonné les deux gardes forestiers. Et c'est qui ce type qui sort de nulle part et se trimballe à poil dans cette forêt ?

Chapitre 13

Ce n'est qu'en début de soirée que Lisa, Érika et Keith sont de retour. Matt se précipite immédiatement pour savoir s'ils ont retrouvé Anthony. Keith lui raconte qu'ils n'ont trouvé que des traces de sang un peu partout, soulignant même d'importantes traces de sang. Il pense, enfin il espère, qu'il est peut-être gravement blessé et qu'il essaye de les rejoindre en ce moment même. Lisa ne dit rien. Elle s'est assise près du feu les yeux dans le vague. Érika sanglote contre Keith qui tente de la rassurer. Matt propose de faire quelque chose à manger mais personne n'a vraiment d'appétit ce soir. Et il y a déjà bien assez de problèmes comme ça.

Matt montre les branches qu'il a taillées en pointe au cas où ils auraient besoin de se défendre. Keith et lui vont monter la garde à tour de rôle tandis que les filles resteront auprès d'Agathe. Ils aimeraient pouvoir chercher des secours mais ce serait trop risqué de parcourir la forêt de nuit. Surprendre un ours tapi dans un buisson pour y passer la nuit pourrait s'avérer extrêmement dangereux, voire fatal. Ils sont donc coincés pour la nuit à leurs plus grands regrets.

Matt s'éveille le lendemain matin aux premiers rayons du soleil. Il n'a presque pas dormi de la nuit, comme les autres d'ailleurs. Lisa est allongée près de lui. Il rejoint Keith et lui demande s'il va bien. Il lui dit qu'il a l'intention de partir le plus rapidement possible à la recherche d'Anthony.

- Tu penses vraiment qu'il est en vie?
- Je n'en sais rien, et si tu avais vu tout le sang qu'on a retrouvé là-bas tu aurais aussi des doutes, mais on ne sait jamais… J'espère en tout cas qu'il est toujours en vie.
- Moi aussi, et pour Agathe ?
- Laisse-moi chercher Anthony ce matin et si je ne le trouve pas je retourne directement au van pour aller chercher de l'aide. Ça te va ?
- Ok ça marche.

Keith prépare son sac et prend son couteau. Il emporte une des branches taillées en pointe et s'engouffre de nouveau dans la forêt, bien décidé à retrouver Anthony.

Lisa qui se réveille à son tour regarde Keith s'éloigner dans la pénombre du sous-bois. Matt lui explique ce qu'il a l'intention de faire. Elle acquiesce. Elle décide de jeter un œil dans la tente d'Agathe. Érika dort tandis que Jessie, éveillée, est

222

assise près d'Agathe et lui caresse le front. Jessie peut enfin rejoindre Matt pour se blottir contre lui. Il la serre dans ses bras.

- Tu crois qu'il va le retrouver ? S'inquiète-t-elle.
- Difficile à dire, il n'avait pas l'air d'être convaincu qu'il puisse être toujours en vie, mais je l'espère.
- C'est ce type qui a massacré tous ces gens ici à ton avis?
- Je ne sais pas. Je ne pense pas. Dit-il, ayant du mal à croire à ce scénario. Mais, en vérité et sans l'avouer à Jessie, il n'est pas vraiment certain que tout se soit déroulé comme Lisa le prétend. Quelque chose au fond de lui, lui souffle que ce n'est pas ce qui est arrivé, ou du moins pas tout à fait.

Érika sort de la tente une heure plus tard puis se dirige vers la forêt. Jessie, inquiète, lui demande où elle se rend comme ça. Elle répond alors, qu'elle va pisser en lui montrant le rouleau de papier toilette qu'elle tient dans la main. Elle s'enfonce un peu sous les arbres, suffisamment pour ne pas être vue par les autres. Elle trouve un buisson qui lui convient parfaitement. Elle baisse avec hâte, son pantalon, puis sa culotte, tellement l'envie est pressante, puis elle s'accroupit. Perdue dans ses pensées elle n'a pas entendu le léger craquement près d'elle, quand quelque chose

223

attire son attention. Quelque chose qui n'était pas là plus tôt. Prise d'effroi elle ose à peine regarder de quoi il s'agit. Puis elle se fait violence et décide de regarder d'un seul coup. Un homme maigre en apparence porte une sorte de masque hideux de loup partiellement fondu, ce qui le rend encore plus horrible. Il est crasseux, nu et se tient là, face à elle. Il tient une machette dans sa main droite. Il la pointe en direction de la jeune femme qui remarque, en une fraction de seconde que ce n'est pas la seule chose qui pointe dans sa direction. Cet enfoiré est en train de bander ! Prise de panique elle détale en trombe et en hurlant aussi fort qu'elle le peut. Matt et Jessie qui l'entendent soudain s'emparent des branches taillées en pointes puis se précipitent vers Érika. Ils la retrouvent très vite. Elle rampe, et essaie de se faufiler à quatre pattes entre les buissons aussi rapidement que possible pour échapper à son agresseur. Elle n'a pas pu se relever, son pantalon et sa culotte étaient toujours baissés lorsqu'elle a voulu fuir et elle s'est alors immédiatement étalée dans les feuilles. Quand Matt et Jessie la rejoignent enfin ils ont pu voir cet individu étrange et menaçant. Celui-ci est alors aussitôt parti en courant et avait disparu en un instant. La vitesse à laquelle il s'était volatilisé avait sidéré Matt. Il avait disparu avec une telle facilité et agilité qu'il était certain qu'Érika n'aurait eu aucune chance s'ils n'étaient pas arrivés suffisamment vite. Elle n'aurait pas pu aller bien loin avant qu'il ne s'abatte sur elle en un éclair. Et qui sait ce qu'il lui aurait fait subir si ça avait été le cas. Mais une chose est sûre, Lisa avait dit vrai finalement, à propos de l'homme qu'elle avait vu et qui s'en était pris, selon elle, à Anthony. Jessie relève Érika qui est en état de choc. Matt ramasse aussitôt ses affaires tout en regardant autour de lui pour ne pas se faire surprendre par l'inconnu et se faire attaquer à son tour. Il tend immédiatement les vêtements à Érika. Les choses se compliquent dangereusement s'inquiète-t-il. Jessie aide la jeune femme à s'habiller, puis ils retournent au camp. Lisa est sortie de la tente effrayée par ce vacarme.

- Qu'est-ce qui s'est passé ? Demande-t-elle.
- Érika a été attaquée par le type dont tu nous as parlé hier, enfin je crois.
- Il était maigre, avec un masque horrible, à poil avec des peaux d'animaux ?
- Maigre avec un masque et à poil oui, mais il n'avait pas de peaux d'animaux. Dit Jessie.
- Pour courir aussi vite qu'il courait il ne fallait pas qu'il soit gêné par des peaux de bêtes sur lui.
- Il a fait quoi ?

- Il a voulu s'en prendre à elle pendant qu'elle pissait. Il bandait le salopard, il voulait certainement la violer... Prétend Jessie.
- Il faut à tout prix que Keith revienne et qu'on dégage d'ici. Et si ce n'était pas le type du ruisseau ? Et s'ils étaient plusieurs ?
- Il est où Keith ? Demande soudain Érika toujours en pleine panique.
- Il est allé chercher Anthony.
- Keith. Crie-t-elle. Keith revient je t'en prie.
- Calme-toi et arrête de crier. L'autre enculé ne sait peut-être pas que l'un d'entre nous est parti. Dit Matt.
- Merde, tu crois qu'il va s'en prendre à lui maintenant par ma faute ?
- Je ne l'espère pas. En tout cas s'il s'en prend à Keith il risque d'avoir du fil à retordre avec lui. Mais il faudra qu'il soit vif parce que je n'ai jamais vu quelqu'un d'aussi rapide.

Érika et Jessie retournent dans la tente, tandis que Matt et Lisa regarde en direction de la forêt. Matt tentant d'apercevoir l'agresseur d'Érika, Lisa espérant que rien ne viendra révéler ce qu'elle a fait là-bas. Matt pense qu'il rôde toujours dans le coin. Il

226

doit probablement les observer, tapi dans un buisson. Jessie ressort de la tente priant Matt et Lisa de la rejoindre.

- L'état d'Agathe se dégrade rapidement et il y a comme une odeur de pourri qui se dégage dans la tente. Ses plaies sont en train de s'infecter dangereusement, elle est brûlante. Et il commence à y avoir des mouches…
- La chaleur ne doit rien arranger. Suppose Lisa.
- Faut vite qu'on dégage d'ici. Dit Matt.
- Qu'est-ce qu'on peut faire en attendant ?
- Rien malheureusement. Répond Matt, agacé par la situation. On est coincé comme des cons !
- On est dans la merde !

Keith se dépêche de retourner là où Lisa et Anthony ont été attaqués. Il veut prendre un peu de temps pour voir si Anthony avait laissé des traces qui lui permettraient de le retrouver. Il rejoint l'endroit assez rapidement. Observant tout autour de lui, il remarque une traînée de sang sur le sol ainsi que sur les feuilles mortes et la suit. Mais, plus il avance, plus il est persuadé qu'Anthony ne s'en est pas sorti. Il y a beaucoup trop de sang. Il commence à croire que le corps a été emporté par un animal sauvage. Un ours, des loups ou un couguar. Il n'a pas envie de se retrouver face à face avec une de ces créatures et la déranger en train de se rassasier. Quant au type qui a attaqué Lisa et Anthony, il pense avoir toutes ses chances pour le maîtriser. Soudain la trace s'arrête. Il regarde aux alentours et ne voit plus rien. Il retourne là où la trace s'interrompt. Une goutte s'écrase sur sa joue.

> - Il ne manquait plus que ça. Souffle-t-il. La pluie ne va pas arranger les choses. Putain, t'es où Anthony. Grogne-t-il d'un ton désespéré.

Il essuie la goutte sur sa joue, remarquant qu'il devrait entendre d'autres gouttes tomber sur les feuilles des arbres. Il regarde sa main, espérant que ce ne soit pas un oiseau qui vient de lui chier dessus. Ce n'est pas le cas. C'est un liquide rouge, visqueux et épais. Du sang. Il lève immédiatement la tête et voit Anthony suspendu par les pieds, le ventre ouvert. Il est ligoté avec une liane. Pris de panique, il décide de couper cette liane qui est elle-même attachée à l'arbre auquel est suspendu Anthony. Mais au moment où il commence à trancher, quelqu'un se jette sur lui et le fait tomber lourdement au sol. Il se relève aussitôt et fait face à son assaillant l'air menaçant. Le type correspond à la description qu'en a faite Lisa, et celui-ci lui fait face machette en main.

- Alors c'est toi le fils de pute qui s'en est pris à mes amis ? Pose ta machette et viens te battre d'homme à homme.

Le type plante sa machette dans le tronc d'un arbre sans lâcher Keith du regard. Puis il enlève son masque et le laisse tomber au sol. Keith dépose rapidement son sac et s'apprête à se jeter sur Ethan. Ethan l'esquive sans problème avec une rapidité déconcertante. Keith attend, sur ses gardes. Ethan marche lentement en cercle tout autour de lui, Keith peut distinguer un sourire sous sa barbe épaisse, ce qui l'agace au plus haut point. Il décide d'attaquer de nouveau. Ethan esquive encore une fois en lui collant au passage un violent coup de poing en pleine figure. Keith tombe à genoux mais se relève aussitôt en se disant qu'il lui en faut plus pour le mettre ko. Ethan l'attaque à son tour mais Keith le bloque. Il attrape Ethan et réussit à enrouler son bras autour de son cou, celui-ci ne se débat pas. Keith sert alors aussi fort qu'il le peut pour l'étrangler. Ethan exécute vivement un puissant coup de tête en arrière et brise le nez de Keith qui recule mains sur le visage. Ethan le frappe encore sans lui laisser de répits. Il frappe au ventre. Mais Keith a des abdominaux en bétons lui permettant d'encaisser les coups sans trop de difficultés. Puis il décoche à son tour un violent coup de poing à Ethan. Le coup est si fort qu'Ethan s'écrase au sol. Keith se précipite alors sur lui et lui donne de grands coups de pied dans les côtes et au visage. Se mettant à califourchon sur lui il le cogne en plein visage. Ethan semble perdre connaissance sous le déluge de coups. Keith s'acharne encore et malgré tout. Puis il s'arrête et se laisse tomber près du corps inanimé d'Ethan. Il le repousse avec son pied pour vérifier s'il est bel et bien inconscient. Ethan ne bouge pas. Keith se relève péniblement et se dirige vers l'arbre dans lequel est plantée la machette. Il l'arrache avec difficulté tellement la lame est enfoncée profondément dans le tronc. Il faut une sacrée puissance pour ça se dit-il. Quand il se retourne pour se rendre près d'Ethan afin de l'achever il constate, avec stupéfaction, que celui-ci n'est plus là. Il regarde rapidement autour de lui, aux aguets afin de ne pas se faire surprendre une nouvelle fois. Il ne voit pas Ethan et n'entend pas non plus le moindre bruit qui pourrait trahir sa présence derrière un buisson ou un arbre. Il réalise soudain avec effroi que ce type est bien capable de se rendre au campement et attaquer les autres. Il ne sait pas quoi faire. Doit-il retourner avertir les autres ou se rendre au van pour chercher des secours ? Il décide finalement de retourner près des autres pour leur prêter main-forte en cas d'attaque de ce dément. Il retourne vers son sac à dos et regarde Anthony une dernière fois, s'excusant de le laisser là. Il cherche quelques instants et retrouve son sac qui a été renversé. Il est stupéfait par le fait que son agresseur ait eu le temps de fouiller son sac sans qu'il ne s'aperçoive de rien. Quand soudain il ressent une forte douleur sur son flanc droit. Il porte immédiatement sa main gauche sur l'endroit douloureux. Son propre sang, chaud, coule entre ses doigts. Il se retourne et Ethan se tient là, le couteau de Keith dans la main. Pendant leur combat acharné Keith ne s'était pas rendu compte que son agresseur le lui avait subtilisé. Keith tente alors de porter un coup de machette à Ethan. Celui-ci esquive facilement l'attaque et plante la lame du couteau dans l'estomac de Keith qui tombe à genoux, le souffle coupé, en lâchant son arme. Ethan donne un coup de pied dans le dos de Keith. Il s'effondre face contre terre en gémissant. Ethan récupère sa machette puis se saisit du pied droit de Keith et le traîne derrière lui tel un vulgaire gibier. Keith se vide lentement de son sang mais est toujours en vie. Dans un dernier effort, il tente en vain de s'agripper à une racine espérant faire lâcher prise à Ethan, mais celui-ci le tient fermement. Au bout d'un moment, agacé par cette résistance, il lâche le pied de Keith qui tente de s'enfuir en rampant. Mais il est bien trop affaibli pour lui échapper aussi facilement qu'il le souhaiterait. De plus les douleurs de ses blessures sont atroces. Ethan stoppe la fuite de Keith en lui posant un pied dans le dos et en appuyant de toutes ses forces. Il s'assoit

231

sur lui et lui maintient un bras en arrière, Keith est écrasé dans les feuilles. Il abat sa machette et lui tranche la main au niveau du poignet d'un seul coup. Keith hurle de douleur. La main gauche subira le même sort. Ethan reprend ensuite sa marche, traînant Keith derrière lui, réduisant à néant toute possibilité de s'agripper à quoi que ce soit pour le ralentir. Keith le supplie de ne pas le tuer avant de perdre connaissance.

Il se réveille plus tard, sans trop savoir combien de temps il est resté inconscient. Il a terriblement mal et se rend compte qu'il est suspendu la tête en bas. Il s'agite faiblement pour tenter de se libérer. Il a du sang plein la bouche et s'écoule abondamment de ses nombreuses blessures. Sa tête n'est qu'à un mètre soixante-dix du sol environ. Il distingue une grotte près de l'endroit où il est suspendu. Il y a un feu près de l'entrée. Il ne voit pas très bien, sa vue est troublée à cause du sang qui a aussi coulé dans ses yeux. Il aperçoit une silhouette près du feu. L'homme se lève et s'approche de Keith. Il tient son couteau dans la main droite. Il pose la lame contre la poitrine de Keith et en découpe un morceau. Keith hurle de douleur et d'épouvante, il se débat comme il peut, avec ses dernières forces. Ethan a découpé un beau morceau de chair sanguinolente et retourne près du feu. Il prend un bout de bois taillé en pointe, y plante le morceau de viande comme on le ferait pour une brochette. Il la met ensuite à cuire au-dessus du feu quelques instants puis la retire pour enfin dévorer le morceau légèrement grillé. Keith implore alors à Ethan de l'achever. Ethan pose son morceau de viande et se dirige d'un pas décidé vers Keith, couteau en main. Keith regarde vers le ciel tandis qu'Ethan s'approche. Le ciel est d'un bleu profond dans lequel évoluent avec grâce deux aigles. Certainement le genre de spectacle devant lequel Matt s'émerveille sans cesse se dit-il. C'est trop con d'en arriver là pour s'en rendre compte pense-t-il, avant qu'Ethan lui tranche la gorge d'un geste sûr et précis.

Chapitre 14

Tout le monde est à cran et extrêmement nerveux ne voyant pas revenir Keith et ne sachant pas comment agir. Ils attendent, impatients, et espèrent son arrivée prochaine avec de bonnes nouvelles. Matt trouve que ça commence à être vraiment trop long, le temps presse pour la pauvre Agathe agonisante. Jessie est restée un long moment auprès d'elle. Érika n'a pas réussi à penser à autre chose que ce sale type prêt à s'en prendre à elle. Jessie en a profité pour fouiller dans le sac d'Agathe au cas où elle aurait de quoi faire baisser sa fièvre. Elle est tombée sur le carnet dans lequel Agathe a écrit et griffonné plein de trucs. Une sorte de carnet intime, celui qui a apparemment perturbé Keith. Elle le feuillette, espérant trouver la raison pour laquelle elle aurait pu vouloir mettre fin à ses jours. Il y avait beaucoup de poèmes, quelques dessins. Rien sur son passé. Peut-être qu'elle en parlait dans un autre carnet. Puis, enfin ces lignes, qui allaient la bouleverser. Un texte dans lequel la jeune femme exprimait tout ce qu'elle avait perdu dans cette forêt. Visiblement, malgré toutes les atrocités qui se passaient dans le monde, elle avait à chaque fois perçu la présence de Dieu qui lui redonnait une petite lueur d'espoir pour l'avenir de l'humanité. A savoir des sourires, des gestes tendres, des gestes pleins d'espoir et d'amour malgré les pertes, les horreurs et les souffrances qu'avaient dû subir les proches de victimes. Parfois un coin de ciel bleu avait suffi à lui redonner l'envie d'avancer. Elle y avouait également son amour pour Matt, pour celui qu'elle n'aura jamais. D'ailleurs, comme à chaque fois qu'elle s'intéressait à un garçon précisait-elle. Sa rencontre avec lui l'aura transformée à jamais, sa façon d'être, de penser, de voir les choses. Il avait été une véritable bénédiction pour elle, un cadeau, un ange envoyé par Dieu. Ou par le Diable ? Dans ce texte elle exprimait aussi avec certitude que la vie ne lui avait rien épargné et qu'elle ne lui ferait, finalement, jamais le moindre cadeau. Sa foi lui avait toujours permis de ressentir la présence de quelque chose ou de quelqu'un de bienveillant auprès d'elle. Mais là, dans cette forêt, elle s'était sentie complètement abandonnée, seule, rejetée. Même Dieu semblait l'avoir quittée, alors à quoi bon continuer de vivre. Celui qui aurait pu lui apprendre à vivre, à rire et à être heureuse, en aime une autre. Une fille jolie, sexy, sans complexes et sans prise de tête. Une fille joyeuse qui aimait la vie, qui ne se laissait pas marcher sur les pieds. Elle précisait aussi qu'en mettant fin à ses jours elle était assurée de ne plus être un fardeau pour qui que ce soit, et elle ne se fera plus d'illusions, ni de faux espoirs. Si Dieu avait réellement été présent, il n'aurait jamais donner de faux espoirs à quelqu'un pour un jour tout lui retirer sans le moindre remord. À quoi bon lui faire croiser la route d'un ange dont elle était amoureuse si c'était pour le regarder perdre ses ailes et succomber aux charmes d'une autre ? À quoi bon continuer de croire, à quoi bon continuer de vivre, conclut Agathe. Jessie se sent soudain mal à l'aise et complètement bouleversée à la lecture de ces propos. Elle sanglote sans que personne ne l'entende. Elle se sent responsable de cette tragédie. Elle va devoir le dire à Matt mais elle a terriblement peur de sa réaction. Il pourrait être anéanti par cette nouvelle se dit-elle.

- Ça va Jessie ? Demande Matt.
- Oui, je suis juste un peu fatiguée, je suis épuisée par tous ces évènements.
- Tu aurais dû venir me chercher, j'aurais pris la relève.
- Ce n'est rien. Ne t'en fais pas !
- Vous pensez que Keith va revenir quand ? Demande Érika visiblement très inquiète elle aussi.
- Il devrait déjà être là depuis longtemps s'il avait retrouvé Anthony. Dit Lisa. Agathe serait peut-être même déjà prise en charge par les secours.
- Il est peut-être tombé sur le type qui vous a agressés et qui a voulu s'en prendre à moi aussi. Suggère Érika.

236

- En tout cas on ne peut pas rester plus longtemps ici ! Affirme Matt. Que Keith revienne ou non on doit partir absolument, c'est vital ! Agathe ne tiendra pas plus longtemps et je ne veux pas qu'elle meure parce qu'on a été incapable de lui venir en aide suffisamment vite. On va lui laisser un mot lui expliquant qu'on ne pouvait plus rester et qu'il nous attende patiemment.

Un bruit provenant près de la tente fait bondir tout le monde. Ils aperçoivent un ours énorme, certainement un grizzly, en train de s'y introduire, à l'intérieur même sous laquelle Agathe agonise. La tente est violemment secouée par l'animal et se teinte subitement de rouge. Il ne fait aucun doute que l'ours est en train de s'en prendre à Agathe, pour la dévorer. Soudain, éprouvant la sensation d'être pris au piège par la tente qui s'effondre sur lui, l'animal panique et utilise toute sa force, sa colère et sa détermination pour s'en sortir. Tout le monde est tétanisé et terrifié par cet effroyable spectacle. Les filles hurlent de terreur tandis que Matt se précipite vers les bâtons taillés en pointes. Il compte les utiliser pour faire fuir l'ours, le tuer avec serait un sacré bon dieu de miracle. Alors qu'il s'approche courageusement, l'ours réussit à déchiqueter la toile et parvient à s'en extraire en

237

partie. Il engouffre ensuite son imposante tête sous la toile pour en extraire le corps d'Agathe auquel il manque déjà un bras tandis qu'une des jambes ne tient plus que par un mince bout de chair. Il fait ensuite face aux filles. Il se dresse sur ses pattes afin de les impressionner. Sa gueule, ses dents ainsi que ses griffes sont immenses. Son museau et les poils de sa tête sont trempés et collés par le sang frais. Une imposante balafre lui traverse la tête et s'étend jusqu'à son museau. Il ne doit pas être tout jeune et a certainement dû en baver à en juger par les cicatrices parsemées sur son corps. Il parait agressif, puissant, et les luttes impitoyables pour de la nourriture, un territoire ou conquérir une femelle ne doivent assurément pas lui faire peur. Les filles effrayées s'enfuient aussi vite qu'elles le peuvent. L'imposant mâle ne les poursuit pas. Il est pourtant fortement déconseillé de courir dans un tel cas. Tourner le dos à un prédateur et s'enfuir est le meilleur moyen de déclencher son instinct de prédation. Il a de quoi manger ici, juste sous ses larges pattes, pas la peine de dépenser de l'énergie dans une partie de chasse. Au pire il défendra son butin.

Il se remet sur ses quatre pattes et s'empare du corps désarticulé d'Agathe. Matt qui s'est approché furtivement de l'animal, lui jette une de ses lances de fortune qui le manque. Il en prend immédiatement une autre qu'il jette avec force. Cette fois la brindille censée être une arme de défense touche l'animal qui, surpris, se tourne pour faire face à son assaillant. Le projectile ne fait que rebondir sur l'épaisse fourrure de l'ours. Matt lui envoie alors, sans attendre, une nouvelle pique qui le touche à l'épaule mais rebondit également. L'ours se fait menaçant et avance par à-coups, frappant le sol de toutes ses forces et de tout son poids avec ses pattes avant. Matt n'abandonne pas et en balance une autre, encore, qui le touche à la tête au moment où il se relève pour impressionner son adversaire. C'est heureusement suffisant pour le faire fuir mais il n'oublie pas de prendre, au passage, ce pourquoi il est venu ici, trouver à manger. Matt pris de désespoir part à sa poursuite et lui jette une dernière lance en vain. L'ours disparaît rapidement dans la forêt. Matt effondré de ne pas avoir pu l'empêcher de partir avec la dépouille sanguinolente d'Agathe, continue d'avancer sans trop savoir pourquoi. Au bout de quelques centaines de mètres il découvre le corps d'Agathe, ou du moins une partie. Il ne reste plus que le buste de la pauvre jeune femme. En cet instant il ne pense même plus aux filles qui se sont enfuies dans la forêt, ni à l'ours qui pourrait revenir chercher son butin. Il reste là, immobile, à fixer les restes d'Agathe. Un papillon tigré aux ailes jaunes et noires qui n'a, apparemment, pas été dérangé plus que ça par ce qui venait de se produire dans le coin, s'élève et entraîne le regard de Matt au-delà du drame qui s'est déroulé ici. Puis soudain une voix le fait sortir de ses songes. La voix de Jessie qui l'appelle. Il retourne au camp et retrouve Jessie à genoux et en larmes. Il se précipite vers elle et la prend dans ses bras. Il la serre aussi fort qu'il le peut et tente de la rassurer. Il lui dit qu'il a réussi à faire fuir l'ours et qu'il ne reviendra probablement pas de sitôt.

- Il est parti avec ce qu'il voulait. Lui dit-il en sanglotant.
- On n'aurait jamais dû venir dans cette forêt. Elle est maudite.
- Où sont ma sœur et Érika ? Vous n'avez pas fui ensemble ?
- Si, mais je ne voulais pas te laisser seul alors je suis revenue et elles ont continué de courir.
- Faut les retrouver, elles pourraient tomber sur cet ours. On va prendre tout ce qu'on peut pour se défendre.

Jessie se rend près de la tente en ruines pour récupérer ce qu'elle peut. Il y a du sang de partout. Elle voit un bras d'Agathe qui dépasse de sous un bout de toile, alors, secouée par des sanglots, elle rejoint Matt. Ils s'enfoncent dans la forêt dans la direction où les filles ont pris la fuite. Ils les appellent de toutes leurs forces. Leurs cris font fuir les animaux qui se trouvent à

240

proximité et peut-être pourront-ils être entendus par des chasseurs qui leur viendraient en aide et les protègeraient.

Lisa et Érika ont couru un long moment avant de s'arrêter. Érika prétend avoir entendu les autres qui les appelaient. Lisa, elle, affirme ne rien avoir entendu.

- Je ne suis pas folle. J'ai entendu Matt et Jessie nous appeler.
- Écoute, dit sèchement Lisa, écoute, dit-elle en marquant une pause avant de reprendre, personne ne nous appelle.
- C'est de ta faute tout ce qui arrive ! Pauvre connasse, Anthony est mort, Agathe vient de se faire dévorer par un ours, et on ne sait pas si Keith va bien. Je te déteste.
- C'est vraiment con que l'ours n'ait pas préféré te dévorer toi ! S'exclame Lisa.
- Salope ! Crie Érika en se jetant de colère sur Lisa.

Les deux femmes en viennent aux mains rapidement. Lisa frappe Érika d'un coup de poing au visage. La jeune femme tombe dans les feuilles mortes, abasourdie par la puissance du coup. Surprise, elle reste sans réaction, elle n'a pas le temps de se ressaisir quand Lisa ramasse déjà une lourde pierre et s'approche

241

d'elle. Erika esquive de justesse le coup qui devait écraser son visage si elle n'avait pas réagi suffisamment vite. Lisa lui flanque, alors, un coup de pied dans le ventre mais la jeune femme parvient malgré tout à se relever.

- C'est quoi ton problème ? Tu aurais pu me tuer espèce de salope ! Lui balance-t-elle stupéfaite.

- C'est moi que tu traites de salope ? Tu baises avec Anthony dans mon dos et c'est moi que tu traites de salope ?! Oui j'ai bien l'intention de te tuer et personne n'en saura rien. Tu vois, cette petite balade en forêt a ses bons côtés.

- T'es complètement tarée Lisa !

Lisa sort alors un couteau d'une poche de son pantalon et blesse Érika sans qu'elle puisse éviter le coup. La lame lui entaille un peu le bras au niveau de l'épaule. Lisa est déçue de ne pas l'avoir atteint au cou. Érika prend la fuite. Lisa se lance à sa poursuite. Elle n'a pas l'intention de la laisser s'en tirer. Elle doit l'avoir d'une manière ou d'une autre. Et surtout, elle doit l'avoir avant qu'elle ne tombe sur Matt ou Jessie. Elle redouble d'effort pour la rattraper. Érika se prend les pieds à plusieurs reprises dans des racines et des branches mortes manquant de la faire tomber à chaque fois. Mais la jeune femme est plutôt agile et se rétablit rapidement. Tout à coup une pierre la frappe à la tête et lui fait perdre l'équilibre. Le choc est très violent. Elle se relève avec difficulté et regarde tout autour d'elle, le coup ne vient pas de Lisa. Ses cheveux se plaquent sur son visage avec le sang qui dégouline de sa plaie à la tête. Un craquement non loin d'elle la fait sursauter, elle se retourne vivement. Elle ne voit rien. Lisa en profite pour se jeter sur elle d'un seul bond. Érika ne l'a ni entendue, ni vue arriver. Elle regardait dans le sens opposé au craquement. Lisa plante son couteau dans le ventre d'Érika avant que celle-ci ne puisse réagir, encore étourdie par le choc à la tête. Elle tente malgré tout de s'enfuir. Un nouveau jet de caillou l'atteint à la tête. Lisa ne comprend pas non plus ce qui se passe, ni d'où vient celui-ci. Érika est au sol, inconsciente, tandis que Lisa observe attentivement la forêt. Elle scrute chaque buisson du regard. Quand une pierre l'atteint à l'épaule elle pointe immédiatement son couteau dans la direction d'où elle a été projetée. Ethan, qui porte son masque, se tient là, face à elle, à seulement quelques mètres. Lisa remarque tout de suite sa machette. Ethan s'avance lentement tandis que Lisa recule tout en le menaçant de son couteau qui paraît bien ridicule face à son arme. Elle trébuche sur une souche d'arbre et bascule en arrière. Ethan se jette sur elle en seulement quelques pas. Il la maintient

243

au sol alors qu'elle tente de se défaire de son emprise. Il la frappe au visage d'un coup de poing.

Elle est à moitié inconsciente tandis qu'il la ligote. Il se dirige vers Érika, et attache ses mains ainsi que ses pieds. Ensuite il enroule une liane aux pieds de celle-ci, puis il attache Lisa qui a les mains nouées dans le dos avec l'autre extrémité. Il la bâillonne également avec des lianes et des ronces. Pour finir, il passe une dernière liane autour du cou de Lisa et fait un nœud. Elle est effrayée et essaie de se débattre, il lui donne alors un coup de poing dans le ventre lui coupant instantanément le souffle. Elle tombe à genoux et tente de retrouver sa respiration. Il prend alors l'autre extrémité de la liane attachée autour du cou de Lisa puis tire, comme on pourrait tirer sur une laisse, dans le but qu'elle se relève et le suive. Elle devra ainsi traîner Érika derrière elle. Celle-ci commence à s'agiter au sol. Ethan ne tarde pas à la calmer, lui assénant un violent coup de talon en plein visage qui lui casse deux dents. Lisa est maintenant persuadée que, si elle n'avait pas tué Anthony, il l'aurait fait de toute façon. Il n'est pas là simplement pour se promener à poil dans la forêt, ni pour être en communion avec la nature, et toutes ces putains de conneries hippies mystiques. Est-ce que c'est lui qui a tué tous ces gens l'année dernière ainsi que l'année précédente ? Si c'est le cas, elles ne s'en sortiront certainement pas. Elle en vient à souhaiter que l'ours qui a attaqué le camp, déboule de derrière un fourré et s'en prenne à ce taré. Peut-être que Matt et Jessie allaient finir par les retrouver et les libérer. Elle espère, alors, qu'Érika sera déjà morte si c'était le cas ! Ethan avance d'un pas rapide et sûr, alors que Lisa a parfois du mal à rester debout. De plus elle se fatigue rapidement en traînant Érika toujours inconsciente. Ils marchent de longues et pénibles minutes et montent toujours plus haut. Lisa est au bord de l'épuisement lorsqu'Ethan s'arrête et s'approche d'elle. Quelle vision incroyable et cauchemardesque que de voir ce type déambuler tranquillement entre les arbres à poil avec son masque pourri de loup-garou à moitié fondu.

- Je te détache à une seule condition, mon amour. Annonce l'homme masqué. Que tu finisses ce que tu as commencé.

Lisa, ne comprenant pas vraiment de quoi il parle, acquiesce. Il la libère du bâillon confectionné de liane et de ronces, puis, il coupe les liens qui retiennent ses mains. Lisa reste parfaitement immobile. Quelle odeur ignoble dégage de ce sale bonhomme ! Avec la lame de sa machette il pousse légèrement la jeune femme la forçant ainsi à s'approcher d'Érika.

- Finis ce que tu as commencé et nous pourrons partir ensemble mon amour.

245

- Je ne comprends pas…
- Finis-la ! Lui ordonne-t-il sèchement.

L'homme pousse plus fermement Lisa avec la lame de sa machette. Il lui demande ensuite de ramasser les restes d'une grosse branche et de l'achever avec. Lisa s'exécute et prend le morceau de bois. Elle s'approche d'Érika et la frappe, un peu tremblotante, en pleine tête. La branche se casse sous le choc alors que le coup la réveille en sursaut. Elle voudrait hurler mais ne peut pas à cause du bâillon. Elle voit Lisa qui se tient au-dessus d'elle, puis l'homme qui était devant elle quand elle pissait près du camp. Elle ne comprend pas ce qu'ils font là ensemble. Lisa abat une nouvelle fois la branche cassée sur la tête d'Érika qui se tortille et voudrait crier de douleur. Lisa veut en finir rapidement et frappe de toutes ses forces la jeune femme qui saigne abondamment de la tête. Mais le coup ripe sur le crâne et lui arrache un morceau de cuir chevelu. Érika se tortille de plus en plus en émettant des cris rauques. Du sang gicle sur Lisa. Elle continue de cogner, lui fracassant le nez, lui ouvrant largement une arcade et finit par lui fendre la lèvre supérieure. Pourtant la jeune femme ne cède pas et résiste toujours. Lisa remarque alors un rocher solidement ancré dans le sol. Elle y traîne Érika qui se débat toujours. Son visage est méconnaissable. Lisa perd sa prise plusieurs fois avant de l'empoigner fermement par les cheveux et de lui fracasser le crâne sur le rocher. Lisa s'acharne alors avec rage et frappe plusieurs fois la tête d'Érika, qui ne lutte plus à présent, contre la roche blanche qui se teinte rapidement de rouge. Lorsque Lisa relâche la tête d'Érika son crâne n'est plus qu'un amas d'os, de chair, de cervelle et de cheveux sanguinolents. Quelques spasmes agitent encore faiblement le corps de la jeune femme avant de s'immobiliser totalement. Ethan invite alors Lisa à le rejoindre. La jeune femme est couverte d'éclaboussures de sang et reste figée de stupeur par ce qu'elle vient de faire. Ses mains tremblent de peur, de colère, ou d'excitation ? Soudain, sans qu'elle ait le temps de voir arriver quoique ce soit, Ethan lui porte un violent coup de poing qui la met ko instantanément.

Elle se réveille plus tard dans une grotte éclairée par un feu. Elle en distingue un autre qui se trouve à l'entrée, certainement pour empêcher les animaux sauvages d'y pénétrer. Il y a de la viande en train de griller lentement au-dessus des flammes qui éclairent et réchauffent la grotte. De beaux morceaux embrochés par de fines branches qu'Ethan fait tourner de temps en temps.

-   Je savais que tu reviendrais ma belle. Lui annonce-t-il.
-   On ne se connaît pas. Lui répond Lisa.
-   On est pareil…

- Comment ça ? Qu'est-ce que vous me voulez ?
- Je veux que tu restes avec moi, comme avant. Répond Ethan tranquillement.
- Comme avant quoi ? On ne se connaît pas, je ne vous ai jamais vu avant !!!
- Où étais-tu tout ce temps ?
- T'es complètement dingue mon pauvre ! Mon frère va me retrouver…
- Et tu comptes lui raconter quoi à ton frère ? Il est au courant que tu as déjà tué un homme avant cette fille ? Ce serait peut-être amusant qu'il l'apprenne, à mon avis…
- Il ne sait rien et n'en saura jamais rien ! Dit-elle d'un ton sec.
- Évidemment, puisque tu devras le tuer lui aussi ! Affirme-t-il d'un ton sûr.
- Non, jamais. Je ne lui ferais jamais le moindre mal. Je l'aime plus que tout, c'est mon frère merde !!!
- Et pourtant tu devras le tuer si tu veux rester avec moi.

Il se lève et retire un morceau de viande du feu. Il le dépose ensuite sur une pierre plate et en découpe un bout qu'il approche aussitôt de la bouche à Lisa, qui n'ose pas remuer et encore moins refuser ce qu'il lui offre. Le morceau est parfaitement cuit et savoureux se dit-elle après y avoir goûté.

- Je ne veux pas le tuer et encore moins rester avec toi, putain je ne sais pas qui tu es.

- Si, tu le sais ! Dit-il en arrachant un morceau de viande plutôt résistant, avec ses dents.

- Tu es celui qui a tué tous ces gens ? Demande-t-elle d'un ton inquiet.

- En partie oui, je n'étais pas tout seul quand même. Certaines des victimes faisaient partie des nôtres. Tu ne t'en souviens pas ? Qu'est-ce qu'ils t'ont fait là-bas ?

- Je ne suis pas celle que tu crois.

- Je vais donc devoir tuer ton frère ! Dit-il en se grattant la tête puis la barbe.

- Non, non, non je t'en prie laisse le tranquille. Ne le tue pas !

- Je serais bien obligé !

- Il y a une fille avec lui ! Affirme-t-elle.

- Et alors ? Nous l'aurons elle aussi ! Dit-il, sûr de lui.

- Et pour le groupe de chasseurs ?

- Quel groupe de chasseurs ?

- Ils sont trois et ont des fusils.

- Intéressant ! S'exclame Ethan. Ça va mettre un peu de piment, non ? C'est trop facile tous ces touristes à la con. J'ai bien cru que tu ne la tuerais pas cette connasse…
- Je l'aurais fait, ne t'en fais pas. Je n'avais pas l'intention de la laisser s'en sortir.
- D'où tu connais cette bande d'abrutis ?
- Ce sont nos amis, à mon frère et à moi.
- On ne tue pas ses amis normalement ? Je me trompe ? Ou alors le monde a bien changé en quelques mois ?!
- Non, mais c'est que…
- Ce n'est rien, tout est presque rentré dans l'ordre à présent dit-il d'une voix qui se veut rassurante
- Mon frère ? Demande-t-elle d'une voix douce.
- Pour ton frère aussi c'est réglé.

Lisa, à présent inquiète pour son frère, regarde un peu de partout dans la grotte. Il y a beaucoup de cire fondue et des restes de vieilles bougies. Elle voit des crânes posés comme des trophées de chasse. L'un d'eux, celui qui est au milieu semble être celui qui a le plus d'importance, si elle en croit par les petits objets et offrandes qui l'ornent et l'entourent. Il y a un trou à l'arrière du crâne, un large trou comme si tout l'arrière avait éclaté. Il y a deux appareils photos recouverts de poussière. Elle lui demande calmement qui sont ces gens en désignant les crânes bien abîmés et noircis pour certains.

- Tu ne reconnais pas nos amis ? Nos véritables amis !
- J'ai du mal là… Avoue-t-elle timidement.
- Tu as Tom à droite, Mickaël à côté de lui, Simon et enfin………Toi mon amour.
- Moi ? Dit-elle en écarquillant ses yeux.
- Ne t'en fais pas, je lui ai réglé son compte à celui qui t'a fait ça. Personne ne s'en est sorti cette fois-ci non plus. On y a laissé des plumes mais ça en valait vraiment la peine. Non ? C'était vraiment la grande éclate. Le délire total.
- Je ne… Je ne me souviens plus de grand-chose.
- J'imagine bien, oui. Après tout ce que tu as dû endurer quand ils t'ont attrapée ces fils de pute.
- Comment as-tu fait pour vivre ici depuis tout ce temps ? Demande-t-elle pour gagner du temps.
- On a participé à de très, très bons stages de survie, tu ne te rappelles pas non plus ? Ce n'est pas aussi évident sur du long terme. Putain. J'ai bien cru que je ne m'en sortirais pas ! Je n'ai pas mangé aussi souvent que je l'aurais voulu. J'ai parfois véritablement crevé

251

la dalle et j'en suis arrivé à douter de mes capacités à m'en sortir vivant. Mais tu vois, je suis là.

Ethan se lève et regarde Lisa d'une façon qui la rassure peu. Il s'avance auprès d'elle et, tandis qu'il s'approche, elle peut voir ses multiples cicatrices qui parsèment son corps. Elle ne les avait pas remarquées jusqu'à présent. Lisa a peur de comprendre les intentions d'Ethan, son excitation étant clairement visible.

- Ça fait si longtemps mon amour. Lui murmure-t-il.
- Ça ne fait pas si longtemps que ça. Et de toute façon ce n'est pas la bonne période pour ça, si tu vois ce que je veux dire ? ! Rétorque-t-elle comme tentative pour le dissuader de quoi que ce soit de sexuel.
- Ça ne nous a jamais rien empêché avant ? ! S'étonne-t-il.

Lisa, toujours assise, tente de reculer mais se retrouve rapidement bloquée contre une des parois de la grotte, n'ayant alors plus aucune échappatoire. Ethan s'agenouille devant elle et pose une de ses mains sur l'épaule de la jeune femme lorsqu'un coup de feu retentit dans la forêt. Ethan se relève aussitôt et se précipite à l'extérieur. Il revient immédiatement près de Lisa et lui demande de le suivre sans attendre. Son regard s'est comme illuminé et parait scintiller de mille étoiles, comme un gamin qui se réveille le matin de noël et se précipite au pied du sapin pour voir tout ce que le père noël lui a apporté.

- On va se remettre en chasse ma belle, comme au bon vieux temps ! S'excite-t-il avec un petit sourire en coin et les yeux pétillants.
- Ils ont des armes... Et je ne suis pas... Prête... Pas encore. Bredouille-t-elle.
- Après ce que tu as fait à cette fille ? Et à ce type avant elle ? Sérieusement ? Tu es prête ! Crois-moi. Au fait elle avait bon goût cette fille, tu ne trouves pas ?
- Quoi ? Comment ça, elle avait bon goût ?
- Laisse tomber. Lui lance-t-il en récupérant le crâne de Camille pour le fourrer avec le pistolet de Frank dans son sac à dos qu'il fixe aussitôt sur ses épaules.

En sortant, Ethan regarde en l'air et montre du doigt quelque chose de suspendu à un arbre. Lisa se demande de quoi il s'agit, elle ne distingue pas très bien ce qu'il lui montre à cause du soleil qui l'aveugle. Il s'approche de cet arbre, défait des liens et lâche tout. Ce qui s'y trouvait attaché s'écrase immédiatement au sol. Deux corps ensanglantés. Des cadavres auxquels il manque des gros morceaux de chairs. Lisa reconnaît les cadavres de Keith et d'Érika. Puis elle comprend que ce qu'elle a mangé un peu plus tôt, c'était de la chair d'Érika. Elle vomit immédiatement.

- Tu n'as pas intérêt à me lâcher ma belle. Lui garantit-il d'un ton menaçant en la pointant de sa machette.

Il l'empoigne par le bras et la traîne dans la caverne. Il prend son masque et en prend un autre qu'il donne à Lisa. Il lui demande de l'enfiler. Elle appréhende mais essaie tant bien que mal de le mettre sur sa tête. L'odeur à l'intérieur du masque miteux est horrible. Une odeur de moisie. Lisa ne sait pas trop quoi penser dans l'immédiat. Tout se bouscule dans sa tête. Doit-elle absolument le suivre ou doit-elle tenter de s'échapper ? Elle sait pertinemment que dans ce cas il ne lui en laissera pas la moindre occasion.

Chapitre 15

Matt et Jessie ont cherché Lisa et Érika de longues minutes sans en trouver la moindre trace. Matt suggère alors de retourner au camp où ils ont été attaqués par l'ours puis de retourner voir dans le campement de base au cas ou elles y seraient. Jessie, quant à elle, suggère qu'elles sont plutôt, selon elle, retournées au van et qu'elles les attendent à l'abri, à l'intérieur du véhicule. Matt trouve l'idée assez judicieuse. En effet un véhicule les protégerait bien mieux de l'attaque d'un ours plutôt qu'une simple tente en toile. Il propose alors à Jessie, que, si elles ne se trouvaient dans aucun des deux camps, il faudra se rendre au van et, que au cas où elles n'y étaient pas non plus, ils iront chercher de l'aide au plus vite.

Ils se dépêchent donc de retourner au pied de la falaise, là où ils ont, en vain, tenté de maintenir Agathe en vie. Ils ne se sont pas rendus compte à quel point ils s'étaient éloignés du camp, et ils devront marcher près d'une heure pour le rejoindre. Jessie n'est pas rassurée du tout, entre l'ours qui a dévoré Agathe, et qui est peut-être encore dans les parages, et le type qui a attaqué Lisa, Anthony et Érika. Soudain un coup de feu les stoppe net. Ils n'osent plus bouger. Il ne manquerait plus que l'un d'eux se prenne une balle perdue. Jessie et Matt regardent tout autour d'eux. Puis Jessie prend la main de Matt et l'entraîne en courant en direction du camp. Matt s'arrête et suggère à Jessie qu'ils devraient peut-être tenter de retrouver les chasseurs. Ils pourraient les aider et surtout les protéger grâce à leurs fusils. Mais Jessie veut d'abord retourner au camp au cas où les filles y soient. Le retour au campement semble durer une éternité pour Jessie. Matt s'inquiète de plus en plus pour sa sœur. Lorsqu'ils arrivent enfin, ils constatent rapidement que Lisa et Érika ne sont pas là. Ils regardent ensemble autour d'eux. La forêt n'est plus ce havre de paix qu'elle semblait être il y a quelques jours encore. Ces montagnes qui les surplombent semblent soudain menaçantes. La chaleur devient insupportable et ne fait que renforcer le stress qui s'est déjà bien emparé d'eux. L'obscurité du sous-bois renferme à présent des dangers pesants et bien réels. Jessie demande à Matt ce qu'ils vont faire maintenant. Retrouver les chasseurs ou retourner au campement principal ? Matt est plus d'avis de retourner effectivement au campement. Il leur serait trop compliqué et hasardeux de retrouver les chasseurs. Il estime que ce serait plus une perte de temps qu'autre chose. Elle suggère alors de les appeler en criant. Il lui répond qu'ainsi, ils faciliteraient la tâche à cet homme qui rôde dans le coin, celui qui s'en est pris à Anthony, Lisa, Érika et probablement aussi à Keith, celui-ci n'étant toujours pas revenu.

Arrivés sur place, ils inspectent les lieux à la recherche d'un mot ou d'une trace du passage éventuel de Lisa et d'Érika. Elles ont peut-être laissé une indication sur l'endroit où elles se cachent. Mais ni Jessie, ni Matt ne s'approchent de la tente d'Agathe. Ce n'est plus qu'un amas de toiles sanglantes et déchirées et de piquets brisés. Et si les filles étaient revenues dans le coin, elles auraient certainement évité, aussi, de s'approcher de la tente.

Ils rassemblent rapidement quelques affaires puis s'enfoncent de nouveau dans la forêt avec beaucoup d'appréhension. Jessie ne s'éloigne pas de plus d'un mètre de Matt qui est aux aguets et scrute la forêt à l'affût des moindres bruits et craquements. Il surveille chaque buisson et bosquet susceptibles de pouvoir dissimuler un ours ou autre animal risquant de les attaquer. Ils finissent enfin par prendre la direction de leur véhicule. Jessie demande à Matt s'il est certain de se souvenir du chemin de retour. Elle lui pose cette question, parce qu'il a passé pas mal de temps dans ses rêvasseries. Elle se demande donc s'il est vraiment en mesure de les ramener jusqu'au bout.

- Je pense que oui. Lui dit-il sur un ton pouvant laisser planer le doute.
- Et si on n'y arrive pas ?
- On y arrivera d'une manière ou d'une autre. Tente-t-il de la rassurer.

Ils prennent, donc, la direction que Matt suppose être la bonne. Ils sont effrayés, choqués et fatigués. Ils ont plus que hâte de sortir de cette forêt et de trouver de l'aide. Matt espère que sa sœur va s'en sortir, il espère qu'elle a eu la même idée qu'eux.

Pendant ce temps le groupe de chasseurs, qui est à mille lieues de s'imaginer ce qui se trame dans cette forêt, est sur la piste d'une proie qu'ils ont manquée de peu.

- Putain Chris tu peux m'expliquer comment tu fais pour rater un élan avec un fusil à lunette ? L'interroge Ben.
- Il était loin !
- Il était loin ? Mon cul oui ! T'es nul c'est tout !
- C'est bon papa ça peut arriver non ? Affirme Neil.
- Pas avec un fusil à lunette ! J'y arrive sans.
- Je vais essayer de le rattraper. Dit Chris.
- Que tu le rattrapes je m'en cogne. Que tu le touches m'intéresse plus. Ne reviens pas sans l'avoir tué.

258

- C'est bon ! Je vous préviens par radio quand je l'ai eu.
- C'est ça. Tu penses que ce sera fait avant demain ?

Ironise Ben.

Chris part en courant tandis que son père et Neil le regardent s'éloigner. Ben prend sa gourde et boit une gorgée d'eau encore fraîche. Il demande à Neil s'il en veut, celui-ci lui répond qu'il en a encore.

- Il ne faudrait pas qu'il flingue quelqu'un du groupe qu'on a croisé. S'inquiète Neil.
- Ton frère est con mais pas à ce point-là ! Il sait faire la différence entre un élan, un type ou une gonzesse.
- D'ailleurs elles étaient plutôt mignonnes !
- Vous n'auriez aucune chance face à moi.
- Quoi ? Comment ça ?
- La maturité et l'expérience, voilà ce qu'elles aiment !
- Tu peux me rappeler pourquoi maman s'est tirée avec un autre ?
- Ta gueule, petit con ! Dit-il en riant. On le suit. On ne va pas le laisser y aller tout seul.

Ils reprennent leur chemin en silence, puis au bout d'un bon quart d'heure ils entendent remuer derrière un buisson. Ils s'immobilisent et se séparent sans faire le moindre bruit pour ne pas effrayer ce qui s'y cache. Ils contournent, chacun d'un côté, le bosquet. Ils n'auraient jamais imaginé voir ça un jour. Un ours couché dans les broussailles en train de dévorer les restes d'un corps humain. Ils ne savent pas encore qu'il s'agit du cadavre d'une des filles qu'ils ont rencontrée près du ruisseau. Ben arme et vise immédiatement l'animal. L'ours entend le bruit du mécanisme et se relève aussitôt. Il renifle l'air et voit Ben en train de le viser. Celui-ci hésite à lui tirer dessus. Mais avant qu'il n'ait fait le moindre choix l'ours détale. Neil en profite rapidement pour s'approcher des restes humains. Il n'en croit pas ses yeux. Il reconnaît, malgré les dégâts infligés au corps, qu'il s'agit d'un corps féminin. Il en fait part à son père qui le constate également, bien qu'il ne reste que la partie inférieure.

- On fait quoi ?
- On prévient ton frère. Il faut qu'on essaye de retrouver le groupe qu'on a croisé. Ils ont certainement besoin d'aide.
- Tu crois que c'est une des filles de ce groupe ? Tu crois qu'ils sont tous morts ?
- Je ne pense pas qu'ils soient tous morts, du moins je l'espère. Mais ils sont peut-être blessés, séparés, perdus ?

Ben utilise son émetteur-récepteur pour prévenir Chris qu'ils partent à la recherche de ce fameux groupe. Il répond aussitôt.

- C'est vous qui avez tiré ?
- Oui, on a été obligé de faire fuir un ours.
- Pourquoi ? Il vous a chargé ? S'inquiète Chris.
- Non, il était en train de bouffer les restes de quelqu'un.
- Tu déconnes ?
- Je te le jure. Ramène tes fesses.

Chris les rejoints rapidement, tandis que Ben et Neil s'efforcent de trouver des traces. Chris s'approche des restes humains. Il n'en croit pas ses yeux. Ce n'était pas des conneries. Ben découvre très vite des empreintes laissées par l'ours qu'ils vont remonter sans tarder. Ils pensent ainsi pouvoir rattraper le groupe, ou du moins en être au plus proche. Ils espèrent dans tous les cas, se rendre sur les lieux de l'attaque et à partir de là et de ce qu'ils trouveront comme indices, arriver jusqu'aux survivants. Sinon, dans le cas contraire il faudra de nouveau pister pour les retrouver.

Ils ne mettront pas moins d'une heure et demie pour parvenir à l'endroit où ils pensent que l'attaque a eu lieu. En arrivant sur le campement de fortune que le groupe avait monté autour d'Agathe, ils constatent la présence de cinq loups. Deux d'entre eux lèchent et tirent sur des bouts de toile d'une tente qui a été ravagée, quand un loup est attiré par quelque chose de bien plus intéressant. Les trois hommes découvrent une fois de plus avec horreur ce que le loup vient de dénicher. Un bras. Pour l'instant, ils ignorent si ce bras appartient aux restes du corps que l'ours était en train de dévorer.

Les deux loups tirent chacun de leur côté sur un bout du bras en grognant fortement. Aucun des deux ne semble décidé à lâcher prise. Leurs crocs sont profondément ancrés dans la chair. Le premier loup parvient à faire céder l'autre qui se met soudain à renifler en l'air, tandis que ceux qui rôdaient un peu de partout autour de la tente déchiquetée semblent avoir flairer une nouvelle piste. Les quatre loups partent aussitôt dans la forêt, suivis par celui qui tient le bras dans sa gueule. Sur l'initiative de Ben, les trois hommes décident de les suivre discrètement. Ils découvrent rapidement ce qui a attiré les loups. Le buste d'une jeune femme. Il lui manque un bras. Les loups se battent pour désigner celui qui sera le premier à y goûter. Neil pense pouvoir reconnaître formellement une des filles du groupe qu'ils cherchent. Ce qui confirme les craintes de Ben. C'est certainement la partie du corps appartenant à cette fille que l'ours était en train de boulotter. Ben tire en l'air pour faire fuir la meute. Les loups détalent la queue entre les pattes. L'un d'eux emporte tout de même le bras de la malheureuse. Une fois certains que les loups sont suffisamment loin, les deux hommes s'approchent des restes du corps. Ce n'est vraiment pas beau à voir dit Ben. Neil en a la nausée. Ben prend sa radio et tente un appel espérant bien pouvoir joindre Jack et Denis, les deux gardes forestiers affectés à cette zone. Mais il ne capte rien et personne ne lui répond.

- Où sont les autres ? Demande Neil.
- On va les chercher. Je vais fouiner un peu dans leur campement pour trouver des traces. Annonce Ben.
- Ça craint merde ! Se désole Chris.
- C'est vrai, allez, reprends-toi et cherche !
- Ok, mais on dirait que c'est reparti comme l'année dernière ? Non ? Dit Neil anxieux.
- Ne dis pas de connerie ! Ceux qui ont massacré des gens ici sont morts dans l'incendie. Répond Ben d'un ton sûr.
- Ça, c'est ce qu'on nous a dit. Et si certains d'entre eux s'en étaient tirés ? Demande Neil.
- Qu'est-ce qu'ils feraient encore dans le coin ? Demande Chris à son tour.

- Si certains de ces enfoirés s'en étaient sortis, ils seraient complètement cons de revenir dans les parages. Ça ne tient pas la route ! Affirme Ben.
- Et qu'est-ce que tu fais du proverbe qui dit que les assassins reviennent toujours sur le lieu de leur crime ? Lance Neil.
- Vous êtes aveugles ? Ôtez-moi ce doute ? Tu as vu comme moi un ours en train de grignoter les restes d'une nana ? Non ? Questionne Ben qui ne comprend pas trop où va leur discussion.
- Si mais… Tente de répondre Neil.
- Est-ce que c'était un type qui était en train de la dévorer ? Surenchéri leur père.
- Non mais…
- Mais quoi ? Putain ! On a assez perdu de temps comme ça ! On se remet à chercher ! Ce ne sont pas vos suppositions à la con qui vont faire avancer les choses pour le moment. On aura l'occasion d'en rediscuter quand on aura retrouvé le reste du groupe et quand on sera sorti de ce merdier !
- Ok, mais c'est juste que…
- Ça suffit maintenant ! On reprend ! Ordonne Ben.

Chris et Neil retournent silencieusement dans le camp de fortune. Chris soulève les morceaux de toile déchirée et couverte de sang du bout de son fusil. Ben observe attentivement les abords du campement. Il s'arrête et claque des doigts pour attirer l'attention de ses fils. Il vient de trouver des traces exploitables. Les traces de quatre personnes qui s'enfoncent dans la forêt. Puis il en trouve d'autres.

- Je ne sais pas lesquelles on doit suivre.
- Pourquoi ? Demande Neil.
- Il y a ces quatre traces qui partent par-là. Dit-il en désignant la forêt. Puis il y en a qui arrivent de ce côté, les traces de deux personnes. Annonce Ben en désignant un autre point de la forêt, et il y a aussi des traces de deux personnes qui partent par là-bas. C'est le bordel.
- On fait quoi papa ? Demande Chris.
- Je n'aime pas ça ! Affirme Ben.
- On fait deux groupes ? ! Propose Neil.
- Il vaut peut-être mieux. Ils étaient combien déjà ? S'interroge Ben.
- Ils étaient sept. Affirme Chris.
- Il n'y a pas le compte avec ces traces. Rétorque Ben peu rassuré.

265

- Ils se sont peut-être séparés pour une raison ou une autre. Ou alors il ne s'est pas produit qu'une simple attaque d'ours. Peut-être que la fille était déjà morte. Suppose Neil.

- Ce n'est pas bon tout ça ! Merde ! Grogne Ben en s'interrogeant de plus en plus sur ce qui s'est vraiment passé ici. Et si ça recommençait bel et bien, songe-t-il silencieusement.

- On fait deux groupes, on a nos radios. Propose de nouveau Neil.

- Ok, Chris tu suis les quatre traces qui partent de ce côté. Ils sont peut-être quatre à être partis dans ce coin. Avec toi, si tu les trouves, vous serez cinq. Et avec ton fusil vous devriez être plutôt en position de force en cas de mauvaise rencontre. Neil et moi on va suivre ces deux traces-là. Si tu tombes sur ce groupe, tu nous appelles tout de suite c'est compris ? On fera pareil si on tombe sur les deux qu'on va suivre. Ça marche ?

- C'est bon pour moi papa. Répond Chris.

- Pour moi aussi. Répond Neil à son tour.

- Bonne chance. Lance Ben à son fils qui part seul dans les bois. Ouvre bien les yeux et tu nous avertis s'il y a quoi que ce soit ou si tu trouves quelque chose.

- Ok. Et si une des filles se trémousse devant moi je fais quoi ? Je vous appelle ?
- T'es vraiment trop con des fois. Tu crois vraiment que les autres filles ont envie de s'amuser, surtout si elles ont assisté à ce qui est arrivé à leur copine ?! Tire-toi maintenant, et arrête tes conneries ! Attends un peu, j'espère que la batterie de ta radio est suffisamment chargée ?
- C'est bon ne t'inquiète pas !
- Tu en es sûr ?
- Oui !

Ben et Neil s'enfoncent, à leur tour, dans les bois espérant trouver rapidement ceux qu'ils recherchent. Ils espèrent aussi, et surtout, qu'il n'y aura pas plus de dégâts. La progression ne sera pas évidente dans ce coin de la forêt. Le feu n'est pas parvenu jusqu'ici. Les branches basses, les buissons, les ronces, les racines qui tenteront à tout prix de les faire tomber et de leur tordre la cheville seront autant d'obstacles à franchir qu'à éviter dans leur progression à retrouver le groupe de randonneurs.

Chapitre 16

Chris suit du mieux qu'il le peut ces satanées traces désignées par son père. Lui aussi souhaite tomber le plus rapidement possible sur les personnes qu'il cherche. Il croise les doigts pour que tous soient sains et saufs. Il redoute de découvrir d'autres cadavres. Croiser la route d'un ours ou même de quelques loups ne l'effraie pas. Deux ou trois coups de feu en l'air et l'affaire sera réglée.

Il va marcher pendant près de quarante-cinq minutes en suivant les traces avant de constater qu'elles finissent par se séparer. Deux personnes ont continué dans la même direction, tandis que deux autres semblent avoir fait demi-tour. Il hésite avant de prendre une décision. Il décide donc d'appeler son père et son frère par radio.

- Je fais quoi ? Je continue ou je suis les traces qui repartent ? Demande Chris.
- Tu suis celles qui continuent.
- Et les deux autres ?
- Elles reviennent certainement au camp. Tu laisses tomber ces traces ! C'est bon ?
- Oui, c'est clair !

Il reprend sa route. Il commence à avoir chaud. C'est probablement dû au stress. Il se pose plusieurs questions. Pourquoi ce groupe de sept personnes se serait séparé après une attaque d'animal. Au contraire, ils auraient mieux fait de rester groupés et partir au plus vite chercher de l'aide. Un groupe risque moins de se faire surprendre par un animal sauvage. Une bande composée de plusieurs amis fait énormément de bruit en marchant. Et n'importe quel animal ne s'attarde pas lorsqu'il entend des gens approcher. Les animaux ont une ouïe bien meilleure que n'importe quel être humain. Ils nous entendent bien avant même qu'on puisse les apercevoir et détalent aussitôt sans chercher à en savoir davantage la plupart du temps.

Il espère tout de même être sur la piste de la blonde, Érika, Miss t-shirt mouillé. Jessie lui avait tapé dans l'œil elle aussi. En fait n'importe laquelle aurait fait l'affaire pour lui. Il n'enchaîne pas les conquêtes. Il est maladroit avec les filles et un peu brut. Il est même plutôt lourd, et leur fait même, parfois, un peu peur. Une d'entre elles a d'ailleurs failli déposer une plainte pour harcèlement, à la limite de l'agression sexuelle. Il l'avait effectivement coincée alors qu'ils avaient rancard. Ils étaient tout d'abord allés au restaurant et ensuite elle avait préféré rentrer plutôt que de faire un petit un tour comme prévu. Elle ne le sentait pas ce type. Presque tout et n'importe quoi était prétexte à une allusion salace de sa part. Il avait passé quasiment tout le repas à lui reluquer le décolleté et il regardait avec insistance sa bouche avec des petits yeux vicieux. Donc en sortant du restaurant la jeune femme voulait rentrer chez elle. Elle avait prétexté se sentir mal, certainement à cause de quelque chose qu'elle venait de manger. Mais Chris ne l'entendait pas de cette oreille, et au lieu de la ramener, il s'était dirigé hors de la ville. Il refusait le fait qu'elle veuille rentrer, et avait parfaitement deviné que c'était une excuse bidon. Alors il a commencé à lui prendre la tête. Il tentait de la peloter mais elle lui a collé son poing dans la gueule. Chris a immédiatement arrêté sa voiture, ou plutôt sa vieille poubelle, qui lui servait et lui sert d'ailleurs toujours de voiture, et la fille en avait profité pour sortir en courant. Compte tenu qu'ils n'avaient pas encore quittés la ville, elle avait pu rentrer chez elle en l'insultant et en lui promettant qu'elle irait voir les flics dès le lendemain. Ce qu'elle avait fait, comme promis, mais n'avait finalement pas déposé de plainte.

Tout en continuant de progresser dans cette végétation, un peu oppressante parfois tant elle est dense, il se fait des petits films, au cas il retrouverait les jeunes femmes en mauvaises postures. Il s'imagine alors être gentiment récompensé et remercié de les avoir sauvées des griffes d'un ours ou des crocs acérés d'une meute de loup. Mais pour l'instant il ne trouve rien. Même pas un écureuil. Mais ses efforts sont enfin récompensés puisqu'il finit tout de même par trouver quelque chose. Il a du mal à comprendre. Il a l'impression qu'il y a eu lutte ou un truc dans le genre. Il peut constater qu'une des deux personnes est partie en courant. Puis, un nouvel incident a dû se produire. Il trouve des traces de sang. Il repère, ensuite, les traces d'un troisième personnage. Il observe un peu tout autour sans comprendre ce qui a réellement pu se passer dans le secteur. Il a malgré tout, le sentiment que ce n'est pas un animal sauvage qui les a attaqués cette fois-ci, mais peut-être bien un être humain. Il se demande, à ce moment, s'il ne s'agirait pas éventuellement, d'un membre de leur propre groupe qui serait l'auteur de cette attaque. Il découvre encore d'autres traces. Celles-ci sont particulièrement étranges. C'est comme si quelqu'un avait été traîné sur le sol. Plus il les suit et observe, plus il comprend clairement qu'en fait trois individus étaient bien passés par-là. Deux marchaient, et un autre était traîné par terre. Il s'interroge sur cette troisième personne qui avait presque l'air de n'être sortie de nulle part et les avait subitement attaqués. Il ne comprend pas non plus ce qui avait provoqué la première lutte sur cette litière végétale. Peut-être qu'une des deux personnes était, en fait,

271

poursuivie par l'autre et avait été rattrapée ? Peut-être que cette mystérieuse troisième personne se tenait là en embuscade ? Et les deux autres randonneurs qui les accompagnaient, au départ du camp, pourquoi ont-ils emprunté un autre chemin ? Étaient-ils dans le coup ? Etaient-ils complices de cette embuscade ? Les questions se bousculent de plus en plus dans sa tête. Il commence à être du même avis que son frère. Ça recommence. Comme l'année dernière et la précédente. Il est persuadé que cette forêt est maudite ou qu'elle rend fous les gens qui s'y promènent. Il pense qu'il est sur le point de découvrir le secret qui se cache ici, entre ces montagnes qui dominent tout et tout le monde. Elles, elles savent ce qui se passe ici depuis toutes ces années, elles ont tout vu. Et ces arbres s'ils pouvaient parler que pourraient-ils révéler ? Eux qui ont été au plus près de l'action et ont été éclaboussés de sang.

Chris appelle son père par radio pour lui faire part de ce qu'il a découvert. Pour lui, c'est certain, l'ours n'est pas la seule cause de tout ce bordel. La fille qui était alors restée seule au campement avait peut-être été attaquée par surprise. Elle ne s'est pas assez méfiée. Ou bien elle était effectivement déjà morte quand l'ours l'a trouvée.

- Tu es sûr que ce sont des traces de lutte que tu as observées ?

- Je ne suis pas un de ces indiens Cherokees à la con, mais je sais quand même reconnaître ce genre de traces ! Il y avait du sang.
- Tu veux faire quoi ?
- Je continue à les suivre, et je vous appelle s'il y a du nouveau.
- Fais gaffe à toi ! Ouvre l'œil et si tu dois te servir de ton fusil vise correctement !

Chris vérifie son fusil avant de reprendre. Tout lui paraît normal. Il continue sa progression se faufilant, au mieux, entre les arbres et les branches qui lui barrent le passage comme si elles cherchaient à l'empêcher de passer, ce dont elles ne parviennent pas. Elles réussissent, tout au plus, à le ralentir et à le faire râler. Il ne perd pas de vue son objectif pour autant. Suivre ces saloperies de traces. Il se demande jusqu'où elles vont bien pouvoir l'entraîner. Que va-t-il découvrir. D'autres morts ? À chacun de ses pas il pense que c'est le cas le plus probable. Découvrira-t-il la vérité sur ce qui s'est passé ici ? Il s'imagine déjà donnant des interviews devant un parterre de journalistes au bord de l'hystérie afin de saisir l'opportunité de lui poser une seule question ou l'assaillir de tout un interrogatoire. Avez-vous eu peur ? Qu'elle a été votre réaction face à cette horrible vérité ? À qui avez-vous pensé à ce moment-là ? À quel moment avez-vous commencé à avoir des doutes, des soupçons ? Pensez-vous que les filles ont été violées ? Quel choc ça a dû être lorsque vous êtes tombés sur les cadavres ? En aviez-vous déjà vu avant ? Blablabla... Les flashs qui l'aveuglent, les caméras, les interviews sur les plateaux de télévision, les filles qui scandent son nom et l'idolâtrent tel un véritable héros.

Après de longues minutes de rêveries il redescend sur terre et se trouve de nouveau face à d'autres traces de lutte. Et visiblement, cette fois la rixe a été très violente. Il y a énormément de sang. Une grosse pierre blanche est recouverte d'hémoglobine. Mais pas seulement. Il y a des touffes de cheveux collants, des bouts d'os et de cervelle. Cette fois c'est une certitude. Il y a bien un cadavre de plus. Il appelle immédiatement son père pour lui annoncer sa sordide découverte.

- J'te jure que ça a dû être un véritable carnage ici.
- Ce sont peut-être des poils d'animal ?!
- Non papa ! Ce sont des cheveux ! Des cheveux plutôt longs et blonds. Je sais faire la différence entre des cheveux et des poils. Certifie Chris qui en soulève une petite poignée gluante et l'approche de ses yeux pour mieux l'observer.

274

- Tu devrais peut-être revenir vers nous Chris. Elle pue cette histoire et je n'ai pas envie que l'un d'entre nous fasse partie de la longue et triste liste de cadavres que comptent ces foutues montagnes.
- Mais j'y suis presque ! Je vais les retrouver. C'est sûr ! Et puis j'ai une arme avec moi !
- Je ne sais pas trop. Je préférerais que tu reviennes vers nous. Dit Ben d'un ton inquiet.
- Laisse-moi encore un peu de temps. Si je ne trouve rien d'ici une heure, disons, je vous rejoins.
- Pas plus ?! Dans une heure c'est moi qui t'appelle pour que tu rappliques !
- Ok, et vous, vous en êtes où ?
- Toujours rien !

Chris reprend sa marche. Il progresse plus rapidement, stimulé par le peu de temps qu'il lui reste pour trouver quelque chose ou quelqu'un. Puis il finit par apercevoir une falaise entre les arbres. Il va se retrouver au pied de la paroi abrupte d'une de ces montagnes qui dominent cette forêt. Il sort du bois quand quelque chose attire immédiatement son attention. Deux corps ligotés et étendus sur le sol. Quelques corbeaux se délectent avec frénésie de leurs carcasses ainsi que de nombreuses mouches à viande qu'il peut entendre bourdonner avec vigueur. Il s'en approche et en reconnaît facilement un des deux. Les oiseaux s'envolent avec colère à en juger par leur croassement tandis que les mouches continuent de tournoyer ravies par leur découverte et le festin qui s'annonce. Il reconnaît le type. Il fait partie du groupe qu'ils recherchent avec son père et Neil. Pour la femme c'est un peu plus difficile puisque sa tête est complètement fracassée. Néanmoins, il est quasiment persuadé qu'il s'agit d'une des filles du groupe en question. La belle blonde au t-shirt mouillé. Quel gâchis se dit-il. Celle-ci ne lui sautera pas au cou pour le remercier de l'avoir sauvée ! Elle ne lui vouera aucun culte et ne lui sera donc pas totalement dévouée corps et âme !

Avant de contacter son père par radio il veut faire une rapide inspection des lieux afin d'être certain que l'assassin ne se trouve pas encore ici même et qu'ainsi il pourrait alerter en passant son appel. En observant les alentours il remarque une grotte. Elle est partiellement dissimulée par des branchages. Il y a un feu qui survit devant l'entrée. Certainement pour dissuader les animaux sauvages qui rôdent dans le coin de vouloir en inspecter l'intérieur. Il s'avance prudemment sans faire le moindre bruit. Il s'agit peut-être du repaire de celui qui a commis ces crimes horribles et il risque de lui tomber dessus. Ou alors un ours aura décidé de prendre le risque d'en faire sa résidence d'été !

Il entre prudemment, mais tout de même avec beaucoup d'appréhension. Il s'imagine que le pire s'y trouve sûrement. Il sera peut-être en mesure de secourir quelqu'un retenu prisonnier là-dedans. En fait, il a du mal à s'imaginer pire que ce qu'il a vu jusqu'à maintenant. Quelque chose éclaire le fond de la caverne. La lumière vacille et les ombres semblent danser là-dedans. Quand il atteint le fond il voit le feu qui répand la clarté dans l'antre de celui, ou de celle, qui a commis ces meurtres. Il peut alors en découvrir le contenu. Tout d'abord, il distingue de la viande carbonisée au-dessus des flammes. Ne voyant pas de carcasses d'animal dans la grotte, ni dehors, il se dit, avec dégoût, qu'il s'agit probablement de viande humaine ! Pourquoi pas en fait ?! Si quelqu'un est suffisamment dingue pour vivre isolé dans un coin aussi reculé du monde et pour tuer les gens qui s'y aventurent, alors pourquoi ne les mangerait-il pas ? Il remarque enfin les crânes humains qui ornent la cavité. Des crânes de victimes apparemment conservés tels des trophées de chasse, s'imagine-t-il. Il n'a pas encore prêté attention aux petits objets posés dessus et autour, ainsi qu'aux bougies fondues. Cependant, il semble en manquer un. Il y a un espace vide là où devait se trouver un crâne. Celui-ci devait être glorifié, idolâtré ou vénéré. Celui de Camille. Ce qu'il ignore totalement. Neil a raison, se dit-il. Il y a bien quelqu'un qui a survécu aux terribles événements de

277

l'année précédente. Cette même personne est peut-être celle qui massacre des randonneurs dans ces forêts depuis deux ans ? En inspectant la grotte dans ses moindres recoins, il en avait presque oublié de contacter son père pour lui faire part de son incroyable et effroyable découverte. Il décide donc de sortir immédiatement. Une fois à l'extérieur, il prend sa radio pour lancer son appel. Il constate alors que la batterie de sa radio est à plat. Il ne l'a pas rechargée comme son père le lui avait conseillé lorsqu'il préparait ses affaires avant de partir en chasse. Il le lui rappelle à chaque fois, et à chaque fois c'est pareil. Il oublie. De plus, il remarque qu'il ne l'a pas arrêtée depuis le dernier contact. Son père va encore être furieux. Il sait pourtant très bien que celui-ci y tient particulièrement. Ça peut être vital. Il prend un peu de hauteur en escaladant un bout de paroi facilement accessible et sans danger, n'ayant aucun équipement. Il connaît la direction prise par son père et Neil, épaule son fusil et vise l'endroit où il suppose qu'ils se rendent dans l'espoir de les apercevoir à travers sa lunette de visée. Mais il ne voit rien. Il le pressentait mais voulait tout de même tenter le coup. Alors il pivote légèrement et balaye un peu les environs. Puis après avoir aperçu de l'agitation dans un coin, il revient en arrière. Il ralentit le mouvement pour être certain de ne rien rater. Ce n'est certainement pas grand-chose, ou alors juste un animal. Mais en fait, il voit clairement deux silhouettes. Deux personnes. Il y a une femme, d'après les formes, Lisa, qu'il ne reconnaît pas, suivie par quelqu'un qui se tient en retrait. Il ne voit pas précisément comment est habillé ce second personnage. Il ne comprend d'ailleurs pas très bien. Il n'est pas certain que ce soit un homme d'ailleurs. La femme, il en est sûr, mais l'autre, non. Leurs têtes sont étranges. Elles ressemblent à des têtes de loups. Il croit rêver. Il a l'impression de voir évoluer deux loups-garous. Et l'un des deux possède une machette ?! Pourtant quelque chose lui dit que la femme est en danger de par sa démarche et son attitude. Elle paraît craintive, et ne cesse de jeter des regards à celui qui la suit. Il vise l'autre. Il ajuste du mieux qu'il peut puis il coupe sa respiration pour stabiliser son fusil sur un des rochers sur lequel il prend appui. Il attend trois secondes et appuie sur la détente. Tandis que le coup de feu retentit entre les montagnes il constate, en jurant, qu'il a raté sa cible. Les deux personnes se sont immobilisées puis ont détalé. L'individu et la femme sont partis en courant et se réfugient sous les arbres. Il ne sait plus, finalement, si la femme était réellement en danger ou si elle était avec cette chose. Il décide de les traquer pour en avoir le cœur net. Il tente une nouvelle fois de joindre son père avant de s'élancer. En vain.

Chapitre 17

Neil et Ben avancent à pas rapides sur les traces de deux personnes. Ils espèrent, eux aussi, qu'il ne leur est rien arrivé de grave. Ils ne veulent pas tomber une nouvelle fois sur un, voire plusieurs cadavres. Le seul qu'ils ont vu leur suffit amplement pour le reste de leur vie. Soudain un coup de feu retentit. Ben reconnaît le son que produit le fusil de Chris.

- Putain de merde, il tire sur quoi ?
- Il a peut-être trouvé ceux qu'il pistait ?!
- Tu veux dire quoi ? Tu n'es quand même pas en train de me dire qu'il leur a tiré dessus ?!
- Mais non. Je n'en sais rien ! Il a peut-être tiré sur un autre ours…
- Il n'a qu'à nous appeler s'il a trouvé quelqu'un !
- Je vais essayer de le joindre.

Neil tente de le joindre comme il l'a dit, mais c'est sans résultat. Ben peste contre Chris. Il est persuadé qu'il n'a plus de batterie, une nouvelle fois. Il lui a pourtant encore rappelé de bien charger sa radio avant de partir. Mais comme d'habitude Chris a oublié, ou il s'en fout, persuadé qu'il ne leur arrivera jamais rien parce qu'ils ont des fusils. Il le lui a demandé aussi tout à l'heure s'il était certain qu'elle était correctement chargée. Chris lui a affirmé qu'elle l'était. Il ne pense jamais aux blessures « simples ». Une cheville foulée, un poignet cassé suite à une chute, une balle perdue. Ou bien pour pouvoir secourir quelqu'un en détresse comme aujourd'hui. Ben est vraiment furieux.

- Tu veux que je tente encore une fois ?
- Non, tant pis, garde de la charge pour plus tard on ne sait jamais. On avance encore un peu. Putain ce petit con je vais lui passer un de ces savons !!!
- Ce coup de feu était peut-être une façon de nous avertir de quelque chose parce qu'il n'a plus de batterie. Suggère Neil.
- Il n'est pas assez malin pour ça ton frère ! Si ça se trouve il a vu un truc à tirer tout simplement. Il en a même certainement oublié sa mission.
- Ne dis pas de conneries papa. Il n'est pas con à ce point !
- Tu crois ça ?
- Il l'a peut-être volontairement éteinte ?!
- Pourquoi faire ?
- Je n'en sais rien…

Ethan entend la balle siffler près de sa tête au moment où retentit le coup de feu. Le projectile s'écrase contre un tronc d'arbre. L'écorce éclate et se projette dans toutes les directions. Il se baisse sachant très bien que, si la balle avait atteint sa cible, il n'en aurait pas eu le temps. Sa réaction est instinctive mais bien trop tardive. Lisa fait la même chose. Elle aussi s'immobilise. Puis ils détalent dans les bois. Ils se mettent à l'abri en espérant que le tireur ne puisse plus les voir. Lisa est effrayée et en sueur sous son masque, sa respiration est rapide et son cœur bat à tout rompre. Ethan, quant à lui, reste calme et serein. Il n'est pas paniqué. Il ne faut surtout pas. Il reste maître de lui-même et de la situation. Il analyse toutes les possibilités de fuite. C'est la meilleure façon de ne pas commettre d'erreurs. Il tente d'apercevoir le tireur. Il essaye d'évaluer d'où provient le tir. Il s'est rendu compte qu'il y avait un décalage entre l'impact et le son. Un tout petit décalage qu'il a eu le temps de percevoir et qui lui indique que le tireur n'est pas si proche que ça. Effectivement s'il était près d'eux il n'y aurait eu aucun décalage entre la détonation et l'impact. De plus, le tireur ne l'aurait probablement pas raté. Il demande à Lisa, par de petits gestes, de venir près de lui. Il pense avoir compris que le tireur voulait l'aider. Il la croyait certainement en danger. Il demande alors à Lisa de sortir prudemment du bois et de faire de grands gestes, pour indiquer au tireur embusqué de ne pas tirer, et pour lui signifier qu'elle a effectivement besoin d'aide. Lisa s'exécute, pas très rassurée. Elle sort timidement de sous la protection que lui offrent les branchages et le feuillage épais. Elle craint d'être également prise pour cible et elle craint, bien plus encore, que le tireur atteigne son but cette fois-ci. Ethan lui demande d'ôter son masque et d'indiquer l'endroit où elle compte se rendre, et par conséquent, là où ils pourront se rejoindre. C'est-à-dire dans l'espèce de tourbière ou de marécage, selon les saisons, qui se trouve entre ces montagnes et au cœur de cette forêt. Un bourbier dans lequel se retrouvent parfois prisonniers certains animaux qui s'y aventurent, surtout l'hiver. Un piège souvent mortel pour certains d'entre eux. En été c'est moins dangereux mais il faut tout de même faire preuve de méfiance.

Chris, qui regarde encore une fois dans sa lunette de visée, voit la jeune femme lui faire de grands signes. Il scrute tout autour d'elle. Il ne remarque rien. Il hésite. Doit-il la rejoindre ? Ou non ? Après tout, il est censé retrouver certains membres du groupe et les secourir. En plus, ça tombe plutôt bien puisqu'il s'agit d'une des filles. Ce n'est pas celle qui avait sa préférence mais il s'en accommodera se dit-il. Elle fera l'affaire. Et le voilà de nouveau en train de se faire des petits scénarios ! La belle en train de le remercier chaleureusement !

Il se dirige avec hâte dans sa direction. Il est fébrile à l'idée d'être le héros qui l'a sauvée des griffes d'une terrible créature. Une créature avec une machette cependant... Mais il sait très bien que les monstres n'existent pas. Un Bigfoot ou plutôt le Sasquatch comme ils le nomment là-bas ? Son père et son frère ne croient pas à cette légende, mais lui, il y croit. Le truc qui le chiffonne dans l'histoire, c'est que la créature légendaire n'a pas une tête de loup d'après les descriptions. D'une pierre deux coups. Il sauve une jeune femme en détresse des griffes d'un Sasquatch, et il pourra apporter son témoignage quant à l'existence de la créature. Il ne parlera pas de la machette qu'il trimballait. Peut-être a-t-il appris à s'en servir en observant des randonneurs ou des bûcherons. Il n'en revient pas d'être entré dans sa tanière. Il se persuade de connaître enfin la vérité sur tous ces événements tragiques qui se sont déroulés ici. Un Sasquatch. Et pour la tête de loup ? Après tout, personne n'a jamais vraiment observé de près une de ces créatures. Et s'ils avaient une tête de loup et non d'humanoïdes, de singes ou d'ours comme il est parfois décrit ?! Et s'ils ressemblaient plus à des loups-garous ? Et si les Bigfoots et les loups-garous étaient les mêmes créatures ?

Quoi qu'il en soit, il compte bien retrouver la jeune femme au plus vite. On ne sait jamais, la chose rôde peut-être toujours autour d'elle et la guette dans l'obscurité du sous-bois. Les pas s'enchaînent à un rythme effréné. Il craint pour la vie de Lisa. Il a peur d'arriver trop tard. Il transpire à grosses gouttes tant il doit redoubler d'efforts pour la rejoindre au plus vite. Plus vite il se rendra auprès d'elle, plus efficacement il pourra la défendre avec son arme.

Une bonne demi-heure plus tard il arrive enfin au bord de la tourbière. Celle-ci est infestée de moustiques. Ils forment d'importantes nuées dansantes. Chris ne supporte pas ces saloperies de bestioles. À quoi peuvent-elles bien servir, à part faire chier le monde ? Se demande-t-il à chaque fois qu'il y est confronté. S'il pouvait les dégommer avec son fusil il en serait ravi, il pourrait s'entraîner au tir par la même occasion. Mais non. Ils piquent, c'est tout. Et les boutons qui en résultent le grattent à le rendre dingue.

Il regarde aux alentours et ne voit pas la jeune femme qu'il devait retrouver, celle qu'il devait secourir. Il prie pour qu'il ne lui soit rien arrivé entre-temps. Il écoute attentivement les bruits tout autour. Un bruissement attire son attention. La créature se jette sur lui la machette à la main. Chris n'a pas le temps de riposter avec son arme. Ethan lui porte un coup à la poitrine.

285

Chris, suffoquant, lâche alors son arme et tombe à la renverse. La blessure est profonde. Une fois au sol il tente malgré tout de récupérer son fusil. Le fusil que son père lui a offert pour ses dix-huit ans. Ethan ne lui en laissera pas l'occasion. Il donne un autre coup dans l'épaule, la lame s'y enfonce profondément. Le jeune homme hurle de douleur. Il se retourne et tente de fuir par la tourbière. Ethan, rejoint par Lisa, regarde sa proie s'éloigner difficilement. À plusieurs reprises Chris tombe et est presque complètement englouti par la boue épaisse et collante. Il a, d'ailleurs, énormément de mal à s'en soustraire et se relever. Il a de plus en plus de difficulté, le souffle court, ravagé par la douleur et la fatigue. C'est finalement en rampant qu'il continuera désespérément sa fuite. Ethan se penche vers Lisa et lui murmure quelques recommandations. Lisa s'avance alors jusqu'au bord de cette sorte de marécage nauséabond et commence à ôter ses vêtements. Elle se retrouve rapidement en slip et soutien-gorge. Elle jette un rapide coup d'œil interrogateur vers Ethan, comme pour obtenir son approbation afin de continuer. Ethan hoche la tête pour lui confirmer qu'elle doit effectivement tout retirer. Elle enlève alors son soutien-gorge qu'elle lâche dans la boue. Puis elle retire sa culotte. Ethan s'en délecte, les moustiques aussi d'ailleurs. Il s'avance près d'elle après avoir récupéré le fusil de Chris. Il lui remet l'arme et la pousse fermement avec le plat de la lame de sa machette contre son cul nu. L'extrême froideur de l'arme blanche contre sa peau lui donne des frissons. Elle hésite, alors il lui claque les fesses toujours avec sa machette, lui ordonnant, cette fois-ci, d'y aller afin de ne pas laisser à sa proie l'occasion de s'enfuir. Lisa entre alors dans la boue poisseuse et avance lentement. La terre épaisse la dégoûte. Ethan reste sur le bord et admire le spectacle. Les moustiques accompagnent avec plaisir la jeune femme dans un tourbillon effréné.

Lorsque Chris arrive enfin de l'autre côté il est épuisé et à bout de force. Il ne peut plus faire le moindre mouvement. Lisa, quant à elle, se trouve à la moitié du chemin lorsque Ethan commence à faire le tour du marécage pour les rejoindre de l'autre côté. Son pas est rapide. Lisa accélère, elle n'a pas envie qu'Ethan arrive avant elle. Elle redoute des représailles pour ne pas y être parvenue assez vite. Après quelques minutes et quelques chutes, elle arrive laborieusement au bord. La traversée a été moins pénible pour elle, sa légèreté a certainement été un atout. Elle est presque entièrement recouverte de vase noire, épaisse, collante et puante. Elle ressemble plus à une créature démoniaque qu'à une fée de l'eau, une ondine. Chris, sur le point de succomber à ses blessures a du mal à réaliser ce qui vient de se passer. Lui qui s'imaginait secourir une belle jeune femme se retrouve agonisant, aux portes de la mort. C'est lui qui aurait bien besoin d'être secouru à cet instant. Mais personne ne viendra l'aider. Son père ignore complètement le drame qui est en train de se jouer au bord de cette mare de boue. Putain, s'il était moins con comme le lui rappelait souvent son père, il aurait chargé la batterie de sa radio ! Se dit-il.

Ethan fait face à Chris qui n'arrive presque plus à ouvrir les yeux, et pointe la lame de sa machette tout près de son visage. Il lui demande où se trouvent les autres. Chris refuse de parler, de toute façon il n'en a presque plus la force. Lisa lui confie, pour l'encourager et le rassurer, qu'ils s'occuperont de lui s'il répond à Ethan qui n'a toujours pas ôté son masque. Il refuse toujours de parler, alors Ethan plonge la pointe de sa lame dans la plaie béante à son épaule.

- Tu devrais faire ce qu'elle te dit et me donner la réponse à ma question. Lui conseille Ethan.
- Fais-le et je t'aiderai, tout ira bien.

Chris, tordu de douleur, accepte finalement, espérant ainsi mettre un terme à son calvaire et leur donne la direction empruntée par son père et son frère. Puis Ethan pointe une nouvelle fois le bout de sa machette en direction du visage de Chris. Lisa comprend, sans qu'Ethan ne prononce le moindre mot, ce qu'elle doit faire. Chris n'a rien vu, il a les yeux fermés. En fait il vient de s'évanouir. Peut-être a-t-il sombré dans le coma ?! Elle baisse un court instant le regard sur le fusil, puis elle l'arme et vise la tête de sa proie agonisante. Elle appuie sur la détente. La détonation retentit de nouveau dans toute la vallée. Comme un flash, le temps de la déflagration, Ethan regarde Camille en train d'abattre Chris. Il la félicite sur la façon dont elle a géré l'affaire et obtenu l'information qu'il désirait. Il lui arrache ensuite l'arme des mains et pointe le canon dans sa direction. Elle ne réalise pas très bien ce qui est en train de se dérouler. Est-elle en train de vivre ses derniers instants elle aussi ? Elle l'ignore, mais elle en a le sentiment.

Ethan lance sa machette aux pieds de Lisa et lui ordonne de s'agenouiller et de la ramasser, tout en la menaçant.

- Qu'est-ce que je dois faire avec ça ? Demande-t-elle des larmes plein les yeux.
- Tu veux de nouveau faire partie de la meute ?
- Quelle meute ?
- La nôtre, mon amour. Tu ne t'en souviens pas ? Tu ne te souviens pas comme on se sentait bien dans ces moments ? On était fort, invincible !
- Si. Dit-elle maladroitement. Mais je ne sais plus ce que je suis supposée faire maintenant, ça fait trop longtemps…

- Tu dois agir comme tous les alphas et omégas de n'importe quelle meute. Et puis ce n'est pas si vieux que ça.
- Je suis perdue. Aide-moi. Le supplie-t-elle en sanglotant.
- Tu viens de tuer un homme d'une balle dans la tête, tu as buté une de tes amies en lui fracassant le crâne, avant ça tu as abattu froidement un autre type, et là tu pleures ? ! Mais qu'est-ce qui t'es arrivée Camille ?
- Ceux que j'ai tués je les connaissais et je les haïssais plus que tout ! Je les haïssais pour leurs mensonges ! Et je ne suis pas cette Camille ! dit-elle avec rage
- Tu es comme elle en tout cas ! Impitoyable, sans le moindre remords. Et surtout, tu y prends goût. Avoue-le. Tu adores ça ! La sensation que ça te procure est inimitable et tu en redemanderas ! Tu en voudras toujours plus ! C'est ce qu'on est. Des putains de prédateurs ! Ce n'est pas simplement pour quelques mensonges que tu les as tués. C'est bien plus simple que ça !
- Non, je ne suis pas comme ça. Je ne suis pas comme toi, je ne suis pas comme elle, je ne suis pas comme vous ! Affirme Lisa en sanglotant.

- Tu es pareil ! Tu es l'une des nôtres. Mais si tu ne veux pas en faire partie alors je vais te faire mes adieux. Lui dit-il en lui collant le bout du canon contre la tempe.
- Qu'est-ce que je dois faire mon amour ? Le supplie-t-elle, se jetant à ses pieds tout en essayant de se ressaisir du mieux qu'elle peut.
- Tu l'ouvres avec la machette et tu lui retires le foie et le cœur. Rien de bien compliqué.
- Je ne peux pas faire ça ! Hurle-t-elle, le regard empli d'effroi
- Alors, adieu ma belle.

À regret et au bord de la nausée, elle exécute ses ordres tandis qu'il la vise. Elle soulève les fringues qui cachent le ventre de Chris puis elle y plante la lame et l'entaille profondément. Elle plonge une main tremblante dans ses entrailles. Elle la retire aussitôt et se tourne immédiatement pour vomir. Ethan la frappe au visage avec la crosse du fusil. Elle s'écroule. Il s'approche du cadavre et plonge à son tour une main assurée dans les viscères de Chris. Il en ressort le foie, puis quelques instants après, le cœur. Il coupe des petits morceaux qu'il enfonce de force dans la bouche de Lisa qui est sonnée par le coup. Elle recrache les morceaux.

Elle a la nausée. Mais Ethan ne compte pas en rester là. Il lui enfourne de nouveaux morceaux sanguinolents puis la vise avec le fusil pour s'assurer une nouvelle fois qu'elle obéira, et qu'elle que ne les recrachera pas ce coup-ci. N'ayant pas le choix, à part si elle désire mourir, elle se fait violence pour avaler la chair. Elle a, une fois de plus, un haut-le-cœur qui peut lui coûter la vie. Elle garde alors la bouche fermée et finit par tout ingurgiter. Ethan l'aide ensuite à se relever.

- Est-ce que je peux me rhabiller ?
- Pourquoi ?
- Je ne vais pas me trimballer complètement nue ? !
- Si. Tu fais partie des nôtres à présent. C'est comme ça qu'on évolue ici. Libre. Libre d'être ce qu'on est ! Ton initiation est terminée.

Ethan se penche sur le cadavre de Chris et lui coupe une oreille. Il n'a presque pas besoin d'inciser. Le côté par lequel il se saisit de l'oreille est complètement en bouillie. Puis Lisa, et Ethan qui la pousse fermement, s'engouffrent dans la forêt pour tenter de retrouver le père et le frère de Chris en suivant les indications qu'il leur a fournies.

Chapitre 18

Neil et Ben entendent de nouveau un coup de feu. Celui-ci même qui a mis fin aux souffrances de Chris. Inquiet, Neil suggère à son père de faire demi-tour. Celui-ci refuse. Il veut absolument retrouver ceux qu'ils suivent. Il rétorque que tant pis, si Chris cherche à les joindre, il n'avait qu'à charger correctement sa radio. Mais Neil pense, ou plutôt, il pressent que quelque chose ne tourne pas rond. Il émet l'hypothèse qu'il est peut-être dans le pétrin. Il aimerait le rejoindre. Ben refuse catégoriquement. Ils doivent continuer, lui ordonne-t-il.

- Ton frère est un grand garçon, il se débrouillera ! C'est un bagarreur, il saura se servir de ses poings si c'est nécessaire.
- Et s'il est blessé ?
- On continue quand même. S'il est blessé il restera où il est, le temps qu'on aille le récupérer. On va suivre ces putains de traces, elles ont l'air d'aller vers la route, là-bas. On va jusqu'à la route et s'il n'y a personne on va chercher ton frère et on se tire d'ici. Fin de l'histoire.
- Ça me fait chier !

Après quelques minutes de marche, Ben remarque que les traces ne se dirigent plus précisément vers la route. Elles dévient. Il comprend tout de suite que ceux qu'ils tentent de retrouver se sont égarés, à coup sûr. Ou alors quelque chose les a forcés à changer de cap ? ! Ben préfère que ce soit la première hypothèse. Il n'a absolument pas envie de retrouver d'autres cadavres. Ça suffit comme ça ! Il repense à la discussion qu'ils ont eue lors de leur rencontre. Partir comme ça dans le coin sans radio, sans rien pour prévenir en cas d'éventuels problèmes. Cela dit, certains, comme Chris, ont apporté le matériel adéquat, mais il est inutilisable puisqu'il n'est pas chargé...

Jessie et Matt se sont arrêtés pour faire une pause. Ils sont assis sur une souche d'arbre couchée dans la mousse. Elle doit être ici depuis un sacré moment, le bois étant complètement vermoulu. Matt gratte un peu le bois pourri et déloge quelques insectes qui s'y réfugient ou s'en nourrissent. Il a le désagréable sentiment d'être comme eux, fuyant quelque chose qu'ils ne comprennent pas. Ils fuient sans vraiment savoir quoi. L'instinct de survie dans toute sa splendeur. L'ours aussi est certainement poussé par son instinct de survie. Il doit se nourrir pour vivre. Et Agathe n'était rien de moins qu'une proie blessée, faible, agonisante et donc facile à avoir. C'est l'un des besoins primaires de n'importe quel animal, comme pour l'Homme d'ailleurs. Se nourrir est une des priorités absolue pour survivre. Cette vérité s'est bien éloignée de l'espèce humaine, enfin surtout pour les mieux lotis. Ceux qui vivent dans les pays développés, là où la nourriture y est abondante. On mange bien souvent sans avoir faim. On ne ressent plus cette nécessité de manger pour vivre et encore moins pour survivre. Il n'y a pas besoin de se battre pour se procurer de la nourriture. On mange pour manger. Finalement ce sont nos aliments qui finissent par nous bouffer...

Pas besoin de chasser. Pas besoin de tuer, les abattoirs sont là pour ça. On tue, mais pour des raisons bien moins nobles. On tue pour l'argent, la religion, par jalousie, par folie, par désespoir, par passion, sans raison parfois, par ivresse, sous l'emprise de drogues, par imprudence, par accident, au volant de sa voiture... On tue pour un tas de raisons qui ne devraient pas être.

Jessie qui vient d'avaler une bonne gorgée d'eau commence à douter du chemin qu'ils empruntent. Elle demande à Matt d'être honnête avec elle et de ne pas lui mentir. Elle veut savoir s'il sait exactement où ils se dirigent. Il lui avoue qu'il ne sait plus vraiment où ils vont depuis quelques minutes. Jessie ne lui en veut pas. Elle ne s'en fout pas pour autant, elle souhaite sortir d'ici au plus vite pour aller chercher de l'aide. Mais tant qu'elle reste avec lui ça va. C'est à la suite du coup de feu qu'ils se sont immobilisés. Ils ignorent avoir été témoins du coup de grâce mettant fin aux souffrances de Chris. Matt pense que la détonation n'était pas très éloignée de leur position. Avec l'écho il n'est, cependant, pas évident de pouvoir déterminer précisément d'où provient un son. Il est persuadé qu'il s'agit des chasseurs qu'ils ont croisés pendant leur premier jour de marche. Jessie à envie de les appeler. Matt hésite. Elle pourrait ainsi indiquer leur position à ce type masqué qui a attaqué Anthony et Lisa, d'après cette dernière, et qui a essayé d'agresser Érika. Jessie évoque l'idée que cela pourrait diriger les deux filles, qu'ils imaginent tous les deux, errant dans cet enfer. Elle affirme ensuite qu'il n'y a qu'une chance sur trois pour que ce soit ce sale type qui les retrouve en premier. Il finit par être d'accord avec l'idée. De toute façon si ce type se pointe ils ont de quoi se défendre un peu. Il prend une branche au sol qui n'est pas pourrie et qui paraît solide. Il la casse en deux et en taille une des extrémités. Il donne ensuite son couteau à Jessie. Elle appelle aussitôt à l'aide aussi fort qu'elle peut. Elle répète son appel plusieurs fois, espérant qu'il soit entendu et qu'il pourra être repéré malgré l'écho. Matt lui propose de repartir un peu en arrière pour se rapprocher de l'endroit d'où, lui semble-t-il, provenait le coup de feu. Jessie accepte.

Ben s'arrête net et fait signe à son fils d'en faire autant et surtout de ne pas faire de bruit. Il lui dit, quelques secondes de silence plus tard, qu'il pense avoir entendu quelqu'un appeler à l'aide. Soudain, ils entendent distinctement quelqu'un crier. Une femme. Ben est satisfait, il sait qu'ils sont sur la bonne piste. Il demande à son fils d'accélérer la cadence.

Ethan et Lisa entendent eux aussi Jessie, lancer un appel qui se répand au-dessus de la forêt et qui se faufile jusqu'à leurs oreilles. Lisa lui certifie qu'elle reconnaît la voix de Jessie.

- Mon frère est certainement avec elle.
- Dans ce cas c'est parfait.
- Tu ne lui feras pas de mal ? !
- Ça dépendra de toi.
- Pas mon frère…
- Tu commenceras par cette Jessie. Qu'est-ce qu'elle représente pour toi ?
- C'est la petite amie de mon frère…
- Donc elle n'est rien à tes yeux, ni aux miens d'ailleurs.
- Je ne peux pas lui faire ça…
- Dis-toi qu'elle est celle qui va te l'enlever ou je ne sais pas quoi d'autre comme excuses…
- Je ne pense pas pouvoir y arriver.

297

- Alors je m'occuperais de vous trois. Mais avant ça, tu vas leur signaler ta présence en les appelant. Lui ordonne-t-il en la menaçant du fusil de Chris.

Lisa hurle alors à gorge déployée le nom de Jessie. Ethan la pousse à crier encore plus fort. Puis sans qu'elle s'y attende, il tire en l'air. La détonation la fait sursauter. Lisa le regarde ne sachant pas si elle doit continuer de crier ou si elle doit se taire. Ethan qui porte toujours son masque effrayant la menace une nouvelle fois avec l'arme de Chris. Lisa est tétanisée, elle pense à cet instant que son heure est venue. Ethan ne prononce pas le moindre mot. Soudain c'est son prénom qu'elle entend résonner entre les montagnes. Jessie a vraisemblablement reconnu sa voix. D'un geste du bout du canon, Ethan fait signe à Lisa d'avancer. Elle obéit et s'éloigne seule alors qu'il la braque toujours. Puis il la suivra de loin. Elle sait très bien qu'il est inutile de tenter quoi que ce soit pour s'enfuir. Il l'aurait en un rien de temps.

Matt et Jessie se mettent à courir pour rejoindre Lisa et Érika, comme ils se l'imaginent, le plus rapidement possible. Matt, Jessie, Ben et Neil évoluent tous dans la partie qui a brûlé l'été dernier. Il leur est plus aisé de voir au loin. Les arbres n'ont pas de feuilles et les buissons, ronces et autres herbes commencent à peine à sortir de cette terre ravagée.

Ils puisent dans leurs dernières réserves d'énergie. Matt est plus qu'impatient de retrouver sa sœur. Il ne veut pas la perdre elle non plus. La perte de leurs parents a déjà été une terrible épreuve pour eux. Surtout dans les conditions dans lesquelles leur disparition s'est déroulée. Des conditions particulières...

Ce n'est qu'une bonne demi-heure plus tard, à se faufiler entre les branches, les jeunes ronces et à se tordre les chevilles sur les racines glissantes, branches mortes, et les pierres recouvertes de poussière, qu'ils stoppent tous les deux, haletants. Ils perçoivent du bruit qui provient de la forêt. Des craquements. Ils sont aux aguets. Ils n'ont pas particulièrement envie de se retrouver nez à nez avec un autre ours ou tout autre animal sauvage peuplant la région. Une meute de loups affamés et féroces ne serait pas le bon plan avec le peu de défenses dont ils disposent. Les loups, crocs dehors, prendraient rapidement le dessus sur eux, s'imaginent-ils. Ils commenceraient par les isoler l'un de l'autre et s'en prendraient au plus faible des deux. Ils ne lui laisseraient aucune chance de s'en sortir. Ils s'acharneraient jusqu'à mettre à mort leur proie au bord de l'épuisement. Mais les loups ne s'en prennent, généralement, jamais à l'Homme. Celui-ci constitue une bien trop grande menace, comme ils l'ont appris à leurs dépens au fil du temps. C'est désormais inscrit, gravé dans leur gêne. Nous sommes une bien plus grande menace pour eux qu'ils ne le sont pour nous dans la plupart des cas ! Mais quelqu'un qui est seul, blessé, épuisé et sans moyen de défense…

Jessie a pris le couteau, que lui a remis Matt, en main. Quant à lui, il brandit son bâton, fermement décidé à s'en servir jusqu'à la mort si nécessaire, quand soudainement un coup de feu retentit. Il était tout près. Les oiseaux, jusque-là invisibles dans les grosses branches, s'envolent en sifflant de colère pour avoir été dérangés dans leur sieste ou pendant qu'ils se faisaient la cour, ou de peur. Jessie s'effondre sur les feuilles mortes qui tapissent le sol. Matt se précipite vers elle pour lui porter secours, espérant que le coup de feu ne lui était pas destiné. Malheureusement c'est le cas. La balle a touché la jeune femme dans le cou. Elle saigne abondamment. Matt, effaré, la prend dans ses bras et appuie sur la blessure pour faire un point de compression, priant de pouvoir ainsi stopper l'hémorragie. En fait, il ne sait pas s'il doit le faire à l'endroit même de l'impact, si c'est nécessaire et utile sur une telle blessure. Il est prêt à faire tout ce qu'il pourra et tout ce qu'il pense utile pour la sauver. « Bande d'enculés » crie-t-il en direction du sous-bois sombre qui les entoure. Il est persuadé que ce sont les chasseurs qui viennent de tirer sur Jessie. Ces grands arbres noircis et secs qui les entourent ont tout à coup un effet oppressant. Il éprouve un sentiment d'impuissance et de se trouver au fond d'un trou creusé par un sadique s'apprêtant à les enterrer vivants. Il ne voit pas comment ils vont pouvoir s'en sortir. Il est désormais persuadé qu'ils vont mourir ici, sous ces arbres grimaçants et ricanants de les voir pris au piège. Il a l'impression de les entendre se foutre d'eux, « vous auriez dû écouter ces deux gardes forestiers et rentrer chez vous quand vous le pouviez », « il est trop tard pour pleurer », « vous ferez un très bon fertilisant ! », « on se régalera de votre décomposition, on se délectera de votre substance ! ». Il observe les petites pousses qui se frayent un passage dans cette terre brûlée, prêtes à s'épanouir grâce à leur cadavre. Il a l'impression qu'elles sortent de terre, comme le font les morts vivants dans les films d'horreur, pour s'agripper à eux. Il remarque quelques fourmis qui escaladent déjà le corps de Jessie agonisante. Elles ne prennent même pas la peine d'attendre qu'elle soit morte pour venir se servir, se désole Matt. Elles ne voient en Jessie qu'une opportunité dont elles doivent se saisir immédiatement. Elles n'ont pas le temps de s'apitoyer, elles doivent vivre et faire vivre leur colonie, nourrir la reine. Tous ses petits riens qui faisaient son émerveillement quotidien se transforment en créatures hideuses et en charognards sans la moindre pitié, ni pour ce qu'elles vont dévorer, ni pour les proches qui vont pleurer leurs défunts. La nature est cruelle, se

301

dit-il. Sans compassion, sans remords, sans empathie. Elle est cache, brutale, vraie, sans masque, sans hypocrisie. Bientôt les mouches s'inviteront, elles aussi, au festin, puis un ours ou des loups attirés par la forte odeur de leurs dépouilles en décomposition. Ils rejoindront alors la longue liste de victimes que compte cette lugubre et triste forêt. Il n'abandonnera pas Jessie pour autant. Il restera auprès d'elle jusqu'à la mort. Il souhaite vivement que ces salopards sortent du bois et se montrent, qu'ils aient le courage de regarder leur proie dans les yeux avant de l'abattre. Il lancera, malgré tout, ses toutes dernières forces dans une bataille certainement perdue d'avance, mais tant pis, il mourra en se battant et non pas comme un lâche. Il s'imagine déjà les trois chasseurs assoiffés de sang se précipiter sur lui et le cribler de balles. Son corps sanglant allongé près de sa belle.

Mais contre toute attente, c'est une femme nue et portant un masque de loup qui sort du bois. Il a l'impression d'assister à une apparition irréelle au milieu de ces arbres carbonisés. Il est totalement médusé de voir cette femme, et non pas les chasseurs qui viennent de tirer sur Jessie, comme il le supposait. La femme retire son masque et Matt voit apparaître un visage familier, celui de sa sœur. Il éclate en sanglot. Il ne prête plus aucune attention, sur le coup, à sa nudité.

- Calme-toi. Lui dit-elle d'une voix douce et rassurante.
- Ils lui ont tiré dessus ces sales bâtards ! Aide-la, aide-nous.
- Ne t'inquiète pas, tout va bien se passer maintenant. Lui annonce Lisa la voix hésitante.

Le fait que sa sœur soit totalement nue l'intrigue enfin. Il constate aussi qu'elle tient une machette, dont la lame est maculée de sang ayant déjà coagulé, dans sa main droite, tandis qu'elle s'approche d'eux. Il ne s'en inquiète pas outre mesure, il a autre chose en tête de plus important. Il ne cherche pas non plus à savoir pourquoi Érika ne l'accompagne pas. Matt tient Jessie de toutes ses forces contre lui et la secoue un peu pour qu'elle ne se laisse pas aller. Elle s'accroche à lui aussi fort qu'elle s'accroche à la vie. Il aperçoit une silhouette en retrait derrière Lisa. Tout juste une ombre. Une ombre irréelle elle aussi. Une forme humaine sur laquelle il distingue vaguement une tête de loup. La sombre et inquiétante silhouette tient quelque chose dans ses mains. Quelque chose qui pourrait très bien être un fusil, pense Matt.

- Allons, ne faiblit pas. Pas maintenant ! Crie Ethan à Lisa.
- Je suis désolée petit frère.

303

- De quoi tu parles ? Lui demande-t-il. Elle n'est pas encore morte ! Affirme-t-il d'un ton qui trahit son angoisse. C'est qui lui ?
- Je dois le faire sinon il me tuera, il nous tuera tous.
- Pourquoi il ferait ça ? C'est qui ?   hurle le jeune homme.
- Ne cherche pas à savoir.
- C'est cet enfoiré que tu as vu ? C'est lui qui a tué Anthony ?
- Fais-le ! Fais-le, cette petite pute était en train de te l'enlever. Ils seraient partis loin de toi, tous les deux. Insinue Ethan toujours en retrait dans l'ombre.
- C'est vrai ? C'est ce que vous auriez fait ? Demande-t-elle timidement.
- Aide-nous. supplie Matt, la voix tremblotante.
- Vas-y, fais-le, merde ! Tu devrais lui demander ce qu'il pense de leurs amis que tu as assassinés…
- Ta gueule, enfoiré. Lui hurle Lisa, qui ne lâche pas son frère des yeux.
- Qu'est-ce qu'il raconte ? S'inquiète Matt.
- Laisse tomber, n'écoute pas !
- Parle-lui de cette fille qui t'accompagnait et que tu as massacrée en lui éclatant la tête. Ensuite, explique-lui

pourquoi et comment tu as buté ce type, ton mec, comme tu me l'as dit. Et pour finir, je suis certain qu'il appréciera de savoir que tu as tué un autre homme en lui tirant une balle dans la tête avec son propre fusil de chasse.

- Qu'est-ce qu'il raconte ? C'est pas vrai tout ça ? Rassure-moi ? Il raconte des conneries ? Sanglote Matt.
- N'oublie pas aussi, de lui raconter ce que tu as mangé. Que tu as goûté à sa chair encore sanguinolente ainsi que celle de votre copine.
- C'est pas vrai ?
- Si, je suis désolée que tu l'apprennes comme ça ! dit-elle à voix basse
- Tu m'en aurais parlé après ?
- Je n'en sais rien... Comment j'aurais pu te raconter tout ça ?
- C'est pour ça que tu nous as fait venir ici ? Le coin parfait pour te débarrasser d'Anthony et d'Érika ? Et Keith ? Lui aussi tu l'as tué ?
- Non, pas lui.
- Et nous ? Nous aussi tu vas nous tuer ?
- Arrête !

305

- J'ai toujours eu peur que ce soit moi qui hérite de ce qu'il y avait de pire chez nos parents. Toutes mes nuits d'angoisses, la peur de sortir de chez nous et de péter un câble pour n'importe quoi et faire du mal à quelqu'un.
- Et moi ? Tu crois que je n'y ai jamais pensé ? Moi aussi je me demandais si j'avais hérité de ce putain de gène. Et bien tu vois, finalement, c'est moi la grande gagnante ! En fait, je crois que je l'ai toujours su. Tous les jours je repense à nos parents criblés de balles pour avoir massacré ces gens. Chaque jour je me souviens de leurs coups, quand ils nous battaient pour rien, chaque jour je me souviens de cette saloperie de cave sordide et dégueulasse, dans laquelle ils nous enfermaient, parfois une journée entière ou bien toute une nuit quand ils considéraient qu'on le méritait. Cette même cave où ils ont torturé et tué des gens. Si les flics ne les avaient pas tués je suis certaine que je l'aurais fait moi-même un jour ou l'autre.
- J'ai tant espéré qu'on avait fait tout ce qu'il fallait pour s'en sortir.
- Dépêche-toi, Camille. On ne va y passer la journée. S'impatiente Ethan.

306

- Pourquoi il t'appelle Camille ?
- Laisse tomber ! Je t'en prie.

Lisa s'avance un peu plus de Matt qui tient Jessie dans ses bras comme la chose, du moins la personne la plus précieuse sur cette terre. Comprenant ce qu'elle va faire, mais surtout ce qu'elle doit faire maintenant, il repousse sa sœur avec son pied comme le ferait un enfant effrayé, repoussant une énorme araignée s'approchant de lui, par crainte qu'elle ne lui grimpe dessus. Elle lui laisse le choix. Elle lui propose de les rejoindre dans la meute. Elle tente de le convaincre en lui affirmant que tôt ou tard il libérera son côté sombre, tout ce qu'il a tenté de refouler comme elle jusqu'à se rendre à l'évidence. Elle se retourne alors vers Ethan, qui s'impatiente de plus en plus, en retrait, et comprend maintenant ce qu'il lui disait plus tôt. Elle le conçoit et l'accepte enfin. Elle est comme lui, comme ceux qui, avant elle, faisaient partie de cette meute. Elle est comme cette Camille, elle est Camille. Une tueuse. Elle est persuadée que son frère finira par lâcher dans la nature le prédateur, le tueur qui sommeille en lui. Elle lui assure qu'elle sera là auprès de lui quand cela arrivera, et qu'elle sera toujours présente pour lui, pour l'aider à surmonter les épreuves qui l'attendent. Ils se serreront les coudes quoi qu'il arrive. Ils feront face, ils se battront encore et encore. Ensemble ils seront invincibles. Et il finira par l'oublier cette Jessie.

Lisa lui demande de déposer Jessie sur le sol afin qu'elle l'achève. Matt refuse et lui ordonne en pleurant, après toutes ses révélations et ses propositions malsaines, de se tirer d'ici et de les laisser là, ou alors elle devra les tuer tous les deux. Lisa, toute proche de Matt lui assène un violent coup de pied au visage et le corps de Jessie lui échappe sous le choc. Il tombe en arrière tandis que Lisa, les yeux pleins de larmes, lève la machette afin de porter le coup fatal à Jessie, agonisante. Un coup de feu résonne, et va changer la donne. Matt est soudain éclaboussé de sang. Le sang de sa propre sœur. La poitrine de celle-ci explose et l'épais liquide chaud se répand dans les airs, arrosant tout ce qui se trouve sur son passage. Les gouttelettes se dispersent comme une nuée de moucherons quittant un fruit pourri dont ils se régalaient. Lisa, tuée sur le coup, s'effondre sur elle-même, comme une marionnette dont on vient de couper les fils. La machette se plante à quelques centimètres du visage de Jessie. Le jeune homme s'essuie les yeux, inondés d'un mélange de larmes et d'hémoglobine. Il voit ce type, qui se tient en retrait dans le bois, et suppose que c'est lui qui vient d'abattre sa sœur. Elle gît sur le sol, la tête tournée vers lui, les yeux encore ouverts. Il ne parvient pas à déchiffrer son regard. Que veut-il dire ? Tu es comme moi, un tueur ! Pourquoi as-tu refusé de nous rejoindre ? Pourquoi l'avoir choisie elle, plutôt que moi ? Tu m'as trahie ! C'est toi qui m'as fait ça. Je suis morte à cause de toi. C'est comme si c'était toi qui m'avais tiré dessus. Puis il voit deux des chasseurs qu'ils avaient rencontrés auparavant près d'un ruisseau. C'est le plus vieux qui a tiré. Il s'avance vers Matt, le fusil épaulé tout en continuant de viser Lisa, nue, étalée au sol et baignant dans son sang. L'homme semble prêt à faire feu de nouveau si cela s'avère nécessaire. Matt regarde rapidement derrière eux pour voir la réaction d'Ethan, celui-ci est en train de les viser également. Neil, qui capte le regard affolé de Matt, comprend qu'il se passe quelque chose à l'arrière. Il se retourne aussitôt, et constatant qu'ils sont pris pour cible à leur tour, il tire instantanément sur la sombre silhouette qui leur fait face. Il reconnaît alors immédiatement avec effroi le fusil à lunette de son frère Chris. Ethan est touché et s'écroule au sol sans avoir eu la possibilité de tirer. Son arme étant vide.

Neil, persuadé d'avoir tué Ethan, se retourne et s'empresse de prendre des nouvelles de Matt et de son amie. Après un rapide coup d'œil il constate très vite que la situation de la jeune femme est critique. Il pense qu'il est malheureusement déjà trop tard. Ben lui demande immédiatement de passer un appel radio pour vérifier si Jack et Denis sont dans le coin. Leurs radios ayant une faible portée d'émission et de réception, ils ne captent que très rarement les deux gardes forestiers. Ils réussissent à les capter uniquement s'ils sont dans les parages. Les deux gardes leur demandaient, généralement lorsqu'ils étaient en contact radio, s'ils avaient croisé des touristes, des braconniers, ou toutes personnes qui pourraient avoir des ennuis. Au moment présent, comme la plupart du temps d'ailleurs, ils ne captent rien. Neil informe son père qu'il va vérifier si l'autre enfoiré a eu son compte, ou s'il est toujours en vie. Il s'en rapproche à petites foulées. Il cherche pendant quelques instants l'endroit où il était supposé s'être effondré. Il ne trouve rien sur le coup, pas de corps, mais il repère rapidement des traces de sang, le fusil de son frère, et une oreille laissée en souvenir par Ethan. Il ignore, pour l'instant, qu'elle appartient en réalité à son frère. S'emparant du fusil, il se souvient alors parfaitement du jour où il l'avait reçu comme cadeau d'anniversaire par leur père. Il se remémore exactement la joie dans le regard de son frère et la fierté de leur père au moment où il le lui avait offert. Ils se faisaient alors tout un tas de films sur leurs futurs récits de chasses. Les exploits qu'ils auraient racontés à leurs amis et à leur famille. Les longues traques dans les bois, dans cette forêt. Dans cette saloperie de forêt, se dit-il en baissant tristement la tête conscient que son frère est très certainement mort seul quelque part ici.

Partie 3

Chapitre 19

Les deux gardes forestiers patrouillent avec beaucoup d'appréhension depuis l'année précédente. En effet, ils avaient été très secoués par le cadavre qu'ils avaient découvert l'hiver dernier, ainsi que les événements tragiques qui se sont déroulés l'été suivant.

Denis, le plus jeune des deux est celui qui en a souffert le plus. Il a toujours redouté, ce qui est pour lui le pire des cas, retrouver le cadavre de quelqu'un dans la zone dont il a la charge. Pour lui c'est un véritable échec personnel. Il n'avait pas pu venir en aide à temps à la première victime qu'ils avaient découverte. Ou plutôt, aux premières victimes, puisqu'ils étaient cinq dans le premier groupe. Les autres membres n'ont malheureusement toujours pas été retrouvés. Puis, encore l'année suivante, avec tous ces touristes piégés par les flammes. Pour Denis qui ignore la vérité, comme la majorité des gens d'ailleurs, ça avait été un véritable traumatisme. Ils avaient déjà eu des discussions animées à ce sujet, avec Ben et ses fils. Pour les chasseurs, les choses ne s'étaient pas vraiment produites de cette façon. Ils avaient

311

entendu des rumeurs qui prétendaient que la réalité était bien pire que ça. D'après eux c'est un véritable massacre qui s'est déroulé dans cette forêt. Grâce à jack qui l'a aidé et soutenu, Denis a réussi à se ressaisir. Jack aussi en a souffert, mais il n'est pas de nature à se laisser sombrer facilement dans la déprime. Ce qui a renforcé les deux hommes et leur a donné envie de se battre c'est le fils de Denis, né il y a tout juste trois mois. Un beau petit bébé, le troisième, qui a fait le bonheur des deux hommes plus proches que jamais. Jack est devenu le grand-père, le tonton, un peu tout à la fois du petit Wayne. Comme des deux autres enfants. Le père de Denis était décédé il y a cinq ans d'un accident de la route, et Jack était déjà son plus grand soutien et réconfort pendant cette douloureuse période. Denis ne se voit pas patrouiller avec d'autres coéquipiers. Même si Jack est parfois très bougon et même un sacré casse bonbons de premier ordre….

Depuis les événements tragiques ils passent plus de temps dans la zone incendiée. Ils savent pertinemment, et le groupe de Matt n'avait fait que confirmer leurs craintes, que certaines personnes allaient vouloir venir dans le coin pour voir. Pour voir quoi ? Les restes de la forêt. Les tristes plaques commémoratives édifiées en mémoire des disparus ? Qu'espèrent-ils découvrir ? Les corps qui n'ont jamais été retrouvés ? Un délire malsain pour Jack qui n'aime pas du tout ce genre de personnes en mal de sensations. Et s'ils tombaient sur quelque chose que les patrouilles de recherche n'avaient pas trouvé, que devront-ils en faire ? Jack imaginait même quelques sales bâtards de pervers venir se soulager dans le coin. Des enfoirés de gothiques venir baiser dans cette forêt rendue lugubre par son triste passé. Peut-être que ces connards repartiront avec un macabre souvenir s'ils en trouvaient un à leur goût. Par conséquent, Jack, qui ne veut pas voir qui que ce soit traîner dans le coin, décide qu'ils vont retourner inspecter ce secteur aujourd'hui même.

- Et puis merde ! Grogne-t-il. C'est déjà assez dangereux comme ça. Les ours c'est mignon mais uniquement en peluche ! Ils trompent les gens, l'industrie du jouet et les dessins animés trompent les gens, et surtout les enfants, avec ces jouets, ces peluches. Toute ta vie tu crois qu'un ours c'est tout mignon, tout doux, tout souriant comme cet âne de Winnie qui ne fait que s'empiffrer de miel toute la journée. Les ours mangent de la viande aussi et ils n'hésitent pas à nous attaquer pour bouffer.
- C'est un ours, pas un âne. Le taquine Denis.
- Tu as très bien compris ce que je voulais dire, bordel.
- C'est pour ça que tu n'as toujours pas offert d'ours en peluche à mes enfants ?!

313

- Ton dernier en aura un, ne t'en fais pas, il sera énorme. Il sera si gros qu'il préférera dormir tout contre lui plutôt que dans tes bras. Il sera gigantesque. D'ailleurs je ne sais pas comment je vais te l'apporter ?! Il ne rentre pas dans ma voiture !
- Tu déconnes ?
- Un peu, mais pas tant que ça. Sourit enfin Jack. Je l'ai déjà depuis trois jours.
- C'est super, merci pour lui. T'es vraiment top… Pour quelqu'un qui déteste les ours.
- Je ne les déteste pas. J'adore les voir évoluer comme des gros balourds dans leur milieu naturel, mais pas dans des tristes zoos ridicules qui font tout sauf leur offrir un endroit décent pour vivre.
- Je pensais que tu ne les aimais pas ?!
- Et bien si, mais faut arrêter avec ça. Alors les loups on en fait de monstrueuses créatures assoiffées de sang pour effrayer les gamins, et les ours, qui sont de redoutables et puissants animaux, on en fait de gentils nounours guillerets et abrutis comme ce Winnie !
- Tu n'aimes pas Winnie ! C'est ça en fait ?!
- Je ne l'ai jamais aimé ce con ! Dit-il en riant aux éclats.

- Moi non plus. Mentit Denis, histoire ne pas se faire charrier.
- Ça tombe bien puisque ce n'est pas un Winnie que je vais offrir à ton fils. Et s'il te plaît, ne l'abrutis pas avec ces niaiseries.
- Ça ne va pas être évident, tous les enfants aiment Winnie...
- Si je vois une de ces peluches chez toi je me verrais dans l'obligation de le kidnapper et de le lâcher en pleine nature. Au moins pour voir comment il se démerde...
- Tu ne ferais pas ça quand même ?
- Je vais me gêner !
- Sérieusement ? Tu serais prêt à faire de la peine à mon petit bout juste parce que tu n'aimes pas Winnie l'ourson ?
- Mais non, bien sûr que non ! T'es con toi aussi. Je ne suis pas un monstre.
- Tu n'as pas l'air commode au premier abord tu sais ?
- Et au second ?
- Non plus. Répond Denis en riant
- T'es con ! Voilà tout !
- Ne le prends pas mal ?!

- Il m'en faut plus que ça.
- En fait tu es l'inverse de Winnie.
- De quoi tu parles ?
- Tu as l'air méchant, un bon gros salopard, mais au fond, tu es une véritable peluche toute douce.
- Ne le répète à personne, j'ai une réputation à tenir !
- Winnie t'habite.
- Arrête tes conneries.
- Mais si, c'est limpide. Tu ne l'aimes pas parce que vous êtes en concurrence. Et tu n'aimes pas qu'on te fasse de l'ombre. C'est ça ? J'ai deviné ?
- Je vais devoir te buter maintenant que tu as découvert mon secret. Tu sais ça ?
- Un gros nounours comme toi ne me ferait pas le moindre mal !

Quelques grésillements s'échappant soudainement de leur radio viennent interrompre leur débat sur l'intérêt ou non que peut avoir Winnie l'ourson dans la vie et le développement intellectuel des enfants. La réception n'est pas très bonne, ils perçoivent des voix mais ils ne comprennent pas clairement ce que dit la personne. Jack arrête le véhicule sur le bord de la route. Le bruit produit par l'écrasement des gravillons sera une nuisance auditive

316

de moins pour espérer comprendre quelque chose, et le vrombissement du puissant moteur de leur énorme tout-terrain ne sera plus une gêne non plus. Jack, micro en main, demande à la personne qui a émis un appel précédemment de se manifester à nouveau. Ils attendent quelques instants avant de recevoir un autre signal. Ils ne saisissent toujours pas ce que leur dit leur interlocuteur. En tout cas il s'adresse à eux. Jack signale alors dans le micro qu'ils vont essayer de se rapprocher pour avoir un signal plus clair et distinct. Il redémarre aussitôt le véhicule.

- Tu crois que c'est quoi ? Demande Denis.
- Je n'en sais rien mais on n'a pas le droit d'ignorer cet appel !
- C'est clair, mais tu crois que c'est quoi ?
- Rien de grave j'espère ? !
- Pas d'autres embrouilles par pitié !
- C'est peut-être juste Ben et ses fils qui veulent nous passer un petit bonjour.
- Mon Dieu faites que ce soit ça.

Quelques kilomètres plus loin ils reçoivent enfin très clairement un signal. La voix est nette et parfaitement audible. Neil s'identifie et demande de l'aide.

- Qu'est-ce qui se passe ? Demande Denis qui a pris le micro laissant ainsi Jack se concentrer sur la route, au cas où ils doivent les rejoindre au plus vite.
- C'est la merde ici. Lui informe Neil.
- Comment ça ? Qu'est-ce qui se passe ? Un de vous est blessé ?
- C'est du n'importe quoi ici. Des jeunes se sont fait trucider les uns après les autres et je crois bien que Chris s'est fait descendre lui aussi dit-il d'une voix saccadée.
- Quoi ? C'est quoi ce délire ?
- Des gens qui vous ont croisés et à qui vous avez ordonné de faire demi-tour se sont planqués et ont décidé de rester malgré tout.
- Putain les p'tits cons !
- Ils sont tous morts, sauf un. Il y a une fille avec lui, sa petite amie, on ne sait pas trop si elle va s'en sortir. C'est moche ! Mais on est arrivé à temps. Il y avait un autre mec, je ne l'ai pas très bien vu, mais je l'ai touché. Je lui ai tiré dessus avant qu'il nous shoote avec le fusil de Chris.
- Doucement, doucement. Vous êtes où ? Demande Denis.

318

- J'ai aussi trouvé une oreille humaine…
- Quoi ? De quoi tu parles ? Calme-toi je ne comprends rien.
- J'ai retrouvé une putain d'oreille humaine près du fusil de mon frère… hurle Neil

Jack roule maintenant à toute vitesse en pestant afin de se rendre le plus rapidement possible sur place. Ils ne peuvent malheureusement pas lancer d'appel à l'aide à une équipe de secours héliporté ou tout autre secours puisqu'ils ne sont plus dans la zone couverte par les ondes radio qui les relient.

- Ça recommence bordel de merde !!! Gronde Jack.
- C'est dingue ça, elles sont maudites ces montagnes ou quoi ?
- Rien à voir avec ça. Rien à voir avec tes bondieuseries. Ce sont des petits cons ! Putain ! Mais qu'est-ce qu'ils ont dans la tête ? C'est pas vrai !
- On leur a pourtant dit de ne pas se rendre dans ces forêts ? !
- On n'a pas besoin de ça encore une fois. Ils ne peuvent pas aller au bord de l'océan, dans les musées ? ! C'est pas dangereux les musées, en tout cas moins qu'ici !

Au bout de quelques minutes qui leur semblent durer des heures, Denis aperçoit quelque chose sur le bord de la route plus en avant. Jack ralentit un peu pour ne pas percuter quelqu'un, voire un animal, qui s'apprêterait à traverser sans regarder. Denis demande s'il sait ce que c'est. Ça ressemble à un animal allongé, en partie sur la route. Lorsqu'ils arrivent à son niveau, jack reconnaît la carcasse bien ravagée par le temps, d'un cerf de virginie. Celui-ci est peut-être mort des suites d'une blessure infligée par un rival durant un affrontement lors de la saison du rut. Le véhicule dépasse les restes du cerf, lorsque Denis regarde dans le rétroviseur il n'en croit pas ses yeux. Il pense être en plein rêve. Une main est tout simplement en train de s'élever de la dépouille ! Pour lui ce n'est pas possible. Il se dit que l'animal n'est pas si mort que ça et qu'il vient de lever une patte, comme pour montrer un soupçon de vivacité. Mais en y regardant à deux fois, il n'y a pas de doute possible. C'est bel et bien une main au bout d'un bras maigre qui vient de se lever. Il ordonne alors à Jack de s'arrêter de suite.

- Qu'est-ce qui te prends ? T'es cinglé ? Pourquoi tu beugles comme ça ?
- J'ai vu une main sortir de la carcasse.

320

- Une main ? Mon cul ! On a autre chose à foutre là, nom de Dieu ! Tu délires ? Tu prends trop de tes trucs antidépresseurs ou je ne sais pas quoi ? !
- Je n'en prends plus. Je te le jure. J'ai vu une main sortir de là-dedans.

Le tout-terrain est immobilisé et Jack regarde à son tour dans le rétroviseur. Et bordel de Dieu il n'a pas tort ce con, jure-t-il. Ils descendent aussi rapidement qu'ils le peuvent. Encore quelqu'un qui a besoin d'aide. Ça commence à faire beaucoup pour la même journée. Mais qu'est-ce qui se passe dans le coin ? S'interroge Denis. Après une dizaine de secondes il rejoint cette « chose », à moitié sur le bitume et sur le rebord. Il a du mal à discerner ce que c'est. Un étrange enchevêtrement d'animal et d'être humain, un peu comme dans le film *the thing*. La tête de la personne n'est pas visible. Denis s'agenouille pour tenter d'extraire cet individu de ce tas d'os et de chair puante. L'odeur et les mouches incommodent le garde forestier qui est à deux doigts de vomir lorsqu'il attrape le type par le poignet. Puis une détonation fige Jack sur place. Une balle vient de traverser le genou de Denis qui s'effondre en criant et en se tordant de douleur. Jack se risque à retourner dans le tout-terrain pour prendre son fusil, mais Ethan qui s'extrait de cette dépouille nauséabonde l'en dissuade. Il porte toujours son masque de loup partiellement brûlé et fondu par endroits. Ethan est tombé sur cet animal en décomposition en longeant la route, un peu plus haut. Il l'a traîné derrière lui jusqu'à ce qu'il entende le bruit d'un moteur s'approcher pour s'y dissimuler, espérant suffisamment intriguer les passagers du véhicule qui le croiserait pour qu'ils s'arrêtent.

- Ne faites pas ça sinon votre collègue est mort. Dit-il en pointant Denis avec le pistolet récupéré chez Karl le videur. Ensuite ce sera votre tour.
- Espèce d'enfoiré ! Ne lui faites pas de mal, il est cool.
- Vas-y Jack, va prendre ton flingue et bute cette merde !

- Ta gueule Denis ! Ce n'est pas le moment de jouer au héros. Tu n'as pas envie de voir grandir ton fils ?
- Approche-toi et aide-le à se relever. Lui ordonne Ethan.

Jack s'avance prudemment et se baisse pour aider Denis qui souffre énormément, à se mettre debout. La douleur est extrême. Sa rotule est complètement explosée, son genou disloqué. Sa jambe se balance comme celle d'une poupée désarticulée. Jack regarde avec incompréhension ce type complètement nu et crasseux portant un masque en mauvais état et un sac à dos. Il constate qu'il est blessé à un flanc.

322

- Qu'est-ce que vous voulez ? Demande Jack.
- Vous allez me conduire chez l'un de vous deux et me rafistoler suffisamment pour que je disparaisse. Lui répond-il en lui montrant sa blessure par balle.
- On ne peut pas. On doit aller aider des gens qui ont besoin de nous.
- Pour l'instant vous devriez plutôt vous inquiéter de votre sort si vous refusez de m'aider moi !
- C'est vous qui avez tué tous ces gens ?

Ethan ne prend pas la peine de répondre à la question tant la réponse paraît évidente pour lui. Jack installe Denis à l'avant sur le siège passager, tandis qu'Ethan monte à l'arrière et s'assoit tout en braquant Denis avec son arme afin de dissuader Jack de tenter quoi que ce soit de stupide. Celui-ci prend enfin place au volant. Il implore que Denis soit emmené dans l'hôpital le plus proche pour être pris en charge rapidement. Ethan refuse. Jack décide donc, à contrecœur, de se rendre dans sa propre maison. Il ne veut surtout pas que ce type s'approche de la petite famille de Denis et puisse leur faire le moindre mal. Chez lui il n'y a que sa femme qui ne travaille pas actuellement. Elle pourra les aider un peu ayant suivi des cours de secourisme. Mais il espère surtout être en mesure de faire quelque chose pour neutraliser ce salopard avant d'arriver. Pour l'instant il ne sait absolument pas comment il compte s'y prendre. Il ne veut surtout pas commettre d'imprudences qui pourraient leur coûter la vie.

- Votre femme sera là ? Demande Ethan à Jack. Ou vos enfants ? Il y aura quelqu'un ?
- Normalement il y aura ma femme.
- C'est quoi cette incertitude ?
- Je ne peux pas garantir qu'elle y sera puisque je suis ici et pas chez moi. Ce n'est pas évident ?
- Si, bien sûr. Ce que je veux dire, c'est que vous devez savoir en général, ce que fait votre femme de ses journées. Vous devez connaître ses horaires de boulot, à quel moment elle préfère faire des courses, quand elle se fait couper les cheveux, quand elle va voir son gynécologue, ou son amant... Ses habitudes là, la petite routine quotidienne quoi. Ça me fait chier là, on va se tutoyer. T'es d'accord ?
- J'en ai rien à foutre, faites comme vous voulez.
- Toi aussi tu peux me tutoyer. Ne te prive pas.
- Non merci, je vais m'en tenir au vouvoiement. Je ne tutoie pas quelqu'un qui se cache sous un masque.
- Il est préférable pour vous deux que je ne le retire pas, vois-tu. Mais revenons-en à ta femme qui n'est peut-

324

être pas à la maison comme prévu. Tu vas l'appeler avec ton mobile et lui dire que tu rentres.

- Ça ne sert à rien !

- Ah bon et pourquoi ça ?

- On ne capte rien dans ce trou de merde.

- Est-ce que j'ai dit que tu devais le faire tout de suite ? Non. Je sais très bien que rien ne passe ici. Je connais parfaitement le coin. Donc, quand tu auras du réseau, tu l'appelleras et tu lui demanderas de préparer tout ce qu'il faut pour soigner une blessure par balle. Articule Ethan.

- Comme ça, de but en blanc ? Sans autres explications ?

- Tu as un garage ?

- Oui. Mais je ne lui explique rien pour la blessure par balle ?

- Il y a une voiture à l'intérieur généralement ? Celle de ta femme par exemple ou la tienne ?

- Celle de ma femme, quand elle est à la maison.

- C'est bon, c'est bon, j'ai compris que tu ne connais pas par cœur l'emploi du temps de ta femme lorsque tu n'es pas avec elle. Donc, tu lui demanderas de sortir sa voiture du garage pour qu'on puisse y rentrer celle-ci. Pour la blessure tu lui diras de ne pas s'inquiéter, qu'il n'y a rien de grave. Tu lui diras que ce n'est qu'une stupide blessure. Que le coup est parti tout seul. Tu restes évasif, n'en rajoute pas. Et, surtout, tu lui demandes de ne pas appeler d'aide.

- C'est n'importe quoi. Autant nous flinguer tout de suite.
- Ce serait trop facile ! Et je n'aime pas les trucs sans enjeux.

Denis souffre énormément de sa blessure et perd beaucoup de sang. Il les supplie de le déposer dans un hôpital et de repartir sans lui. Il jure de ne rien dire. Ethan refuse de nouveau. Jack l'implore d'accepter. Ethan arme son pistolet et promet aux deux hommes que si l'un d'eux lui demande une nouvelle fois de déposer Denis dans un hôpital il lui collera aussitôt une balle dans la nuque, ce qui clôturera définitivement toute nouvelle requête. Ils entendent Neil qui s'inquiète de ne pas les voir rappliquer et de ne plus avoir de nouvelles. Neil leur lancera plusieurs appels qu'ils vont ignorer sur ordre d'Ethan, qui, finissant par être agacé par ces appels intempestifs, exige qu'ils éteignent la radio pour un peu plus de tranquillité.

Plus tard, Jack téléphone à sa femme pour qu'elle fasse ce que lui a dicté Ethan. Il lui affirme qu'elle ne posera pas de problème. Ce à quoi répond Ethan, que s'il y avait le moindre souci son pistolet le résoudrait.

Chapitre 20

Ils arrivent enfin chez Jack. Ethan a dû se dissimuler à plusieurs reprises sur le chemin pour échapper aux regards curieux des autres automobilistes qu'ils ont croisés. La porte du garage est ouverte, comme prévu, laissant le champ libre à Jack d'y entrer le véhicule. Il y a un accès direct pour passer du garage à l'intérieur de la maison. Avant de descendre de la voiture, Ethan sollicite encore une fois Jack, pour savoir s'il possède un seau à portée de main. Celui-ci affirme en avoir un. Il a aussi repéré de grosses cordes qu'il va prendre lui-même au passage en descendant du 4x4. Il y a toutes sortes d'outils accrochés au-dessus d'un solide établi. Deux énormes tronçonneuses sont posées dessus. Ethan imagine quelques instants les dégâts que pourraient faire de telles machines. L'instant d'un flash, il se voit très bien courir après des gens dans la forêt avec une tronçonneuse vrombissante et menaçante. Il songe même à massacrer les deux gardes forestiers avec, ainsi que la femme de Jack, qu'il ne peut qu'imaginer pour l'instant puisqu'il ne l'a pas encore vue. Marrant, très marrant mais trop bruyant à son goût. Surtout avec toutes ces habitations autour. Ils demeurent dans un petit quartier résidentiel. Les cris et le bruit de la tronçonneuse feraient rapidement désordre ici.

Jack soutient Denis en le sortant du véhicule. Celui-ci souffre atrocement. Il a perdu beaucoup de sang, trop. Soudain Aubrey, la femme de Jack entre dans le garage sans prévenir, ce qui surprend tout le monde. Elle est à deux doigts de hurler, en voyant Ethan qui la menace rapidement de son arme tout en lui demandant de rester calme si elle ne veut pas que ça se termine tout de suite dans un bain de sang. Jack l'exhorte d'obéir et de ne pas faire de bêtises, ni de crier, ce dont elle est bien incapable de toute façon. Elle a plutôt l'air de manquer d'oxygène. Jack lui demande de venir l'aider rapidement pour emmener Denis à l'intérieur. Il est inconscient depuis qu'il est hors de la voiture. Aubrey n'est pas très loin de la représentation qu'Ethan s'était faite d'elle. La mémère dans toute sa splendeur, et c'est bien en mémère qu'il se l'était imaginé ! Coloration blonde passée et pas soignée, les cheveux mi-longs attachés en partie, en arrière, tenue décontractée. Un survêtement rose ?! Mais qui porte ce genre de fringues ? Sérieusement ?! Même pour faire du sport ce n'est pas possible. C'est dommage, elle est plutôt encore assez jolie se dit Ethan. Elle a quelques kilos en trop, bien installés depuis de nombreuses années sans pratiquer de sport, mais elle est jolie.

Elle demande à son mari ce qui s'est passé. Comment ils ont fait pour se retrouver dans cette situation. Il tente de la rassurer du mieux qu'il peut.

- Tu es certain que ça va aller ? Tu le crois ? Implore Aubrey.

- On n'a pas le choix pour le moment. Se désole Jack.

- Exactement ! Voilà qui est intelligent. Pour le moment c'est comme ça, c'est moi qui mène la danse. Affirme Ethan qui n'a toujours pas retiré son masque et qui les menace toujours de son pistolet.

- On commence avec Denis, il a perdu trop de sang. Si on ne fait rien tout de suite il pourrait ne pas s'en sortir. Suggère Jack. Il est blanc comme un linge !

- Lui, je m'en balance ! Ta femme va s'occuper de moi en premier, c'est clair ?

- Soyez clément, il a trois enfants dont un en bas âge. Le supplie Aubrey.

- Et moi je n'en ai pas. Du moins pas encore, et je compte bien en avoir un jour. Donc j'ai la priorité. Si vous émettez une nouvelle objection je le descends, puis je m'occupe de toi. Dit-il en désignant Jack du canon de son pistolet. Je suis persuadé que tu ne souhaites pas que je reste seul avec ta femme ?! Je me trompe ?

- Non, en effet !
- Tant que je tiens encore debout on va aller me chercher des fringues dans ton placard. Qui vient avec moi ? Toi ou ta femme ?
- Moi.
- Évidemment, sourit-il, narquois. Mais avant vous allez tous balancer vos téléphones mobiles dans ce seau ensuite tu attaches ta femme et ton collègue avec ces cordes. Tu les ficelles solidement aux chaises. Pas de blagues ?!

Jack pose son téléphone dans le seau ainsi que celui de sa femme, il prend celui de Denis rangé dans une des poches de sa chemise. Ensuite il attache sa femme tout en s'excusant, puis il ligote Denis, même s'il est évident qu'il n'ira pas loin dans son état. Ethan prend le seau, le met sous le robinet de l'évier et l'ouvre. Il laisse couler l'eau jusqu'à ce que les mobiles soient complètement immergés. Puis Ethan et le garde sortent de la grande cuisine parfaitement bien équipée. Aubrey doit être une bonne cuisinière s'imagine-t-il. Ils vont dans la chambre des époux. La décoration de la maison est très sommaire, minimaliste.

331

Quelques photos aux murs. Quelques vases par-ci par-là, mais rien de plus. Quand ils arrivent dans la chambre, idem au reste quant à la décoration, à part un énorme ours en peluche posé dans un coin de la pièce. Ethan pousse Jack vers le placard qu'il ouvre doucement, comme l'a exigé Ethan. Jack en sort un t-shirt bleu uni, un sweat-shirt noir avec une capuche, un caleçon, un jean, une paire de chaussettes et une paire de baskets déjà bien usées. Ils rapportent tout dans la cuisine où les attendent sagement Aubrey et Denis, toujours inconscient. Ethan vire tout ce qui se trouve sur la table d'un revers de la main puis il s'y installe. Il demande à Jack de détacher sa femme et de prendre sa place sur la chaise. Aubrey doit attacher son mari à son tour. Ethan la met en garde en cas d'entourloupe. Elle est mal à l'aise face à ce sale type à poil, dégueulasse et puant la charogne. Elle commence par nettoyer la plaie avec de l'alcool. Ethan se crispe et s'agrippe à la table. Elle lui annonce que la balle est ressortie et qu'après un bon nettoyage il ne nécessitera que quelques points de sutures. Aucun organe interne ne semble être endommagé d'après elle, mais, comme elle le précise, elle n'est pas médecin. Le plus prudent serait tout de même de voir un spécialiste. Ethan n'en a évidemment pas l'intention.

Quelques instants plus tard, il est recousu. Sa blessure ne saigne plus mais Aubrey le met en garde. Il va devoir faire attention pendant quelques jours à ce que ça ne s'infecte pas et de ne pas faire péter les points.

- On peut s'occuper de Denis maintenant ? Demande la femme de Jack.

- Tu as fait du beau boulot ! Mes félicitations. S'adresse Ethan à Aubrey tout en retirant son masque.

- Putain de merde ! Jure Jack qui craint pour la suite, puisqu'il vient de leur dévoiler son visage qu'il dissimulait jusqu'à présent.

- On peut l'installer sur la table ? Supplie Aubrey qui regarde à peine leur agresseur.

- On ne parlera pas de vous, à personne ! Affirme Jack craignant de plus en plus pour leurs vies, tandis qu'il défait ses liens, discrètement.

- Tu sais, dans ces bois, on s'y sent tellement bien. Prétend Ethan.

- Fallait y rester ! Suggère Jack d'un ton rageur.

- Ce n'était plus possible, malheureusement. On ne se souciait de rien, plus rien n'avait d'importance, à part la survie et se faire plaisir. Vous avez déjà tué quelqu'un toi et ton ami ?

- Non personne, ce n'est pas notre boulot !

- Quelle sensation intense. Dit-il tremblotant rien qu'en évoquant l'idée et en repensant à leurs parties de chasse.
- Je m'en fous, je ne veux pas connaître ça ! S'inquiète Jack sentant une certaine tension monter.
- Pourtant tu risques de devoir le faire si tu veux t'en sortir, ou que ta femme et ton ami s'en sortent.
- Il faut absolument que je m'occupe de Denis. Relance Aubrey qui est à mille lieues de deviner ce qui se joue, n'ayant même pas connaissance de ce qu'a promis Ethan, si Denis et son état étaient remis au-devant de la scène.
- Tu as la mémoire courte, on dirait ?! Déclare Ethan à jack qui transpire à grosses gouttes.
- Comment ça ? Questionne Aubrey.
- Tais-toi chérie. L'implore Jack qui a bien compris ce qu'il veut dire.
- Qu'est-ce que j'avais dit à propos de votre ami blessé ?

Ethan tire soudainement sur le pauvre malheureux qui se vide de son sang. Il tire dans la poitrine, à deux reprises. Aubrey est pétrifiée, tandis que son mari parvient tout juste à se délivrer et bondit sur Ethan au risque se faire abattre. Accrochés l'un à

334

l'autre, les deux hommes renversent la table et tout ce qui s'y trouve tombe avec fracas, ils se retrouvent au sol à se battre comme des enragés. Ethan a lâché son arme dans la lutte. Jack crie à sa femme de la ramasser ou de prendre un couteau et de l'aider, quand il réussit à se saisir d'une arme blanche attachée à son mollet et sa cheville et entaille la cuisse d'Ethan. Pris dans la bataille, celui-ci ne s'en rend pas compte. Aubrey s'approche des deux hommes mais ne sait pas comment intervenir tant ils se battent férocement. Elle a terriblement peur de blesser son mari. Jack tente de poignarder Ethan de nouveau. Celui-ci l'en empêche, lui maintenant la main en l'air. Il parvient à la dévier et le couteau se plante dans le plancher. Il prend alors le dessus et assène de puissants coups de poing au visage de Jack qui ne réussit pas à les éviter. Aubrey voit en un éclair qu'elle a une chance de l'avoir et s'approche de lui. Mais leur agresseur parvient à récupérer son arme, il lui tire aussitôt une balle dans le ventre, une autre dans la poitrine et une dernière dans le cou. Il dirige immédiatement son arme vers Jack paralysé par ce qui vient de se produire. Ethan appuie encore sur la détente, mais il ne se passe rien. Il n'a pas assez de munitions pour l'abattre lui aussi. Alors Jack parvient à extraire son couteau du plancher et tente le tout pour le tout sans s'apercevoir, aveuglé par la tristesse, la rage, la sueur et le sang dans les yeux, qu'Ethan a ramassé le couteau que tenait Aubrey.

335

Avant qu'il puisse se redresser et se mettre en position d'attaque, l'assassin de sa femme et de son ami lui plante le couteau de cuisine dans le ventre jusqu'à la garde. Jack réussit tout de même à le blesser en l'entaillant au niveau des côtes. Ethan se relève et lui flanque un coup de pied en pleine face. Le garde s'effondre au sol.

- Tu vois, je crois que tu vas être chanceux malgré tout. Je ne vais pas t'achever comme je le fais habituellement. Je vais te laisser te vider de ton sang ici, dans ta magnifique cuisine. Tu vas pouvoir mourir en les regardant, elle et ton ami, jusqu'à ton derrière souffle. Tu ne partiras pas tout seul. Elle devait te mitonner de délicieux et succulents plats ta femme ? Mais là je crois que c'est fini. Dit-il en relevant la tête de celle-ci par une poignée de cheveux. Bordel, regarde-moi ça. Regarde. Ordonne-t-il en désignant sa plaie par balle qui s'est rouverte pendant la bagarre. Tu as ruiné sa magnifique et dernière réalisation. Tu es fier de toi ? Tu mériterais que je te finisse comme un chien.

Il prend un marteau de cuisine qui traîne sur le plan de travail, il sert à écraser de l'ail et attendrir la viande. Il fixe Jack

336

gémissant et ayant de grandes difficultés à respirer normalement. L'assassin attrape un torchon à essuyer la vaisselle sans doute, le maintient sous le robinet qu'il ouvre pour faire couler l'eau dessus. Une fois mouillé, il verse un peu de liquide vaisselle et l'utilise pour frotter son corps afin de se nettoyer au mieux. Il ramasse les vêtements et les enfile. Il ressent soudain une autre présence dans la pièce. Il la remarque seulement maintenant. Il ne sait pas depuis combien de temps elle est là. C'est Camille qui s'est invitée à la fête. Elle s'approche de lui lentement et avec grâce en évitant les corps au sol. Puis elle prend appui sur son épaule et contemple l'œuvre de son amour. Elle approche sa bouche de l'oreille d'Ethan, pour lui murmurer quelque chose pense-t-il, mais du bout de la langue, elle la lui lèche. Elle lui tourne doucement la tête pour l'embrasser. Soudain une voix se fait entendre à l'extérieur et interrompt ce moment d'extase. Ethan regarde discrètement par les rideaux qu'il avait tirés avec précaution avant d'être soigné. Un homme se trouve derrière la haie qui sépare le terrain de Jack et celui du voisin. Un homme d'une soixantaine d'années, dégarni, le visage rondouillet. Il l'entend demander si tout va bien chez eux. Il prétend avoir entendu des coups de feu. Ethan va devoir détaler rapidement. Il s'habille avec hâte, récupère son sac à dos. Il y glisse le marteau, son pistolet et tout ce qui pourra lui servir pour recoudre et désinfecter sa nouvelle plaie dégoulinante. Elle n'est pas trop profonde, mais elle saigne abondamment ainsi que celle qui s'est ré ouverte. Il ramasse le couteau de Jack, un beau couteau de chasse, et le fourre aussi dans son sac. Il récupère son masque en dernier, et se précipite vers le cadavre de la femme de Jack pour la fouiller. Il cherche les clefs de sa voiture. Par chance il les trouve, elles étaient dans une des poches de son survêtement repoussant. Il se précipite enfin dehors, boitant un peu, après avoir enfilé son masque. Le vieil homme, qui est sorti de sa propriété s'apprête à sonner chez Jack, quand il voit Ethan sortir de la maison en boitant. Il trouve ça suspect et craint qu'il se soit passé un drame à l'intérieur. Il lui demande, d'un ton autoritaire, de ne plus bouger et de s'identifier sur le champ. Ethan, qui a ouvert la voiture, regarde le vieux bonhomme brièvement. Celui-ci ne trouve pas les mots face à ce qu'il voit. Un homme avec un masque de loup-garou hideux. Puis il monte dans le véhicule et le démarre. Au moment de sortir par le portail resté ouvert, le type, inconscient du danger qu'il encourt, tente de lui barrer le passage pour l'empêcher de fuir. Ethan, lui, tentera de le renverser. Mais ce monsieur a encore de bons réflexes et l'évite de justesse. Il reste atterré en regardant le véhicule s'éloigner.

Inquiet au plus haut point, il décide d'aller inspecter l'intérieur de la maison de Jack. Il s'approche du perron tout en

338

appelant les occupants espérant avoir rapidement une réponse de leur part. Rien. Ce silence angoissant, pour lui, n'annonce probablement rien de bon. Il hésite fortement à entrer. Il craint de ne retrouver que leurs cadavres. Son cœur bat à tout rompre, sa respiration s'accélère. Il entre tout de même tout en ayant du mal à déglutir sa salive. Il inspecte le salon sans remarquer quoi que ce soit d'inhabituel. Il continue son inspection et arrive dans la cuisine dont la vision d'horreur le fige sur place. « Oh mon Dieu » s'exclame-t-il en se tenant la tête à deux mains. Il recule et sort de la cuisine sans pouvoir lâcher du regard l'effroyable carnage. Du sang, beaucoup de sang. Il prend son téléphone mobile dans sa poche de pantalon pour appeler de l'aide ou la police. Il ne sait plus quoi faire, il tremble de tout son corps. Il a du mal à contrôler ses doigts qui n'appuient qu'une fois sur trois sur le bon chiffre qu'il tente désespérément de composer. Ce sont les secours qu'il réussit à joindre en premier. Il leur dit qu'il y a trois personnes gravement blessées, en fait, il leur avoue ne pas savoir si elles sont toujours en vie. Il l'espère vivement. Il confirme qu'il y a du sang de partout. Lorsque les secours ont tous les renseignements nécessaires pour envoyer une équipe, ils raccrochent et le vieil homme appelle aussitôt la police.

Les policiers arrivent rapidement et trouvent le pauvre bonhomme sous le choc. Il est assis dans un des fauteuils du salon, face à la télévision éteinte. Il est incapable de répondre aux questions que lui posent les policiers. Ceux-ci trouvent rapidement les cadavres dans la cuisine. La femme du voisin de Jack et Aubrey, arrive elle aussi, paniquée par cet attroupement. Elle savait que son mari était venu voir si tout allait bien après avoir entendu des coups de feu un peu plus tôt. Elle a eu si peur qu'il lui soit arrivé quelque chose. Les policiers acceptent, avec prudence, qu'elle puisse voir son mari prostré et silencieux, après qu'elle leur ait expliqué la raison de sa présence dans cette maison. Peut-être qu'elle réussira à le sortir de son silence. Mais en voyant sa femme, Bethany, il s'effondre dans ses bras. Zacharias est si triste, pour eux ainsi que pour la petite famille de Denis qu'ils connaissent depuis longtemps. Il ne sait pas pour l'instant s'il y a des survivants. Sur un des brancards poussés par un infirmier il y a un sac à cadavre dans lequel se trouve l'un des trois corps. Alors, Bethany s'écroule elle aussi secouée par de gros sanglots.

Chapitre 21

Ethan a eu le temps de s'éloigner suffisamment loin avant que Zacharias ne soit capable de dire aux policiers qu'il s'était enfui avec la voiture d'Aubrey. Avant de filer, il s'est soigné du mieux qu'il le pouvait, seul dans la voiture. Il s'est recousu, non sans difficulté. Il a écouté attentivement les informations à la radio. Ils ont, effectivement, parlé brièvement du drame qui s'est déroulé dans la maison du garde forestier. Sa femme est morte sur le coup, et son coéquipier est décédé pendant son transport vers l'hôpital. Le seul survivant, Jack, est dans le coma et son pronostic vital est engagé, ses chances de survie semblent très minces. En début de soirée, Ethan abandonne le véhicule d'Aubrey aussitôt que sa description a été donnée ainsi que le numéro de la plaque d'immatriculation. Il est recommandé à la population de ne pas intervenir s'ils voient le véhicule avec le suspect à son bord. Ils doivent impérativement appeler un numéro donné par le journaliste.

Par conséquent, Ethan laisse la voiture dans une forêt à l'entrée d'une ville dont il n'a pas vu le nom. Il a quelques frissons à se retrouver de nouveau dans un sous-bois. Que d'émotions et de sensations lui reviennent en tête. En jetant un dernier coup d'œil à la voiture il voit Camille assise sur le capot, les jambes écartées et ses mains en appui sur le métal cachant son entrejambe. Elle le fixe simplement.

- Pas maintenant, ce n'est pas le moment. Dit Ethan. Les flics me cherchent.
- Ils cherchent cette caisse et un type portant un masque de loup-garou, pas toi !

Camille descend du véhicule et s'avance en direction d'Ethan. Au fur et à mesure qu'elle s'approche, son corps change et se transforme, l'obligeant à se tordre et se contorsionner. Ses doigts tombent et laissent la place à des griffes qui sortent de sa chair. La commissure de ses lèvres craque tandis que ses cheveux tombent par poignées et que sa tête s'allonge. Ses dents tombent elles aussi, cédant leur place à des crocs acérés. Ses tibias semblent se briser alors qu'elle se retrouve à quatre pattes. Son corps nu se couvre d'une épaisse fourrure. Ethan comprend qu'elle se métamorphose en loup. Lorsqu'elle arrive au niveau de son amour, la louve se colle contre lui comme le ferait un chien faisant preuve d'affection envers son maître. Ethan pose une main sur la douce fourrure de l'animal et la caresse un instant avant de sortir du bois.

L'homme et la bête s'approchent de la petite ville qui sombre dans la nuit. Lorsqu'Ethan passe devant la première bâtisse du patelin éclairée par un lampadaire, il constate à regret que Camille n'est plus à ses côtés. Elle s'est évaporée une nouvelle fois dans l'obscurité. Parfois il aimerait qu'elle reste plus longtemps, pas uniquement pour faire de simples apparitions. Quelque chose qui n'avait pas retenu son attention jusqu'à présent, à propos de ces apparitions, lui vient à l'esprit. En effet, ce n'est que lorsqu'il est dans un certain état d'excitation qu'elle est là, auprès de lui. Une excitation sexuelle, lorsque ses sens sont en alerte ou lorsqu'il met à mort une proie après une traque haletante qui provoque une agitation intérieure exacerbée atteignant son paroxysme, ce qui ressemble finalement assez fortement à une excitation sexuelle. Ces moments étaient d'autant plus intenses à ses côtés…

Il ne sait pas trop s'il peut s'attarder ici pour manger un bout ou se reposer dans une chambre d'hôtel. De plus, ne pas pouvoir suivre les infos diffusées à son sujet le rend nerveux. Il décide de rentrer dans le premier bar qu'il verra pour prendre un café. Il n'est pas très loin du patelin dans lequel il avait fait une halte intéressante en compagnie de Laura et de sa copine Anita il y a quelques mois. D'ailleurs, il ne sait pas non plus s'il y a une piste sérieuse pour le meurtre de Karl le videur. Est-il

343

recherché pour cette affaire aussi ? Si c'est le cas, il a plutôt intérêt à se faire discret et à raser les murs. Mais il n'est pas d'un naturel craintif. S'il le faut, il affrontera sans peur tous ceux qui se dresseront sur son chemin et lui barreront le passage.

Dans le petit bar, dans lequel il est entré, il y a une télévision éteinte, donc pas de news ! Il commande son café à une des serveuses qui semble ailleurs. Peut-être est-ce une méthode afin de ne pas voir passer le temps à faire ce boulot qu'elle doit certainement détester se dit-il. Elle lui apporte rapidement son café qu'il avale presque aussitôt tandis que certains clients le dévisagent avec sa barbe et ses cheveux longs crasseux. Les autres clients dînent tranquillement l'ignorant totalement. Après tout il a le droit de dîner comme tout le monde s'il a de quoi payer, et à condition qu'il ne fasse chier personne.

Putain que ça fait du bien un « bon café » murmure-t-il. Ce n'est pas le meilleur du monde mais après avoir passé plusieurs mois dans les bois à crever de faim et parfois à avoir très froid, ce café est, pour le moment, un nectar. Il règle la note et sort du bar sans trop savoir où aller. Passant devant une ruelle étroite, il aperçoit un type, plutôt jeune, en train de charger une voiture avec hâte. D'une porte d'entrée, face au véhicule, apparaît une jeune femme brune, à moitié nue, lui gueulant dessus et l'insultant. Elle ne porte que sa culotte et son soutien-gorge. Puis elle retourne un instant à l'intérieur avant de ressortir comme une furie et de balancer à la gueule du type un tas de fringues. Jeans, t-shirts, caleçons et autres affaires. Le gars lui balance un coup de poing en pleine face avant de sauter dans sa Mercury Cougar poussiéreuse de 1968 à la peinture rouge passée et dont la carrosserie paraît attaquée par la rouille par endroits. Il démarre son bolide en trombe et recule à toute allure sans avoir allumé les phares. Ethan reste immobile au milieu de la ruelle et esquive le véhicule au dernier moment. Le mec s'arrête et s'excuse nerveusement.

- C'est rien, à condition que tu m'embarques avec toi. Lui propose Ethan.
- On se connaît le clodo ?
- Non, mais peut-être que tu préfères que j'aille voir les flics pour leur dire que tu as essayé de m'écraser comme une merde juste après avoir frappé une femme ?!
- Ok, c'est bon, monte, on va en discuter.

Ethan s'engouffre rapidement dans la Mercury quand il voit la jeune femme s'approcher d'eux le nez en sang. Celle-ci jette violemment sur la voiture une bouteille de bière ramassée par terre et qui heurte le pare-brise en éclatant en mille petits éclats. Ce qui le fend. De colère, le conducteur enclenche une vitesse et fait ronfler le moteur. Il semble prêt à lui foncer dessus pour en finir. Elle n'aurait pas la moindre chance de s'échapper.

- C'est bon, laisse-la ! Suggère Ethan.
- Quoi ? T'es dingue mec ! T'as vu ce qu'elle a fait à ma caisse ?
- Et toi ? Tu as vu sa gueule ? Lâche l'affaire. Précise-t-il d'un air sérieux, limite menaçant.

L'homme accepte de ne pas en rajouter. Il fait sortir la voiture de la ruelle en allumant enfin ses phares et prend la tangente en faisant patiner les pneus sur le bitume.

- On va où comme ça ? Lui demande le type, trente, trente-cinq ans, brun, les cheveux rasés, portant un t-shirt moulant noir et un jean foncé. Il est visiblement très musclé et tatoué d'une mygale sur l'avant-bras droit et d'un scorpion sur l'avant-bras gauche. Hein ? Je te dépose où ?
- Loin de ce patelin, si tu es partant pour qu'on fasse la route ensemble ?!
- Et loin, c'est où ça ?
- Tu es déjà allé à New-York ?
- Non, mais ce n'est pas la porte à côté en effet.

346

- On partage les frais ?
- Pourquoi pas, nom de Dieu ! Ouais c'est bon, si tu as de quoi faire ? Parce que franchement tu n'as pas le look de quelqu'un qui roule sur l'or.
- Il ne faut pas se fier aux apparences. On ne te l'a jamais dit ?
- Tu as raison ! Alors pourquoi pas, après tout il me gonfle ce coin.
- Tu n'es pas du genre méfiant, dis donc ?!
- Pourquoi je devrais ?
- Tu ne me connais pas.
- Toi non plus.
- Je sais que tu n'hésites pas à frapper une femme.
- Ça ? Ça te dérange ? C'est bon, ce n'est rien qu'une pétasse. On s'en branle. J'en ramasse une autre quand je veux. Bordel, des gonzesses il y en a autant qu'on veut. Il y en a autant qu'on veut et qu'on peut en baiser. Merde, faut se détendre. D'ailleurs à propos de détente, tu veux fumer un truc ?
- Du genre ?
- Le genre qui détend bien comme il faut, qui te fait te sentir à l'aise et léger. Affirme-t-il.

- Avec plaisir. Répond Ethan qui se souvient de son premier joint fumé avec Alan.
- Maintenant, moi ce que je sais de toi, c'est que t'es un mec cool.
- Ethan.
- Quoi ?
- Moi c'est Ethan et toi ?
- Daniel, mais appelle-moi Dany.

La voiture traverse en trombe la petite ville. De nombreux piétons se retournent sur son passage. Le bruit du v8 ne laisse personne indifférent. Surtout les plus jeunes. Quant aux vieux c'est une pluie d'injures qu'ils envoient à l'encontre du pilote. Dany leur lève son majeur bien haut et bien droit par la fenêtre de sa voiture. Ils franchissent les limites de la ville à toute vitesse sans être inquiétés par la police, tant mieux pour eux puisque Ethan est en train de leur rouler des joints. Dany a sorti d'une de ses poches de jeans un sachet rempli d'herbe et des feuilles à rouler. Une fois assez éloignés de la ville, fumant son joint, Ethan demande s'il peut allumer la radio pour écouter les informations.

- Les infos ? T'es en cavale ou quoi ? Demande Dany en allumant la radio.
- Si c'était le cas ça te dérangerait ?

- Non, c'est bon, t'inquiète. Je sais ce que c'est la taule.

- Sans blague ?! Ironise Ethan.

- Sérieux, j'y ai déjà fait un petit séjour. Atteste-t-il en recherchant une station sur laquelle il passe des infos.

- Et pour quels motifs ?

- Bah, disons que j'ai déconné avec des filles.

- Pourquoi ça ne m'étonne pas ?! Des trucs sérieux ?

- Des conneries. Rien de méchant, c'était des salopes, des pétasses. Elles méritaient ce qui leur est arrivé de toute façon.

- Comme cette fille que tu as frappée, c'est ça ?!

- Ouais exactement ! Enfin bon, c'était un peu plus chaud avec les autres quand même. Elle, là, c'était rien.

- Ok. Souffle Ethan.

- Et toi ? c'est quoi ton truc ?

- Contente-toi de conduire et de regarder la route.

- C'est quoi ces petites traces de sang sur tes fringues ? Elles passent presque inaperçues, mais ne me prends pas pour un con quand même. C'est le tient ou celui de quelqu'un ? Ou peut-être les deux ?! Tu as buté quelqu'un ?

- Non, jusqu'à preuve du contraire…

- Donne-moi plus de précisions.

349

- Tu ne m'as pas trop donné de précisions, toi non plus, en ce qui te concerne, alors lâche-moi. Si ça ne te plaît pas, arrête ta caisse et laisse-moi descendre. Je me démerderais tout seul.
- Non, non c'est bon, on en reste là !
- Cool.

Ils ne diffusent pas d'informations pour l'instant, uniquement de la musique. Des trucs pop rock. Ethan qui n'est pas encore totalement dans le brouillard observe le paysage qui défile à toute vitesse. Des forêts et encore des forêts, des magnifiques, des sombres et inquiétantes forêts dans la nuit. Avec un brin de nostalgie il se revoit en train de courir à poil avec ses amis. Il a même l'impression de les voir galoper dans la pénombre, sous ses grands arbres. Ils courent à une vitesse incroyable pour rester à hauteur de la Mercury Cougar. Il les regarde se démener comme des diables pour ne pas se faire distancer tout en souriant. Qu'est-ce qu'il aimait ces moments de folies pendant lesquels plus rien ne comptait vraiment. Ils étaient ensemble et c'est presque ce qui comptait le plus se dit-il à cet instant. Dany, qui remarque Ethan sourire bêtement en regardant dehors, lui demande s'il va bien.

- Oui ne t'inquiète pas ça va. Ce n'est pas ton herbe qui va me faire grand-chose tu sais ?!
- C'est de la bonne pourtant, je te le promets.
- Oui c'est clair qu'elle est pas mal mais je suis habitué à plus fort, j'ai l'habitude des sensations fortes…
- Ah ok. Répond Dany en affichant un large sourire. C'est con je n'ai rien d'autre aujourd'hui.
- Ça ira, ne t'en fais pas.
- Mais si tu aimes les sensations fortes, j'ai quelque chose dans la boîte à gant qui pourrait t'intéresser.

Ethan ouvre la boîte à gant et voit un pistolet. Un automatique de gros calibre. Il ne sait pas s'il doit le prendre ou non.

- Vas-y, prends-le, il ne va pas te mordre.

Il prend l'arme en main tandis que Dany prend un autre flingue glissé sous son siège et braque son passager. Ethan, d'un geste vif, malgré le pétard face à lui, braque lui aussi son arme au visage de Dany. Dany un peu surpris a du mal à se concentrer sur la route mal éclairée par ses seuls phares.

- C'était ton plan depuis un moment j'imagine ? L'interroge Ethan. Hein ? Tu as prévu de me dépouiller dès que je t'ai proposé de faire la route ensemble et de partager les frais ? Non ?

- Mais non, pas du tout ! C'est juste pour déconner. Je m'en branle de ton fric, j'en ai plein !
- Alors baisse ton flingue et tout ira bien.
- Tu n'es pas dans la meilleure position pour me tirer dessus, tu ne crois pas ? Je suis au volant et on roule à plus de cent quarante kilomètres heures. Donc si tu tires et me descends, tu te fracasseras probablement, comme un con, contre un de ses arbres. Et t'y resteras. Tu trouves que ça vaut le coup ?

Ethan arme son pistolet. Dany se crispe sur son flingue d'une main, et sur le volant de l'autre. Il regarde presque d'avantage son passager que la route. Ethan veut lui démontrer, dans cette épreuve de force, qu'il n'a pas peur des armes à feu, qu'il n'a pas peur d'être braqué non plus, et qu'il n'a pas peur de mourir. Dany est effectivement à mille lieues de s'imaginer tout ce qu'il a fait et de quoi il est capable. Mais il comprend qu'il n'est pas du genre à prendre à la légère, il est du genre sérieux, ou complètement barge. Il baisse doucement son arme espérant qu'Ethan l'imiterait. Mais il n'en fait rien. Il continue de le maintenir en joue sans cesser de le fixer du regard et sans se rendre compte qu'ils étaient en train de foncer sur le bas-côté. Ils risquent de finir encastrés dans le tronc d'un de ces arbres sans qu'il ait eu besoin de faire feu sur le conducteur. Dany regarde subitement la route et donne un grand coup de volant rattrapant la trajectoire de sa voiture de justesse. Ethan n'est pas pour autant perturbé par ce qui vient de se passer, tandis que Dany transpire à grosses gouttes.

- Qu'est-ce qui t'arrives ? T'as eu peur ? Demande Ethan en baissant son arme.
- Putain mec, t'es dingue en fait ! Affirme Dany. T'es complètement barge !
- Eh bien ça te fait un truc de plus à savoir sur moi maintenant.

Ethan jette un rapide coup d'œil dans le rétroviseur intérieur de la voiture car il a soudain l'intuition d'une présence à l'arrière. Du coin de l'œil il lui semble avoir perçu un mouvement.

- Qu'est-ce qu'il y a ? On est suivi ? Je ne vois pas de phares derrière nous, putain je n'espère pas. Panique Dany.

353

- Mais non il n'y a rien. Tu paniques facilement on dirait. Voilà un nouveau truc que je sais sur toi en plus de l'herbe et des flingues. Ironise-t-il.

Dany ne répond pas et se concentre sur la route, il n'a pas envie d'avoir à esquiver une nouvelle sortie de route qui, cette fois, pourrait leur être fatale. Il n'a pas envie, non plus de heurter de plein fouet un animal. Ethan regarde de nouveau dans le rétroviseur et voit Camille collée sur la banquette arrière dans une pose lascive et provocante, comme toujours. Celle-ci a un pied posé à l'arrière du siège passager sur lequel est installé Ethan, et un autre derrière celui du conducteur. Elle caresse du bout de ses doigts de pieds les longs cheveux crasseux d'Ethan ainsi que l'arrière de son crâne. Puis, s'attardant sur un certain point, elle lui annonce que c'est par ici qu'est ressortie la balle qui lui a traversé la tête, tout en lui faisant un clin d'œil.

- Pourquoi tu n'as pas tiré ? Demande-t-elle.
- C'est vrai que j'aurais pu, et on serait certainement ensemble maintenant à hanter ces forêts et à effrayer les randonneurs à tout jamais. Souligne-t-il.
- Oh mec avec qui tu parles ? T'es sûr que ça va ? Tu veux qu'on s'arrête pour prendre l'air ? Lui suggère Dany qui ne comprend pas à qui parle son passager.

354

- C'est trop facile de mourir comme ça. Je te l'ai déjà dit, je veux que tu me rejoignes en te battant pour ta survie, meurs avec honneur et bravoure, meurs comme un chef de meute le ferait pour garder son titre.
- J'ai bien failli tout à l'heure.
- Tu as failli quoi ? C'est quoi ces conneries ? Je ne comprends rien. On va s'arrêter dans un coin. Je ne sais pas si tu as remarqué, mais il fait nuit mon pote. Ça ne va pas nous faire de mal de dormir un peu. Non ?

Ethan regarde Dany d'un air furieux et se retourne. Camille a disparu. Il accepte finalement sa proposition. Effectivement, il aurait bien besoin de se reposer un peu après cette éprouvante journée. Elle lui paraît avoir duré une éternité. Dany engouffre sa voiture sur un chemin. Ils s'enfoncent un peu dans le bois pour ne pas être vu depuis la route. Le moteur s'arrête et les deux hommes descendent du véhicule. L'air est frais et agréable.

- On fait comment ? Demande Dany.
- Comment ça ?
- Tu veux dormir où ? T'es mon invité, c'est toi qui choisis.

- Fais comme tu veux, je sais me contenter du minimum ! Atteste Ethan.
- Si je dors à l'arrière ça te dérange ?
- C'est ta caisse il me semble ?!
- Et toi du coup ?
- Les sièges avant me suffiront amplement.

Ethan se met torse nu dévoilant ses blessures encore fraîches et tout juste rafistolées ainsi que les autres plus anciennes. Dany est sidéré. Il se dit que ce mec avait dû passer une sacrée journée de merde, en voyant tout ça.

- Si tu veux nettoyer un peu tes blessures, j'ai des chiffons dans le coffre.
- Ok merci.

Ethan ouvre le coffre et sort un chiffon effectivement. Pas très clean. Il a déjà été utilisé pour essuyer de l'huile ou du cambouis. Ethan soulève le bout de tissus crasseux pour le montrer à Dany qui s'excuse de n'avoir que ça à lui proposer.

- Maintenant je sais aussi que tu as eu une dure journée visiblement.
- Tu n'imagines même pas.

- Tu sais quoi ? Je crois que je ne veux même pas savoir ce qui s'est passé.
- Tu serais dans l'obligation de faire un choix par la suite.
- Comme quoi ?
- Fermer ta gueule ou mourir.
- Putain, fait chier. Je ne veux pas retourner en taule.
- Si tu ne déconnes pas, tout ira bien.
- Pourquoi je t'ai laissé monter dans ma caisse ?

Sa question à peine posée, la radio diffuse enfin les informations tant attendues par Ethan. Il se rend aussitôt du côté passager et s'installe sur le siège.
- Je crois que je vais quand même finir par apprendre ce que tu as fait ! Déplore Dany, une main posée sur le front.

Mesdames et Messieurs, l'information principale de la soirée est cette tragédie qui s'est déroulée cet après-midi. Un garde forestier, ainsi que la femme de son coéquipier ont été abattus chez eux, par arme à feu. Le mari est dans un état préoccupant d'après nos sources. C'est le voisin qui, alerté par des coups de feu, s'est précipité chez eux pour vérifier si les tirs

357

provenaient de la maison du couple. En voulant franchir le portail celui-ci a failli être renversé par un suspect au volant de la voiture de la femme du garde, celui-ci est toujours en vie mais dans un état grave. Le visage du suspect était dissimulé sous un masque de loup. Le voisin a appelé la police après être entré à l'intérieur de la maison et avoir découvert, ce qu'il décrit, comme un carnage d'une incroyable férocité. La voiture de la victime a été retrouvée il y a une heure à peine.

Le journaliste s'excuse auprès des auditeurs et marque une courte pause avant de reprendre avec de nouvelles informations qui viennent de tomber. Il annonce un nouveau massacre perpétré, une fois de plus, dans leurs belles forêts.

Un groupe de randonneurs a été sauvagement massacré par plusieurs individus d'après les informations qui nous parviennent à l'instant. Il y aurait un membre de ce groupe, un jeune homme d'une vingtaine d'années, toujours en vie, et quelqu'un d'autre, une femme dans la même tranche d'âge, dans un état critique elle aussi. Ils auraient été secourus de justesse par deux chasseurs. Les chasseurs ont également perdu un des leurs dans cette forêt à la triste réputation depuis ces dernières années. Les récits des témoins semblent irréels. Des jeunes gens totalement nus et portant eux aussi des masques de loups s'en seraient violemment pris à eux pour des raisons encore floues.

L'un d'eux, une femme précisément, a été abattue par un des chasseurs avant qu'elle ne tente d'achever le seul survivant du groupe qui se révèle être son propre frère, d'après les informations dont nous disposons pour l'heure. Cependant, d'après les éléments portés à notre connaissance, il y a de fortes probabilités pour que le fugitif soit celui aperçu au volant de la voiture volé appartenant, rappelons-le, à la femme d'un garde forestier, victime d'un crime atroce. Il est pour l'heure impossible de lier cette affaire à ce qui s'est passé ces dernières années dans cette région. Mais peut-être aurons-nous de nouvelles révélations sur ces événements passés, entourés d'un certain mystère pour certains, et dont l'enquête aurait été bâclée pour d'autres. Nous vous tiendrons au courant des nouvelles informations sur ce drame, au fur et à mesure que nous pourrons vous les rapporter.

Le journaliste enchaîne ensuite avec d'autres nouvelles moins lourdes. Dany est stupéfait par ce qu'il vient d'entendre.

- J'espère que tu n'es pas dans le coup putain ?
- Et si c'était le cas ? Tu ferais quoi ?
- Je n'en sais rien, merde. C'est de toi qu'ils parlent à la radio ? C'est ça les infos que tu attendais ? Oui ou non ?
- Non ! Répond Ethan qui ne veut pas effrayer Dany, plus qu'il ne l'est.

Il ne veut pas le lui révéler tout de suite en tout cas. Il pourrait avoir besoin de lui encore un peu se dit-il. Un peu de compagnie faite de chair et d'os ne lui fera pas de mal. Et puis, peut-être qu'il pourrait s'allier à lui en le travaillant doucement pour l'amener à cette idée. Une nouvelle meute pourrait naître de cette alliance. Ethan ne sait pas encore vraiment comment régirait Dany à l'annonce de cette perspective. Péterait-il un câble ? Resterait-il raisonnable et pourrait-il lui faire confiance ? Et plus tard, lui serait-il fidèle ? Autant de questions auxquelles il ne peut pas donner de réponses pour le moment.

Puis le journaliste parle d'une attaque à main armée dans une petite épicerie. Les deux braqueurs sont partis avec un petit butin d'à peine mille dollars canadien. Ethan annonce à Dany que, ça, c'était lui. Dany n'en croit rien. Il demande alors comment il s'est fait ces vilaines blessures. Ethan lui rappelle que, au moment présent, il est seul, d'où les blessures, suggère-t-il en espérant qu'il gobe cette histoire. Dany n'en rajoute pas et va s'installer sur la banquette arrière pour y passer la nuit du mieux qu'il peut et réfléchir un peu à tout ça. Il a compris qu'Ethan pouvait être dangereux, il ne sait pas à quel point, mais il sait qu'il vaut certainement mieux ne pas trop l'emmerder. Au passage il récupère les flingues.

Chapitre 22

Dany ne trouve pas le sommeil et Ethan encore moins. Il ne tient pas en place. Il fait les cent pas. De temps à autre il s'arrête pour fixer l'obscurité du sous-bois. Camille déambule tranquillement parmi les arbres lui faisant signe de l'index de la rejoindre. Pas de la rejoindre dans l'au-delà, mais plutôt comme au bon vieux temps. Dany n'a pas remarqué l'étrange manège d'Ethan. La jeune femme disparaît pour réapparaître près de la Mercury, invitant son cher amour à s'approcher. D'un geste de la tête elle désigne Dany dans la voiture.

- Quoi ? Qu'est-ce que tu veux ? Demande Ethan.

- Lui.

- Qu'est-ce que tu lui veux ?

- Fais-le !

- Non, je pourrais en avoir besoin.

- Pas lui, il ne t'apportera que des emmerdes. Il n'est pas comme nous.

- Tu n'en sais rien.

- Je ne le sens pas ce type.

La jeune femme se glisse dans la voiture et se contorsionne pour rejoindre Dany sur la banquette arrière. Il est sur le dos les jambes pliées, les genoux dirigés vers le ciel de toit légèrement déchiré par endroits. Elle s'installe sur lui le chevauchant. Ethan s'approche de la Mercury et observe par la lunette arrière ce qu'elle fait. Elle lèche l'oreille de Dany de la pointe de la langue, il n'a aucune réaction. Puis, elle lui lèche le cou pour, ensuite, délicatement le mordiller. Dany, qui ouvre les yeux, aperçoit une ombre derrière la vitre en train de l'observer.

- Oh mec tu fais quoi ? Qu'est-ce que t'as à me mater ?

- Faut qu'on se tire d'ici ! Assure Ethan qui semble agité.

- Quoi, maintenant ?

- Oui, plus on reste dans le coin plus on risque d'avoir des problèmes.

- Et tu veux qu'on fasse quoi ?

- On passe la frontière le plus vite possible !

- T'es dingue ? Avec tout ce qu'on trimballe on ne passera jamais ! On a quelques heures de route avant d'arriver à la frontière.

- On laisse tout ici !

- On a le temps d'y réfléchir, et puis t'es malade, je ne laisse pas mes bébés. Dit-il en désignant ses flingues. Ni mon herbe !

- On n'a pas le choix si on veut passer.

- On y pensera quand on approchera, et peut-être qu'on pourra tout de même passer avec tout ça ? !

- Si on est fouillé on ne passera jamais, je te le garantis.

Dany passe derrière le volant et démarre la Mercury. Ethan s'installe sur le siège passager, puis ils reprennent la route. Le bolide s'élance à vitesse modérée cette fois-ci, sur la route qui serpente au milieu de ces sombres géants. Ethan regarde à l'arrière un bref instant. Il y a Camille, ayant pris l'apparence d'un loup, une nouvelle fois, allongée sur la banquette.

- Je crois que je vais regretter de t'avoir embarqué ? ! Soupire Dany.

- Alors arrête-toi, laisse-moi et tire-toi. Je saurais très bien me débrouiller tout seul je te l'ai déjà dit.

- C'est ça ! On est au milieu de nulle part, là, au cas où tu n'aurais pas remarqué. Tu passeras peut-être la nuit, si tu ne te fais pas bouffer par un ours.

- Il m'est déjà arrivé de passer plus d'une nuit dans les bois !

- On va dire que je te crois.

- Tu fais bien. Tu t'arrêtes ?

- Non, on continue, c'est bon. Un peu d'adrénaline ne fait pas de mal.
- C'est ça.

Ils roulent jusqu'au lever du jour et s'arrêtent dans une petite ville, dont il n'a pas pris la peine de retenir le nom en entrant, et qui ne doit pas compter beaucoup d'habitants. Dany est épuisé. Ethan, quant à lui, reconnaît ce petit bled. Il l'a traversé à bord du bus qui a percuté et écrasé un animal dont il ne se souvient plus de quelle espèce il s'agissait, il sait juste que c'était un gros truc. C'est aussi dans ce bus qu'il a rencontré Laura, la danseuse, entre-autre. Ils s'arrêtent pour prendre un café et manger un bout. Ils entrent dans un petit bar restaurant, et Dany se dirige vers une table dans un coin au fond de la salle quand Ethan lui demande de se mettre près des baies vitrées. Il obéit, sans chercher à discuter. Ethan se rend dans les toilettes pour nettoyer ses blessures. Elles le brûlent et le tiraillent un peu. Il prend du papier toilette qu'il mouille et le presse délicatement sur ses plaies. Ça lui fait mal et il doit serrer les dents. Il nettoie ensuite le lavabo pour ne pas laisser de traces de sang, puis il balance le papier aux chiottes. Quand il retourne vers Dany, le café est déjà servi ainsi que des muffins et des donuts. Ethan pose son sac sur la chaise d'à côté.

- Il y a quoi dans ton sac ? Demande Dany. Ton butin ?
- Des bricoles.
- Comme quoi ?
- Putain, lâche-moi, sérieusement, tu me gonfles.
- Si tu veux que je te fasse suffisamment confiance pour t'aider il faut m'en dire un peu plus sur toi.
- S'il vous plaît, vous pouvez mettre les infos. Demande Ethan à la serveuse.

La femme qui doit avoir près de la quarantaine d'années, blonde, les cheveux courts, pulpeuse, lui répond qu'elle va allumer la radio.

- C'est terrible ce qui s'est passé hier ! Ajoute-t-elle.
- C'est sûr, dit Dany. Si ces tarés étaient tombés sur des types comme nous, ils n'auraient pas fait les malins, croyez-moi.
- Je reviens vous apporter la monnaie. Dit-elle en s'éloignant sous le regard pétillant de Dany qui en profite allègrement pour lui reluquer le cul lorsqu'elle tourne les talons.
- S'ils étaient tombés sur des types comme nous ? ! C'est bien ce que tu as dit ?

- Oui, s'ils étaient tombés sur nous ils en auraient bavé au moins.

- Dis lui aussi qu'on se trimballe avec des flingues et que tu es un putain de dealer, un vrai caïd qui tabasse les femmes ! Vas-y, fais-toi plaisir, lâche tout. Dis-lui d'où on vient et où on va !

- C'est bon, t'angoisse pas la vie, elle n'a pas compris tout ça simplement avec ce que je viens de dire.

- Déconne comme ça à la frontière et là tu peux être certain qu'on ne la franchira jamais. Et si c'est le cas, qu'on est coincé à cause de tes conneries, crois-moi que je te descendrais même si je dois me faire buter pour ça !

- Holà, c'est bon détends-toi !

La serveuse revient et la radio diffuse uniquement de la musique pour le moment. Elle rend la monnaie à Dany qui lui demande de s'approcher de lui. Elle avance, il lui fait signe de se pencher pour pouvoir lui glisser quelques mots à l'oreille. Ethan n'entend pas ce qu'il lui dit mais elle semble gênée. Puis elle retourne derrière le comptoir les joues rouges.

- Je crois que c'est dans la poche !

- De quoi tu parles ?

- Pas farouche celle-là, crois-moi !
- Laisse-la tranquille, tu crois vraiment que tu vas pouvoir faire quoi que ce soit avec cette nana ? Elle fait ce boulot pour faire bouffer ses gosses ou quelque chose comme ça, pas grand-chose de plus, alors laisse-la !
- Mais non.
- Franchement, elle ne m'a pas donné l'impression d'être sous le charme des conneries que tu lui as glissées à l'oreille.
- Mais si, tu sais bien comment sont les filles ? ! Peu importe qu'elles soient jeunes ou mûres, quand elles font mine de refuser ou de ne pas vouloir passer du bon temps avec un mec comme moi c'est qu'elles en meurent d'envie au fond d'elles. Et généralement je finis toujours par les baiser d'une manière ou d'une autre !
- En les tabassant par exemple ? !
- Qu'est-ce que t'y connais en femmes toi ?
- J'en ai peut-être eu moins que toi, mais ça a toujours été réglo, au moins, avec celles que j'ai eues.
- A quoi ça sert d'être réglo ? Et puis merde tu me gonfles là !

Dany se lève pour se rendre aux toilettes à son tour. Lorsqu'il passe devant la serveuse il lui fait un clin d'œil mais elle l'ignore et n'ose même pas lever la tête pour regarder où il se dirige. Ethan est alors pris d'une pulsion qu'il connaît bien. En regardant la porte des toilettes il voit Camille qui s'engouffre à l'intérieur avec son déhanchement irrésistible habituel. Avant de refermer la porte elle fait signe à Ethan de la rejoindre. Il s'imagine alors la suivre, il se voit à l'intérieur fracassant d'un grand coup de pied la porte derrière laquelle Dany est train de faire ses besoins, quels qu'ils soient. Camille se jette alors immédiatement sur lui et s'agrippe comme une enragée ne lui laissant pas l'occasion de pouvoir réagir. Elle le mord au cou et lui arrache un morceau de chair. Dany se relève et la balance avec rage à travers les chiottes alors que du sang gicle de sa blessure. Ethan lui flanque alors un puissant coup de pied qui le renvoie directement sur le trône. Il prend son flingue, glissé à l'arrière de son pantalon, et lui colle une balle dans la tête. Camille qui s'est relevée s'approche du cadavre et s'assoit à califourchon sur lui. Elle lèche avec délectation le sang qui dégouline sur la peau de Dany.

Puis la voix grave d'un journaliste à la radio sort immédiatement Ethan de son délire. Il se dit qu'il sera peut-être bien obligé de se débarrasser de lui à un moment ou un autre. Le journaliste annonce le sommaire du journal qui sera essentiellement consacré aux terribles événements ayant entraîné la mort de nombreuses personnes. Il annonce ainsi que le garde forestier retrouvé chez lui est toujours dans un état grave et que la jeune femme qui faisait partie du groupe de randonneurs sauvagement attaqués, vraisemblablement, par le même individu, est décédée. Il annonce, ensuite, quelques éléments nouveaux. Le fugitif, aperçu par le voisin du garde forestier, est bien le même homme qui a été mis en fuite par des chasseurs. Le plus jeune des chasseurs a d'ailleurs affirmé avoir tiré sur le suspect et certifie l'avoir touché. Il serait blessé, d'après lui. Mais, ni lui, ni le voisin du garde, ne peuvent donner de descriptions précises sur ce dernier, puisqu'il portait un masque de loup ou de loup-garou. Pour l'instant ce sont les seules certitudes dont disposent les journalistes.

D'après ce qu'a révélé le seul survivant du groupe comptant sept personnes dont six sont décédées, ils seraient allés dans cette forêt au lourd passé pour se livrer à une sorte de tourisme morbide. Sur la route, ils ont croisé les deux gardes leur conseillant vivement de faire demi-tour. Bravant l'interdiction, ils se sont tout de même rendus dans ce triste lieu. Puis, d'après le jeune homme, les choses avaient dérapé lorsque l'une des leurs

369

était tombée d'une falaise. Les circonstances de la chute ne sont pas claires non plus à l'heure actuelle. Il pourrait s'agir d'un suicide, mais cela reste à confirmer. La jeune femme ne serait pas morte immédiatement. Le groupe aurait alors tenté de l'aider du mieux qu'ils le pouvaient et avec les moyens dont ils disposaient. C'est l'odeur du sang de la victime qui pourrait, par la suite, avoir attiré un ours qui l'aurait attaquée ne lui laissant aucune chance. Dans son récit encore un peu confus, l'unique survivant parle d'attaques sur les autres membres de son groupe par un homme masqué. Il affirme également que c'était sa propre sœur qui était sur le point de l'abattre à l'aide d'une machette, lorsque deux chasseurs sont arrivés sur le fait. L'un d'eux a fait feu sur la jeune femme l'empêchant ainsi de commettre un crime de plus. Les chasseurs qui ont été interrogés connaissent bien la région, ils connaissaient également les deux gardes forestiers abattus par le fugitif. Il semblerait qu'ils étaient déjà présents dans la forêt, pour chasser, lorsqu'un premier groupe de randonneurs avait disparu de façon mystérieuse et inquiétante il y a deux ans. Seuls les restes de l'un d'eux avaient été retrouvés par hasard par les deux gardes patrouillant dans le secteur. Ils affirment avoir rencontré et discuté avec ce nouveau groupe il y a quelques jours, près d'un ruisseau qui traverse les bois. Tout semblait aller pour le mieux d'après eux. Après quelques mises en garde et recommandations ils se sont séparés et ont fait route à part. Les trois chasseurs, le père accompagné de ses deux fils, ont pris des précautions supplémentaires sachant qu'ils n'étaient plus tous seuls. C'est à la suite de la découverte du corps démembré d'une des filles du groupe qu'ils ont compris qu'il se passait quelque chose de grave. Ils ont d'abord pensé à une attaque d'ours ou de loups. Puis ils se sont séparés pour rechercher les autres membres afin de leur venir en aide. C'est dans ces circonstances qu'un des trois chasseurs a été tué. Son corps a été retrouvé il y a quelques heures au bord d'une sorte de marécage ou de tourbière. C'est le père de la victime qui a fait feu sur celle qui était sur le point d'abattre le dernier survivant et seul témoin, à ce moment-là. Il ne s'est pas trop posé de questions lorsqu'il a fallu appuyer sur la détente. Il a vite analysé la situation, d'après lui, et a immédiatement compris l'urgence de la décision qu'il devait prendre. C'est le fils de cet homme qui a ensuite tiré sur le suspect en fuite lorsque celui-ci les visait avec le fusil de son propre frère. Les recherches continuent activement dans le secteur. Du sang du fugitif a été retrouvé dans la maison du garde forestier ainsi que dans le véhicule de service. Il semblerait que le suspect, encore inconnu, ait été transporté dans ce même véhicule. D'autres traces de sang ont été retrouvées dans la voiture découverte il y a quelques heures. Les analyses ADN seront certainement déterminantes pour connaître l'identité du suspect.

Dany sort enfin des toilettes et rejoint Ethan qui se lève aussitôt l'invitant à partir. Dany s'excuse auprès du jeune homme et se dirige vers la serveuse pour lui murmurer quelques mots de plus. Ethan sort le premier et doit patienter quelques instants. Dany arrive enfin et monte dans la voiture immédiatement suivit par Ethan qui semble nerveux. Il retire son sweat noir à capuche, le roule en boule et ressort du véhicule pour le jeter dans une poubelle située à quelques mètres à peine. Dany espère ne pas avoir compris les raisons de ce geste.

- Ça fait partie de ta description le sweat ? Demande-t-il lorsqu'Ethan est de retour dans la Mercury.
- Il fait chaud et j'ai envie de changer de fringues.
- Ok, et pour les traces de sang sur ton joli t-shirt bleu, tu vas faire comment ?
- Démarre et arrête-toi dès que tu vois une boutique de fringues.
- Ok ça marche.

La voiture démarre et ils font une centaine de mètres avant de repérer une boutique. Dany gare sa voiture à proximité.

Pendant qu'Ethan fouille dans son sac à dos pour en sortir deux billets de vingt dollars canadiens.

- Tu me prends ce que tu trouves. Ne t'emmerde pas avec des détails, fais au plus simple et plus rapide. La couleur je m'en fous. Ok ?
- Une marque préférée ?
- Non ! Fais comme je t'ai dit, merde.
- C'est bon.

Ethan patiente dans la voiture. Il a chaud et commence à trouver le temps long. Des piétons l'observent lorsqu'ils passent devant la Mercury. Il a peur qu'ils puissent voir les taches de sang. Alors que c'est tout simplement son apparence qui les intrigue. Ils se demandent peut-être s'il n'est pas en train de voler quelque chose dans la voiture. Dany ressort du magasin cinq minutes plus tard. Par la fenêtre du côté passager, il donne un sweat gris foncé et un t-shirt noir à Ethan. Ensuite il se met au volant de son bolide et démarre aussitôt.

- On va se prendre une chambre. Annonce Dany.
- Quoi ? Tu n'es pas sérieux?
- Si, si. Tu vas te nettoyer un peu, tu fais trop crado mon pote. On dirait vraiment un clodo avec tes cheveux dégueulasses et ta barbe pourrie. Enfin, ce que je veux

373

dire, c'est que si tu veux te faire discret faut t'arranger
un peu ?!
-   On ne traîne pas alors.

Dany arrête sa voiture sur le parking du dernier hôtel
qu'ils trouvent en périphérie de la ville. Le petit hôtel qui ne paye
pas de mine mais qui fait souvent l'affaire pour une nuit. Les
deux hommes entrent dans le hall, la moquette au sol aurait bien
besoin d'être changée et les murs ont également besoin d'un bon
coup de peinture. Tout, du sol au plafond, est dans les tons
marron/beige, clairs et terriblement ternes. La seule chose qui
contraste avec cet environnement nauséeux est le type qui les
attend patiemment à l'accueil. Un jeune homme d'une vingtaine
d'années affichant un sourire jusqu'aux oreilles et rasé de près.
Peut-être est-il enfin content d'accueillir des clients. Une sorte de
délivrance après avoir attendu de nombreuses minutes, ou heures,
sans que personne ne daigne franchir le seuil de la porte. Sa tenue
est impeccable, sa chemise blanche est parfaitement repassée, sa
coupe de cheveux est à l'image de sa tenue, impeccable et
parfaitement lisse.
-   Vous désirez ?
-   Dis-donc mon pote, t'as vu où tu es ?
-   Pardon ?

374

- Je veux dire, regarde autour de toi. Dit Dany en désignant le sol et les murs défraîchis. Qu'est-ce que tu fous ici sapé comme ça ? Ça ne colle pas. Quelque chose m'échappe…
- Je ne comprends pas Monsieur ?! Vous désirez une chambre ? Deux chambres ?
- Holà, on se calme. Ce n'est pas ce que tu crois.
- Je ne crois rien Monsieur, je vous demande simplement ce que vous désirez comme chambre. Je ne suis pas payé pour croire ou penser quoi que ce soit sur nos clients rassurez-vous. Tente de plaisanter le jeune homme.
- Une chambre, avec deux lits, fera l'affaire. Termine Ethan.
- Très bien Monsieur. Dit le jeune homme en décrochant des clefs sur le mur sous le numéro dix.

Dany ressort aussitôt de l'hôtel pour récupérer des affaires dans le coffre de la voiture. Il revient rapidement et dit à Ethan qu'il a une trousse de toilette dans laquelle il aura de quoi se raser et se laver les cheveux, et même les couper s'il le souhaite.
- J'ai du mal à croire que tu es du genre à avoir une trousse de toilette. S'étonne Ethan.

375

- Qu'est-ce que vous avez tous aujourd'hui ? Putain, que ce soit bien clair, j'aime les chattes ! S'exclame-t-il à voix haute, de façon à ce que le garçon de l'accueil l'entende clairement aussi.
- C'est bon, ne fait pas de scandale s'il te plaît.
- T'as bien besoin d'une trousse de toilette, sans déconner, tu fais grave crasseux mec ! Tu me remercieras plus tard.

Les deux hommes entrent dans la chambre numéro dix et ils constatent que l'intérieur est à l'image de l'hôtel. Vieillot, démodé, terne. Cela n'empêche pas Dany de se jeter sur un des deux lits, celui qui se trouve le plus proche de la fenêtre. Il balance sa trousse à Ethan qui la rattrape sans difficulté. Il l'ouvre pour fouiller un peu son contenu. Il se rend ensuite dans la salle de bains pour prendre une bonne douche. Il ne s'éternise pas sous l'eau. Il se place devant le miroir au-dessus du lavabo éclairé par un petit néon. Du mouvement sous la douche attire soudain son attention. Camille. Humide et les cheveux collés sur son visage. Du doigt, elle lui fait signe de la rejoindre. Il lui dit qu'il n'a pas le temps pour ça. Elle disparaît. Il essuie la buée sur le miroir et prend les ciseaux, il se taille la barbe, puis les cheveux avant de se raser au plus près. Quand il ressort il est méconnaissable. Dany n'en revient pas.

- Putain de merde, il y avait un beau mec sous cette crasse !
- Ah oui ?!
- T'es mieux comme ça. On va en faire tomber des nanas tous les deux. On sort ce soir, obligé on sort.
- Oublie-moi pour ce soir.

Ethan s'allonge sur un des lits en disant à Dany qu'ils ne doivent pas trop s'éterniser ici. Ethan reconnaît intérieurement qu'il a besoin de se reposer un peu. Dany, lui, a d'autres ambitions, il veut sortir. Il n'a pas envie de passer son temps dans cette vieille chambre. Ethan allume la télévision accrochée au mur en face des lits. Au moins ça de récent dans cet hôtel ! Il zappe de chaîne en chaîne. Il cherche une chaîne sur laquelle il y a les informations. Ne trouvant rien d'intéressant il finit par tomber de fatigue et s'endort rapidement. Dany en profite pour sortir en douce.

Chapitre 23

Dany arrive en trombe dans la chambre d'hôtel dans laquelle Ethan dort toujours. Il est évidemment réveillé en sursaut par cette entrée fracassante.

- Il ne faut pas qu'on traîne dans le coin. S'affole Dany.
- Qu'est-ce qui se passe ?
- Je suis sorti pendant que tu dormais.
- Et donc ?
- Je suis allé voir la serveuse. Tu sais, celle qui me plaisait tant ?
- Oui et alors ? Tu as déconné, c'est ça ?
- C'est parti en vrille.
- Développe !
- J'ai attendu qu'elle sorte du resto après son service de midi et je l'ai abordée. Je lui ai proposé de la raccompagner chez elle mais elle ne voulait pas, elle habite à peine à cinq minutes.
- Ok, et c'est à quel moment que ça part en vrille ?
- Je lui ai dit que ça ne me dérangeait pas de marcher un peu. Alors on a marché jusque chez elle. Elle n'a pas voulu que j'entre. Je lui ai dit que ce n'était pas sympa

et tout et tout, elle a fini par accepter. La nounou qui gardait ses mômes est partie, une vieille peau, et on est resté tous les deux dans la cuisine.

- Abrège ! Tu as déconné à quel point ?
- On était dans la cuisine et je lui ai dit que je n'étais pas là uniquement pour boire un verre. Tu vois toi aussi ce que je voulais dire ? C'est clair non ?! Elle m'a dit que c'était un café et rien d'autre, et moi quand une femme me dit ça, c'est évident, c'est un oui à peine masqué. Alors je l'ai attrapée de force, elle gueulait et se débattait, je lui ai balancé deux ou trois tartes dans sa gueule, les mômes ont rappliqué, ils criaient aussi. J'ai été obligé de les calmer en leur distribuant des claques. J'ai ensuite dit à leur pute de mère que je défoncerai ses gamins si elle ne restait pas tranquille.
- Prends tes affaires et on se tire d'ici vite fait. Quel connard tu fais ! Je t'avais dit qu'on devait se faire discret ! Non ? Et toi tu ne trouves rien de mieux que d'agresser une femme et ses enfants ?!
- Mais elle en avait envie je te jure ! Affirme Dany à Ethan qui le fusille du regard.

Les deux hommes se rendent à l'accueil pour régler la chambre et se précipitent dans la voiture. Ils repartent en trombe. Ethan est furieux envers Dany. Il n'arrête pas de l'accabler de reproches, à cause de lui ils risquent encore plus de se faire serrer par les flics.

- Je ne crois pas. Dit Dany sur un ton qui se veut rassurant.

- Ah bon et pourquoi ?

- Je lui ai dit que si jamais elle allait voir les flics je ferai cramer sa maison avec elle et ses gosses dedans. Je lui ai fait croire que je la surveillerais de près pour le cas où. Révèle-t-il fièrement.

- Tu es vraiment trop con mon pauvre.

- Dis donc, le braqueur, tu n'as pas de leçon à me donner !

Ethan n'est pas rassuré pour autant. Il se demande, plus que jamais, s'il doit continuer sa route avec ce type. Il ne veut pas se faire serrer bêtement à cause d'un mec dans son genre. Elle est où la gloire dans ce qu'il fait ? Se demande-t-il. Quelle fierté il en retire ? Ils n'ont pas les mêmes ambitions, les mêmes envies, les mêmes délires.

Ils rouleront pendant une bonne demi-heure, sans qu'Ethan s'en rende compte tant il est absorbé par ses pensées.

- Oh mec, tu dors les yeux ouverts ? Regarde-moi ce petit cul qui se profile à l'horizon. Lui annonce Dany tout sourire aux lèvres et les yeux pétillants.

Ethan sort de ses pensées et distingue une silhouette qui se dessine à quelques centaines de mètres à l'avant, sur le bas-côté. Une femme, une blonde en jean taille basse et top blanc, qui fait du stop à en juger par le pouce qu'elle tend dès que le bruit du moteur s'est approché d'elle.

- Ne t'arrête pas, trace la route. Suggère Ethan d'un ton détaché.
- Quoi ? T'es con ou quoi ?!
- Continue ! Tu as assez fait de conneries comme ça. Dit-il d'un air sérieux.
- C'est bon, je serai sage comme une image, tu n'auras qu'à me surveiller !
- Continue. C'est clair ? S'agace-t-il.

Dany, contrarié, accélère, et dépasse la jeune femme à toute vitesse dont le majeur remplacera magistralement son pouce tendu. Ethan jette un rapide coup d'œil au rétroviseur intérieur et ordonne soudainement à Dany de stopper la voiture. Celui-ci s'exécute aussitôt en appuyant de toutes ses forces sur la pédale des freins. Les pneus de la Mercury crissent sur le bitume. Il est ravi par ce subit changement d'avis. La jeune femme marque un temps d'arrêt. Pendant un court instant elle se demande si son majeur tendu ne risquait pas fortement de lui valoir des ennuis. Ethan sort alors de la voiture, pour la rassurer dans un premier temps.

- Putain de merde, qu'est-ce que tu fais dans le coin ? J'étais persuadée de ne jamais te revoir ?! Prétend la jeune femme surprise.

- Moi de même. Affirme Ethan. J'aurais dû reconnaître ton petit cul de loin.

- Tu ne l'as peut-être pas assez pratiqué pour ça ?! Suppose Laura esquissant un petit sourire malicieux.

- Moi non plus je n'aurais jamais pensé trouver une aussi jolie jeune femme seule sur la route en train de faire du stop ! Vous vous connaissez ? Demande Dany qui les avait rejoints, agréablement surpris. Sérieusement, vous vous connaissez ? C'est du délire.

- Oui, alors on reste calme ok ?! Dit Ethan, pas certain que le message soit passé.

- Moi c'est Laura et toi ?

- Dany. Enfin, mon prénom c'est Daniel mais tout le monde m'appelle Dany. Putain mec, tu m'avais caché que tu connaissais des canons dans le coin. Lui dit-il d'un air enjoué et les yeux emplis d'excitation.
- Tu restes tranquille ok ?! Ordonne à nouveau Ethan d'un ton autoritaire, espérant que Dany comprenne distinctement le message qu'il tente encore de faire passer cette fois-ci.
- C'est chasse gardée ? Plaisante Dany.
- Ta gueule et retourne dans la voiture !

Dany s'empresse de remonter dans la Mercury Cougar et démarre le moteur. Ethan et Laura le rejoignent peu après. Laura s'installe à l'arrière. Dany fait patiner les pneus de sa voiture pendant quelques secondes pour impressionner la jeune femme plus qu'autre chose. Parce que, bon, il faut bien l'avouer, ça ne sert pas à grand-chose d'autre !

- Et ça marche sur les filles ce genre de truc ? Demande Laura une fois que la voiture s'est élancée.
- Elles adorent ça, enfin d'habitude… Avoue Dany.
- Il ne leur en faut pas beaucoup à ces filles-là ! Mais ce n'est pas mon genre, il m'en faut plus que ça pour m'impressionner. N'est-ce pas Ethan ? Alors ne te

fatigue pas pour moi. Dit-elle en esquissant un petit sourire moqueur.

Ethan ne répond pas, il se contente de lui jeter un rapide coup d'œil. Mais cela est suffisant pour qu'il remarque la présence de Camille près de Laura. Elle dévisage Laura tout en lui caressant délicatement les cheveux. Laura ne se doute de rien mais elle a eu le temps de capter le regard d'Ethan qui, un court instant s'était attardé à côté d'elle, l'air surpris, intéressé par elle ne savait pas trop quoi. Ethan se retourne à nouveau et voit Camille en train de renifler le visage de Laura, ses joues, ses oreilles, ses lèvres.

- Au fait, c'était comment avec elle ? Demande Camille.
- Arrête s'il te plaît. Répond Ethan.
- Eh oh, je suis là si tu veux parler. Lui dit Laura.
- Ne t'inquiète pas, ça lui prend de temps en temps. Au début ça fait bizarre, mais à la longue on s'y fait. Finalement, j'ai l'impression de mieux le connaître que toi. La taquine Dany. Et toi ? tu vas où ?
- New-York.
- Comme nous, c'est cool ! Sourit Dany. On ne sera pas trop de trois pour passer la frontière.
- Ah bon ? Et pourquoi ?

- Pour rien. Il a trop l'habitude d'ouvrir sa grande gueule. Lance Ethan sur la défensive.
- Elle connaît ton… « boulot » ? L'interroge Dany.
- Bûcheron, c'est ça ? Ou quelque chose dans le genre ?! Pense savoir Laura.
- C'est ce qu'il t'a dit ? Ironise Dany en étouffant un rire.
- Dany ferme ta gueule, c'est la dernière fois ! Dit Ethan en plongeant sa main droite dans son sac à dos qu'il ne lâche pas.
- On se calme les garçons. Il y a un risque à la frontière à cause d'un de vous deux ? S'inquiète Laura.
- Non. Affirme Ethan d'un ton sûr.
- Alors, ce que vous faites, je m'en balance. Annonce-t-elle en souriant.

Dany sachant qu'Ethan n'est pas du genre à plaisanter quand il se fait menaçant n'insiste pas. Il n'a pas envie qu'il le force à s'arrêter et lui mette une balle dans la tête sur le bas-côté. Ou alors, il est bien capable de lui tirer une balle sans même attendre qu'il s'arrête. Il lui a déjà prouvé qu'il pouvait l'abattre tout en roulant sans aucun problème. Dany annonce timidement qu'il va devoir faire le plein. Ces vieilles bagnoles avec leur gros moteur V8 sont de véritables gouffres.

385

- Eh regarde c'est là que tu as tué l'animal qui était coincé sous le bus. Dit Laura en montrant rapidement le rebord de la route qu'ils viennent de dépasser.
- Il a fait quoi ? Demande Dany.
- On était dans le même bus, on ne se connaissait pas encore, le chauffeur n'a pas pu éviter ou n'a pas vu, je ne sais plus, un animal qui était sur la route. Le bus lui est passé dessus et le type a mis un grand coup de frein. Et le truc, c'était quoi comme animal ? Tu sais ce que c'était ? Demande Laura à Ethan. Enfin le machin est resté coincé sous le bus et ils flippaient tous pour le sortir de dessous. Il était encore en vie. C'était dingue. Ethan a dû l'achever pour le sortir de dessous. N'empêche que tout le monde était choqué, moi aussi, mais soulagée, sinon on y serait resté des heures je pense !

Dany trouve rapidement une station-service. Il immobilise sa Mercury près d'une pompe, et ils descendent tous du véhicule. Laura demande en douce à Ethan si ça ne lui rappelle rien. Il acquiesce. Elle lui murmure ensuite s'il a envie de remettre ça. Il paraît hésitant, ce qui surprend Laura. Elle lui demande si quelque chose ne va pas.

- Je vais encore être obligée de te tirer les vers du nez ? J'espère que ce n'est pas à cause d'Anita ? Tu sais, elle n'est pas du genre à attendre un mec qu'elle a « croisé » un soir, donc ne t'inquiète pas pour elle.
- Je ne m'inquiète pas pour elle. Lui dit-il sèchement.
- Alors qu'est-ce qui t'empêche de me suivre, là, à nouveau ?

Le regard d'Ethan se porte derrière la jeune femme. Camille se déhanche et fait signe à son amant de la suivre. Il suit Camille sans prêter attention à Laura qui s'imagine, à cet instant, qu'il a finalement accepté son invitation. Elle lui emboîte alors le pas et le suit à son tour. Tous les « trois » se dirigent vers les toilettes. Pas de surprise là encore, des chiottes dégueulasses!

Dany, fait le plein et va régler le montant indiqué sur la pompe. Il paie et traîne un peu pour patienter en attendant Laura et Ethan. Il est loin de s'imaginer ce qui se passe dans les W.C. ! Un « trio » diabolique en plein ébat. Il se tient à la sortie, espérant que ce soit Laura qui sorte la première. Il compte bien lui sauter sur le poil et en profiter pour capter son attention, pour lui faire un peu de rentre-dedans. Malheureusement, c'est Ethan qui sort le premier suivit par Laura. Dany entrouvre la porte et scrute l'intérieur des toilettes. Un seul trône et un seul lavabo ! « Bande

d'enfoirés » murmure-t-il dans un soupir de profonde déception.
Il suit du regard le couple qui s'éloigne en l'ignorant totalement.
Tout le monde remonte enfin dans la voiture.

- Ça va ? Ou plutôt, ça va mieux les amoureux ? Lance
  Dany en grinçant des dents.
- Oui, ça fait un bien fou ! Lui lance Laura tout en lui
  tendant son majeur.
- Si tu m'avais connu avant, je t'aurais tellement rendue
  dingue que tu ne serais jamais allée avec ce tocard !
  S'amuse Dany.
- Tu ne serais pas à la hauteur mon grand. Lui répond
  Laura agacée.
- Tente ta chance chérie…
- Ne t'y risque pas ! Lui ordonne Ethan le regard noir.

Ils roulent jusqu'en début de soirée. Laura et Dany
s'étaient envoyés quelques pics de temps en temps. Pour Laura
c'était plus pour tuer le temps qu'autre chose, face au mutisme
d'Ethan. Ils traversaient un paysage assez désertique quand une
maison qui semble abandonnée retient l'attention d'Ethan. Elle
parait d'ailleurs plus en ruines que simplement à l'abandon. Ethan
sort de son mutisme et demande à Dany de faire demi-tour et de
s'arrêter près de la maison. Elle se situe au milieu de nulle part.

Seuls des champs à perte de vue l'entourent. Aucune autre habitation aux alentours. Ethan propose à Dany de mettre la voiture à l'arrière de la maison, à l'abri des regards.

La maison à un étage est en bois, la peinture est complètement écaillée, par endroits la boiserie est à nue. Les vitres aux fenêtres sont brisées. Elle a certainement déjà été visitée à de nombreuses reprises. Ils espèrent qu'elle n'est pas habitée par un, ou plusieurs squatteurs. Ils entrent silencieusement par une des fenêtres qui donne sur l'arrière-cour où est garée la Mercury. Cette arrière-cour est à l'image de la maison. Délabrée, en friche, excepté le chemin qui y mène. Il y a un vieux poulailler qui ne tient plus debout. La moitié effondrée plonge dans les broussailles. Dany fait remarquer que la maison aurait très bien pu servir de plateau de tournage à des films comme « Massacre à la tronçonneuse » ou bien encore « Psychose ». Laura n'est pas rassurée à l'idée de passer la nuit là-dedans. Ethan en rajoute en disant que les créatures les plus cruelles et réelles sont bel et bien humaines. Face à des êtres déterminés et supérieurs physiquement et mentalement, le commun des mortels n'a que peu de chance de s'en sortir vivant.

- Et tu penses être à la hauteur ? Lui demande Dany.
- Et toi ? Lui rétorque Ethan.
- À main nue, c'est clair ! Affirme Dany.

- C'est bon les coqs, arrêtez de faire les gros bras et de jouer aux durs à cuire. Souffle Laura. Contentez-vous de me protéger s'il le faut, ce serait déjà pas mal.
- Ne t'inquiète pas ma beauté, je vais veiller sur toi ! Lui annonce Dany en bombant le torse. Je ne vais pas te quitter des yeux.
- Ne t'approche pas d'elle. Menace Ethan.

Le trio fait une inspection rapide de la maison, du rez-de-chaussée à l'étage, histoire d'être certains de pouvoir y passer la nuit, et surtout de s'assurer qu'il n'y a pas d'habitants. Enfin, ils décident qu'ils passeront la nuit au rez-de-chaussée. Ce sera plus simple et plus rapide s'ils doivent détaler à toute vitesse comme le suggère Ethan. Dany et Laura auraient préféré passer la nuit à l'étage. Ils l'ont trouvé moins délabré et il y a aussi moins de saloperies qui jonchent le sol.

En bas, Laura a trouvé des cadavres d'oiseaux, de rats, ainsi que celui d'un raton laveur. Elle ne comprend pas pourquoi elle est la seule à tomber dessus d'ailleurs. Dany lui répond, dans le but de lui foutre la trouille, que c'est certainement un présage, un mauvais présage bien évidemment. Il surenchérit en affirmant qu'elle sera certainement la première à trépasser, et cela avant la fin de la nuit. Ethan reste silencieux. Il sait qu'aucun des deux ne

390

s'en sortirait face à un prédateur comme lui. Ni même un visiteur inopportun qui tenterait de s'en prendre à eux pendant la nuit. Il dormira d'un seul œil cette nuit, comme souvent. Il n'a, de plus, aucune confiance en Dany, surtout depuis la présence de Laura. Il a l'intuition qu'il est devenu le rival à éliminer pour avoir la belle. Il sait également encore mieux que quiconque, que Dany pourrait très bien disjoncter et s'en prendre à elle. Il va devoir être extrêmement vigilant. Il ressent de l'électricité dans l'air et tous ses sens sont en alertes. Comme au bon vieux temps, lorsque lui et ses compagnons de chasse ne pouvaient, et ne devaient pas relâcher l'attention le moindre instant sous peine de se faire surprendre et de se faire avoir. Même envers ses propres partenaires de chasse, il se devait d'être vigilant puisque certains caressaient l'idée de devenir chef de meute et de posséder sa « femelle ».

Ils s'installent donc au rez-de-chaussée dans ce qui devait certainement être le salon. Il n'en reste pas grand-chose. Le seul objet qui laisse penser que c'était le salon ce sont les restes d'un fauteuil en tissu complètement pourri et éventré, seule la structure tient encore debout. Il trône au milieu de la pièce. Ethan et Dany écartent la vaisselle cassée qui tapisse le sol. Des papiers de biscuits, des canettes de bières en aluminium écrasées, du papier toilette, de la poussière, des tonnes de poussière, des vieux journaux, des bougies quasiment consumées posées sur le sol. Cinq bougies, et sous la poussière, un pentacle dessiné à la bombe de peinture noire.

- Voilà qui est intéressant et qui pourrait bien annoncer le programme de la nuit ! S'amuse Dany en déblayant les déchets poussiéreux qui cachent la dernière partie du pentacle.

- Tu ne vas pas me dire qu'un grand garçon comme toi croit à ces conneries ! Se moque Laura.

- Pourquoi pas ?! Toi non ?

- Pas vraiment. J'aime bien regarder les films d'horreurs qui parlent de trucs démoniaques ou bien lire des trucs dans le genre, mais de là à y croire…

- Tu devrais pourtant. Moi j'ai vu des trucs de fou, je te jure !

- On s'en branle ! Dit Ethan.

- Toi non plus tu n'y crois pas ? Demande Dany.

- Non. Comme je vous l'ai dit tout à l'heure, ce sont les Hommes dont il faut se méfier et avoir peur, pas des croque-mitaines.

- Mais alors pourquoi tant de personnes y croient ? Regarde, là, sous tes pieds.

392

- Regarder quoi ? Un truc fait à la bombe, et des bougies ? Et le diable va s'en prendre à nous, c'est ça ? Tu crois que le diable, cet être si puissant soi-disant, resterait là, seul comme un con à attendre qu'une bande de glands viennent se faire trucider ?
- Peut-être ?!
- Pour le moment le seul qui m'inquiète ici, c'est toi ! Annonce Ethan.
- Je pourrais en dire autant ! Ajoute Dany.
- Holà, on se calme les garçons. Ça veut dire quoi tout ça ? Il y a quelque chose que je dois savoir à votre sujet ? Après tout je ne sais pas grand-chose sur vous deux. J'en sais un peu plus sur Ethan, mais pas sur toi.
- Ne t'approche pas de lui. Dit Ethan pour la mettre en garde.
- Je pense que tu ne sais pas grand-chose sur lui non plus, en fait. Dit Dany. Tu sais qu'on parle de lui à la radio ?
- Ta gueule ! Ordonne Ethan.
- Comment ça ?
- Tu vois, j'attise enfin ta curiosité. Je pense que le seul truc que tu connais de lui c'est la taille de sa bite.

- Connard ! Lui lance-t-elle. Ce n'est pas faux, mais en tout cas je suis presque certaine qu'elle est plus grosse que la tienne.
- Tu veux y goûter poupée ?
- Là, tout de suite ? Non merci, ça va aller. Je sais aussi qu'il n'hésite pas à faire ce qu'il faut pour se sortir de certaines situations…
- Ok, alors tu sais ce qu'il a fait ? Tu étais avec lui pour le braquage ? Tout s'explique maintenant. Ou presque. Vous vous êtes séparés après le braquage et vous vous êtes donnés rendez-vous sur la route. C'est pour ça que vous vous connaissez en fait.
- Un braquage ? Quel braquage ? De quoi il parle ce clown ? Ethan ?
- Laisse tomber s'il te plaît. soupire Ethan en plongeant sa main droite dans son sac à dos.
- C'est bon, on s'en fout de ce que tu as fait mon pote. Dit Dany tout en riant jaune en voyant Ethan prêt à sortir son arme du sac à dos. Je déconne, c'était juste pour mettre un peu d'ambiance.
- C'était complètement nul ! Au fait Ethan, Karl est mort ! Annonce-t-elle.
- Karl ? Demande-t-il.

394

- Le videur du pub où je bosse. Il a été tué chez lui. Les flics ont retrouvé son corps dans le coffre de sa voiture qui était dans le garage de sa maison. Il a été attaqué à la machette et abattu d'une balle dans la tête. Ça ne te dit rien ? Une machette... Ajoute-t-elle d'un air suspicieux.
- Je ne suis quand même pas le seul à me trimballer avec une machette au Canada ? Si ?
- Non, mais toi et Karl ne sembliez pas être sur la même longueur d'ondes. Je ne pense pas que vous auriez passé de longues soirées ensemble à siroter des bières en regardant un match de football américain. Vous étiez prêts à vous foutre sur la gueule au club.
- Et ça fait de moi son assassin ?
- Non, mais bon...
- Si tu avais des soupçons me concernant, pourquoi t'es montée avec nous dans la voiture tout à l'heure ?
- Parce que j'en avais plein le cul de marcher ! Et t'as fait quoi depuis tout ce temps ? Tu es tout maigre.
- Maigre et sacrément blessé ! Montre-lui tes blessures de guerre. Annonce Dany.
- Continue de me casser les couilles et je te fais bouffer les tiennent ! Menace Ethan.

395

- T'es blessé ? Demande Laura.
- Oui mais ce n'est pas trop grave. Tente-t-il de la rassurer.
- Montre-moi ça. Réclame Laura.

Ethan lui montre ses blessures. Laura écarquille les yeux. L'une d'elles est soignée et recousue tandis que l'autre, celle à la cuisse, ne l'est pas. Même si elle n'était pas très profonde, quelques points n'auraient pas été du luxe. Elle lui assure qu'il faut les nettoyer. Ethan répond qu'ils doivent se rendre à la voiture. Arrivés tous les deux près du véhicule, il récupère un vieux chiffon et une bouteille d'eau qui traînaient sur le siège arrière. Laura s'assoit sur le siège passager tandis qu'Ethan enlève son t-shirt. Elle fait couler un peu d'eau sur les plaies et les tamponne délicatement afin de ne pas attiser la douleur.

- Comment tu t'es fait ça ? Demande-t-elle tout en redoutant la réponse.
- Ne t'occupe pas de ça s'il te plaît.
- Pourquoi ?
- Si la réponse ne te convenait pas ?
- Je m'en fous, on fait tous des conneries.
- Et si ce qu'il a dit est vrai ? Si j'avais vraiment fait un braquage ?

- Tant pis, je continue quand même avec vous. Ma vie c'est de la merde de toute façon. Ça mettra un peu de piquant. Tu as tué quelqu'un ? Lui demande-t-elle la voix légèrement tremblante.

Ethan se penche et l'embrasse pour éviter d'avoir à répondre. L'attirant hors du véhicule ils s'étreignent fougueusement sans remarquer que Dany les observe depuis une des fenêtres du rez-de-chaussée. Laura déboutonne le pantalon d'Ethan pendant qu'il fait de même avec le sien. Puis il la soulève alors qu'elle s'agrippe fermement en enroulant ses cuisses autour de ses hanches. Il l'amène jusqu'à l'avant de la Mercury et la dépose sur le capot. Il lui retire sa culotte sans ménagement. Dany fulmine dans l'obscurité. Il rage de ne pas être à la place d'Ethan. Il bouillonne de ne pas être en train de baiser cette petite salope murmure t'il. « Qu'est-ce qu'il a de plus que moi ce tocard ? Je vais lui montrer à cette pute si j'ai une petite bite ! Je vais la rendre dingue, elle aura mal mais en voudra encore et encore ! ». Puis le couple retourne dans la maison lorsqu'ils ont terminé leur affaire. Dany est retourné dans ce qu'ils supposent être l'ancien salon de la demeure.
- Tu nous as matés en train de baiser ? Demande Ethan.

- Qu'est-ce que ça peut foutre ? C'est toi qui la baisais, pas moi...
- Dites les mecs, je suis présente ! S'agace un peu Laura.
- Les trucs à trois, t'as déjà tenté ? Se risque à demander Dany.
- Oui, mais remballe ta queue parce que ça n'arrivera pas ce soir

Avant de passer la nuit dans la maison, Ethan décide de piéger les entrées et les fenêtres. Il va se servir de bouts de ficelles et de vieilles boîtes de conserve ainsi que des canettes de bières pour confectionner des dispositifs d'alarme. Il tend les ficelles aux portes, suffisamment bas au cas où quelqu'un pénètrerait dans la maison, il se prendrait les pieds dedans, ferait s'entrechoquer les conserves et les canettes entre-elles, ce qui réveillerait le petit groupe. Puis ils se posent par terre après avoir allumé les restes de bougies, et grignotent des trucs que Laura avait dans son sac. Des biscuits et des chips. Une fois le frugal repas englouti, ils décident de tenter de dormir un peu. Laura se sert d'Ethan comme oreiller. Dany utilise son sac.

Chapitre 24

Dany se réveille dans la nuit aux alentours de trois heures du matin et s'avance discrètement auprès de Laura qui dort à poings fermés. Il la secoue doucement espérant qu'elle ne sursaute pas, ce qui réveillerait Ethan. Elle ouvre difficilement les yeux et ne comprend pas pourquoi il la réveille en pleine nuit. Il prétend ne pas avoir réussi à trouver le sommeil et en a profité pour explorer un peu mieux la maison. Il lui révèle avoir vu quelque chose d'incroyable à l'étage et lui demande de le suivre afin qu'il lui montre sa découverte. Il affirme qu'il s'agit d'un truc inouï qui vaut un max de blé. Elle demande pourquoi il ne veut pas en faire part à Ethan aussi.

- Il a déjà le butin de son braquage dit-il à voix basse. Et je ne crois pas qu'il désire le partager avec nous. Moi, ce que j'ai trouvé je t'en ferai profiter.
- Ok, c'est cool, mais c'est quoi ? Demande-t-elle méfiante.
- Un truc ancien qui traîne dans une des chambres et que personne n'a récupéré.
- T'es antiquaire ?

- Non, mais je m'y connais un peu en vieilleries. C'est vraiment dingue que personne ne l'ait embarqué depuis le temps !

Ils montent doucement à l'étage pour ne pas réveiller Ethan. Les escaliers vermoulus craquent un peu sous leur pas. Laura n'est pas très rassurée de monter là-haut de nuit et avec seulement une bougie pour les éclairer. Elle se cramponne à la rambarde pourrie tout en faisant attention de ne pas s'enfoncer d'échardes dans la main. La lumière vacillante donne l'impression qu'une créature fantomatique va surgir devant eux à chaque instant. Dany conduit la jeune femme dans la pièce la plus reculée de l'étage. Elle entre, et demande à Dany ce qu'il y a de si formidable dans cette pièce vide. En tout cas, il n'y a rien d'autre que le sac d'Ethan.

- C'est le sac d'Ethan ?
- Oui.
- C'est ça le truc formidable que tu dois absolument me montrer ?
- Tu n'imagines pas à quel point ! Affirme Dany.
- Explique.
- Regarde un peu dedans.

400

- C'est quoi ça ? Demande-t-elle en soulevant le vieux masque de loup-garou, le pistolet de Jack et le marteau à attendrir la viande.
- Ton pote qui dort tranquillement en bas est un psychopathe, une sale raclure de chiotte !
- Qu'est-ce que tu en sais ?
- Ils n'arrêtent pas de parler de lui à la radio et à la télévision. Il est recherché par la police. Il m'a fait gober le truc du braquage parce qu'il y a eu, effectivement aussi, un braquage. Mais lui et d'autres, enfin, je ne sais pas s'ils étaient plusieurs, ont tué plein de gens dans des montagnes.
- C'est quoi ces conneries ?
- C'est vrai, ça fait plusieurs années que ça dure.
- Et qu'est-ce qu'on fait ?
- Je vais m'occuper de lui juste après.
- Juste après quoi ?

Il lui assène un puissant coup de poing dans le ventre qui lui coupe instantanément la respiration. Elle tombe à genoux tentant de reprendre son souffle au plus vite afin de s'enfuir du traquenard dans lequel Dany l'a entraînée. Mais il ne lui en laisse pas le temps, il lui donne un grand coup de pied au visage. Laura s'écroule et se trouve à deux doigts de perdre connaissance. Tirant sur ses cheveux, il lui relève la tête et il plonge alors ses doigts dans sa bouche lui ouvrant grand l'intérieur des joues afin d'observer ses dents.

- Merde, je ne t'ai pas cassé les dents. Déplore-t-il. J'espère qu'il ne t'a pas trop saccagé le cul ton pote ? Parce que c'est par-là que je vais passer ma belle ! Mais bon, j'imagine qu'une salope dans ton genre doit en avoir vu d'autres ! Ça ne devrait être qu'une formalité. Si ça se trouve, t'es effectivement une de ses complices ?! En fait, c'est pas un hasard de t'avoir trouvée sur la route. Quel pied je vais prendre !

Il retourne la jeune femme sur le ventre sans difficultés et fait glisser sauvagement son jean sur ses cuisses. Il constate un peu déçu, qu'elle n'avait pas remis sa culotte après ses ébats de tout à l'heure. Il aurait tellement préféré la lui arracher. Mais il se dit, finalement, que ça lui fait toujours ça de moins à enlever, et qu'il aura ainsi plus de temps pour pouvoir profiter de Laura comme il l'imaginait depuis des heures.

Tandis qu'il s'acharne sur Laura, lâchant toute sa colère refoulée, il perçoit un craquement derrière lui. Il se retourne rapidement et esquive un coup de pied d'Ethan. Il se relève aussitôt et fait face à son assaillant. Il se moque complètement d'être là la bite à l'air. Il veut défoncer Ethan quoi qu'il arrive. Il finira Laura plus tard. Ethan parait incroyablement calme, contrairement à Dany, son regard dévoile de la détermination et quelque chose d'autre…

- On va bien voir si tu vas t'en sortir face à quelqu'un comme moi ? Lui lance Dany sûr de lui.

Ethan attaque en premier et Dany esquive de nouveau le coup. Il réussit même à lui coller un coup de poing. Le coup est léger puisqu'il ne le touche pas de plein fouet. Ethan riposte rapidement avec un coup de pied qui fait mouche et l'atteint à la poitrine. Dany s'écrase sur le cul mais il se relève d'un bond. Ethan ne veut pas lui laisser le temps de reprendre ses esprits et l'attaque une nouvelle fois avec un coup de poing. Dany lui bloque le bras et le frappe dans les côtes, à l'endroit même où il s'est pris un coup de couteau. La plaie s'ouvre et saigne. Puis Dany frappe à trois reprises sur la blessure par balle. Celle-ci s'ouvre aussi. Ethan, déstabilisé, se déconcentre suffisamment pour que Dany en profite et fasse pleuvoir les coups sur lui. Il se retrouve au sol, assailli par la douleur, incapable de parer les coups et incapable d'en donner pour se dégager. Pendant qu'il encaisse, il voit le visage de Laura ensanglanté. Elle a les yeux ouverts, elle est complètement effrayée et paralysée. Mais Ethan doit détourner le regard pour se protéger le visage du mieux qu'il peut. Il réussit à repousser Dany avec ses pieds. Il en profite alors pour reculer et se diriger aussitôt près de son sac à dos dans lequel il parvient à récupérer le marteau à attendrir la viande qu'il avait pris chez Jack avant sa fuite. Dany encaisse un grand coup de marteau à la mâchoire au moment où il se jette sur Ethan. Il s'étale au sol, essayant de hurler et tenant ses mains sur son visage. La mâchoire est brisée et lui déforme la face. Ethan rampe rapidement jusqu'à lui et lui fracasse le genou gauche avant de se relever et de lui lancer un coup de pied en pleine figure. Ensuite, il se dirige vers Laura. Celle-ci tremble et est en état de choc. Il regarde rapidement Dany et dit à Laura qu'elle n'a plus rien à craindre. Il souligne qu'il n'est probablement pas mort, mais que, en tout cas, il ne pourra pas l'approcher facilement avec un genou en miette. Il veut aider la jeune femme à se relever mais elle refuse d'être touchée. Elle se rhabille avec difficulté tant elle tremble. Dany se redresse un peu, alors Ethan lui envoie un dernier coup de pied au visage ce qui le cloue au sol.

- Tu veux le faire ? Ou c'est moi qui m'en charge ?
- De quoi ? Bredouille-t-elle.
- On ne va pas le laisser s'en tirer ?!
- Non.

Ethan ramasse le marteau et le tend à Laura. Il redresse le violeur, et l'assoit en se tenant derrière lui, un bras bien serré autour du cou. Il fait remarquer à la jeune femme qu'il a encore les couilles à l'air, lui suggérant ainsi de les broyer à l'aide de l'instrument de cuisine, le marteau. Sinon il lui propose de le tuer à l'ancienne, comme dans les abattoirs d'autrefois. Un grand coup sur la tête. Il pourra toujours le saigner, par la suite, en utilisant un bout de verre. Laura est secouée de spasmes. Les larmes lui brouillent la vue. Elle a du mal à distinguer le visage de Dany. Celui-ci est déformé par les coups. Ethan l'encourage encore une fois. Elle se souvient alors de ce que lui a dit Dany juste avant.

- Tu as déjà tué des gens ?
- Est-ce que ça changerait grand-chose en ce moment ? Tu n'as pas envie de lui faire payer ce qu'il t'a fait ? Si tu ne le fais pas je le ferai !
- Il m'a dit que tu avais assassiné plein de gens et que tu étais recherché.
- C'est important ? Je veux dire, là, maintenant, c'est vraiment important ? Dit-il d'un ton sec tout en serrant le cou de Dany qui commence à suffoquer.
- Pourquoi il m'a fait ça ? Gémit-elle.

- Punis-le ! Tu as envie qu'il puisse s'en prendre à d'autres femmes ? Il en a agressé une il y a tout juste quelques heures. Elle et ses gamins ! Il les a frappés. Tu te sens capable d'assumer s'il recommence, parce que tu l'as laissé s'en tirer ?
- Ce n'est pas ce que je veux…
- Alors vas-y ! Lui ordonne-t-il.

Elle avance lentement. Ethan abaisse la tête de Dany en avant pour qu'elle puisse lui fracasser le crâne sans risquer de l'atteindre lui, accidentellement. Il lui assure que ce n'est pas si difficile que ça. Elle paraît si frêle en cet instant, bien plus que d'habitude, qu'elle pourrait s'effondrer à n'importe quel moment. Elle lève le marteau avec énormément de difficultés, au-dessus de la tête de Dany. Il a l'air de peser une tonne dans sa main qui tremble à un point qu'Ethan est quasiment sûr qu'elle va rater sa cible. Mais non. L'ustensile de cuisine s'abat sur le crâne de Dany, ou du moins, elle le laisse tomber sur son crâne. Dany tente de se dégager de l'emprise d'Ethan qui le tient fermement.

- Ramasse-le et recommence ! Lui ordonne-t-il une nouvelle fois.

Tandis que du sang s'écoule du cuir chevelu de Dany, Laura peine à ramasser le marteau. Dany parvient dans un effort désespéré à le repousser avec le pied. L'attendrisseur de viande se retrouve au fond de la pièce.

- Pauvre conne, t'es même pas capable de m'achever. T'es qu'une merde ! Se moque Dany qui se donne beaucoup de mal pour être compris avec sa mâchoire brisée.

- Ferme ta gueule. Lui ordonne Ethan en serrant un peu plus son étreinte autour du cou.

Dany se met à rire et Laura pleure de plus belle. Ethan, qui s'impatiente, provoque la jeune femme, lui demandant si celui-ci n'avait pas raison au fond.

- Je n'aurais peut-être même pas dû t'aider. J'aurais mieux fait de rester en bas et dormir tranquillement. Tu sais faire la belle, la dure à cuire dans ton pub, sur scène avec tout un tas de gros bras autour de toi...

De rage, Laura se reprend, elle récupère le marteau sur le sol poussiéreux avant de s'approcher d'un pas décidé de Dany et frappe de toutes ses forces sur sa tête. Pourtant, le coup n'est toujours pas suffisant pour être mortel, ce qui désole Ethan. Dany, gémissant, tente désespérément de s'échapper de l'étreinte puissante d'Ethan. Ses yeux roulent dans tous les sens et la sueur inonde son visage, tout comme ses bourreaux. Il espère sans doute voir quelqu'un débarquer inopinément à son secours, ou bien il cherche une façon de s'en sortir. Laura renifle et porte un nouveau coup, pour le plus grand plaisir d'Ethan, suivi de deux autres. Le corps de Dany est soudain pris de convulsions et de violents spasmes. La jeune femme lâche l'ustensile et se retourne pour vomir. C'en est trop pour elle. Ethan prend un bout de verre près de lui, se relève et le regarde quelques secondes. Pour Laura cela semble durer une éternité. Elle demande à Ethan d'y mettre fin, elle n'en aura pas la force ni le courage. Il lui demande de l'aider un minimum. Il veut qu'elle le tienne fermement, du mieux qu'elle pourra. Elle accepte malgré tout et tente de maintenir Dany plaqué au sol. Ethan lui écarte les jambes à grands coups de pied. Laura ne comprend pas ce qu'il va faire. Ethan s'agenouille entre les cuisses de Dany et entreprend de lui couper les parties génitales. Laura relâche Dany en poussant un petit cri, et vomit de nouveau en voyant la boucherie à laquelle s'adonne Ethan Un soupçon de satisfaction illumine son visage lorsqu'il brandit enfin les attributs du violeur tels des trophées. Il les balance aussitôt dans un coin de la pièce, puis il saisit le marteau et fracasse aussitôt la tête de Dany. Les coups sont portés

408

avec une puissance inouie et s'enchaînent à une vitesse incroyable. Les os craquent, le visage est broyé et ne ressemble bientôt plus à rien. Seulement un tas d'os, de cervelle, de chair et de sang. Les murs, faiblement éclairés par l'aurore, ainsi que Laura et Ethan, dégoulinaient du liquide rougeâtre, sombre, visqueux, poisseux et collant.

- Tu croyais pouvoir prendre la tête de la meute ? ma meute ? toi aussi ? !

Laura restera prostrée de longues heures dans un coin de la pièce, sans bouger, totalement traumatisée par le spectacle horrible auquel elle vient d'assister et de participer malgré elle. Ethan est, quant à lui, dans le coin opposé à attendre qu'elle veuille bien se reprendre. Lui, se sent bien, détendu. Il souhaite faire brûler la maison avec le cadavre à l'intérieur avant de partir, espérant laisser le moins de traces possible. Laura se ressaisit enfin et se lève. Elle ramasse le sac d'Ethan et les affaires qu'il contenait. Elle remet tout dedans, secouée par un haut-le-cœur, et le lui balance. Il se lève à son tour et fouille le pantalon de Dany espérant y trouver un briquet et les clefs de la Mercury. Lorsqu'il le trouve enfin il met aussitôt feu aux vêtements du violeur et sort de la maison. Laura est déjà dans la voiture à l'attendre. Ethan retire son t-shirt, s'essuie avec et enfile son sweat-shirt. Laura a déjà changé de haut elle aussi et s'est également nettoyé le visage avec. Ethan récupère son top, qui, au départ, était blanc, et le balance avec son t-shirt dans la maison en ruine dans laquelle des lueurs dansantes sont visibles au premier étage. Il rejoint ensuite Laura dans la voiture et démarre. Les flammes qui s'élancent par les fenêtres brisées, semblent saluer et remercier le couple pour ce sacrifice. Elles paraissent enfin libérées par un funeste rituel et semblent démoniaques, se dit Ethan qui a stoppé la voiture afin de contempler le spectacle qui se déroule en arrière. Puis il sort une main par la fenêtre et fait mine de les saluer. Il reprend ensuite la route.

La jeune femme fouille dans son sac et sort un sachet de cocaïne. Elle en dépose sur le dos de sa main et l'inspire par le nez d'une seule traite, puis elle recommence aussitôt. Il lui demande de ralentir un peu sur la poudre si elle ne veut pas faire une overdose. Elle répond que tout va bien et que ça au moins elle gère. Il la laisse tranquille et allume la radio.

Aux premières lueurs rosées du soleil, les informations sont diffusées sur la station qu'ils écoutent. Le massacre fait une nouvelle fois la une du journal. Quelques news, quelques interviews, très peu de révélations. L'état du garde forestier ne s'est toujours pas amélioré. L'arrestation des deux braqueurs est annoncée. Ethan ne réagit pas. L'agression d'une femme et de ses deux enfants chez elle est également mentionnée, ainsi que la description de son agresseur et d'un type qui l'accompagnait. Ecoutant attentivement, Laura se met à sangloter sur son siège. La description de Dany. Le corps d'un homme retrouvé carbonisé dans une vieille maison abandonnée fait partie du lot de mauvaises nouvelles. Pour l'instant, concernant cet incident, l'hypothèse qu'un squatteur aurait accidentellement péri dans les flammes pendant son sommeil est privilégiée.

Laura sait maintenant très bien qui est son compagnon de route. Alors, incapable de l'assumer, ça et ce qui s'est passé dans la vieille baraque, elle reprend de la drogue. Ethan n'a pas remarqué la quantité de poudre qu'elle s'est enfilée dans les narines, il est resté concentré sur la route qui défile. Laura est soudain prise de tremblement et de convulsions. Ethan s'arrête rapidement sur le bas-côté et ne sait pas comment réagir dans l'immédiat. Il la touche espérant provoquer quelque chose chez elle. Elle est bouillante et transpire abondamment, puis elle vomit. Sa respiration devient rapidement irrégulière et ses yeux roulent vers l'arrière. Ethan sort de la voiture et se précipite du côté passager pour ouvrir la portière et faire sortir la jeune femme en train de faire une overdose. Il la dépose sur le sol frais et humidifié par la rosée du matin. La respiration de Laura s'arrête,

411

Ethan ne sait pas s'il doit tenter de la sauver, la laisser mourir ou l'achever. Il la traîne pour l'éloigner de la route. Il n'a pas envie que quelqu'un s'arrête en voyant ce drôle de manège. Laura est inerte, de l'écume blanche au bord des lèvres, sa poitrine se soulève à peine. Puis il voit Camille qui se tient debout près de la jeune femme agonisante. Elle semble peinée. De la main droite elle mime une arme à feu et fait mine de lui tirer dessus comme pour l'achever. Ethan retourne vers la Mercury et récupère le flingue dans la boîte à gants. En se dirigeant vers Laura il distingue des montagnes à quelques kilomètres de l'endroit où ils se sont arrêtés. Lorsqu'il revient auprès de Laura, Camille est agenouillée à ses côtés et lui caresse le visage tandis qu'il arme le pistolet, vise la tête et tire. Camille se relève le visage triste et s'éloigne vers la voiture. Ethan hésite entre laisser le corps ici et l'emporter ailleurs. Il décide finalement de mettre le cadavre dans le coffre et de partir vers les montagnes qu'il observait un peu plus tôt. Ce n'est qu'au bout d'une petite quinzaine de minutes plus tard qu'il roule sur une route sinueuse arpentant les montagnes en question.

C'est en passant un virage non sécurisé par des barrières que lui vient une idée. Il fait demi-tour dans le premier chemin qu'il voit pour retourner vers ce virage. Il y a suffisamment de place pour s'y arrêter sans risque et admirer le paysage. Il n'y a pas de danger à condition de ne pas trop s'approcher du bord du ravin. Il regarde en contrebas et étudie les nombreux rochers sur lesquels il compte y précipiter la voiture. Il monte à l'intérieur, récupère le flingue sous le siège conducteur, la démarre et la positionne face au vide. Il descend ensuite du véhicule et allume le briquet qu'il balance sur la banquette arrière ainsi que le pistolet avec lequel il a achevé Laura. Il l'a tout de même essuyé au cas où. Il enlève le frein à main et pousse la Mercury, dont l'intérieur s'enflamme, jusqu'au bord du précipice. Puis dans un dernier effort tout en s'assurant que personne n'assiste à la scène, il fait basculer la voiture dans le vide prenant garde de ne pas y être emporté. Il regarde la caisse de Dany se fracasser plus bas et s'embraser de plus belle. Il ne s'attarde pas et décide de couper à travers la forêt pour rejoindre la route qu'il aperçoit plus loin à, peut-être, un kilomètre à vol d'oiseau.

Lorsqu'il sort du bois il se retrouve au bord d'une longue ligne droite. Il tente de faire de l'auto-stop. Il constate qu'il y a pas mal de voitures qui circulent sur cette route. Des camions aussi. Personne ne prend la peine de s'arrêter. Il avance, d'un pas assuré. Il ne leur en veut pas pour autant. Ils ont peut-être peur d'embarquer un dangereux psychopathe à leur bord qui pourrait s'en prendre à eux et faire disparaître leur cadavre dans les bois. Un véhicule le double, un break, avec à son bord une famille, dont les deux gamines à l'arrière lui font des grimaces. Puis un camion le double aussitôt et s'arrête une centaine de mètres plus loin. Un camion transportant du bétail. Ça empeste. Ethan s'approche de la cabine et le chauffeur lui demande où il se rend comme ça. Il lui répond qu'il veut se rendre aux États-Unis. Le chauffeur lui annonce qu'il pourra, au mieux, le rapprocher de la frontière qui n'est qu'à quatre-vingts kilomètres environ. Il invite Ethan à monter dans le camion.

- Bonjour, comment tu t'appelles ? On va se tutoyer si ça ne te dérange pas ? Demande le chauffeur à la longue moustache pendante de chaque côté de sa bouche. Ses cheveux sont assez courts sauf à l'arrière. Qui, de nos jours, peut encore arborer une coupe mulet ? Se demande Ethan. Le type est imposant, pas gras mais musclé. Une sacrée masse !

- Ça ne me dérange pas. Ethan, je m'appelle Ethan. Et toi ?

- Calvin.

- Merci de m'emmener. C'est sympa.

- De rien, mais c'est quoi cette gueule que tu trimballes ? Une bagarre ? Un accident ? Un type qui t'as surpris avec sa femme ? Demande Calvin en voyant le visage tuméfié d'Ethan.

- Un truc dans le genre…
- C'est pas bien ça ! On ne vole pas le jouet des autres ! Elle en valait le coup au moins ? Parce que se faire défoncer la tronche pour pas grand-chose c'est moche !
- Ça pouvait aller, en tout cas merci encore de me prendre.
- C'est normal. J'ai de la place à bord de mon camion alors pourquoi ne pas en faire profiter à quelqu'un, en plus ça me fait de la compagnie. La radio ça va bien cinq minutes.
- Les gens sont de plus en plus égoïstes de nos jours. Ça fait plaisir de tomber sur quelqu'un comme toi.
- De rien. La plupart des gens ont surtout très peur de tomber sur le mauvais type. Un dingue. Toi, ça se voit que tu n'es pas un mauvais gars.
- Ça ne se voit pas forcément au premier coup d'œil, si ?
- Non c'est vrai. Mais toi par exemple, tout maigre avec ton petit sac à dos, je ne sais pas à qui tu pourrais faire du mal. En tout cas pas à moi, ça c'est certain ! Tu as l'air d'être en galère plus qu'autre chose. Tu as l'air affamé. Ouvre donc la boîte à gants et sers-toi. Il y a

deux ou trois trucs à grignoter. Ne fais pas attention au bordel. Par contre, si tu as soif, ce que contient cette bouteille au sol devant toi, ce n'est pas du jus de pomme, hein ?! Évite ! Lui annonce Calvin sur le ton de la plaisanterie.

- Ok, merci. Dit Ethan en sortant une tablette de chocolat noir de sous un tas de papier d'emballage de chocolat et de friandises diverses.

- Le meilleur chocolat, c'est le noir. Il n'y a rien au-dessus du chocolat noir. Même le chocolat noir avec des noisettes ou d'autres trucs n'égalera jamais le chocolat noir pur.

- Je n'en sais rien, je ne suis pas assez amateur de chocolat pour l'affirmer.

- Tu dois être du genre à aimer le chocolat blanc ou au lait ?! Je me trompe ?

- En fait je m'en fous, je veux dire, ça n'a pas d'importance pour moi.

- T'es pas porté sur le sucré ? T'es plus salé alors.

- La viande !

- Ah, c'est ça. La viande. Moi aussi j'aime la viande. Un bon steak saignant de temps en temps, j'adore ça. Et là derrière, dit-il en désignant, de son pouce, la remorque de son camion, je peux te dire qu'il y a de quoi en faire des steaks !

- Toutes ces bêtes vont à l'abattoir ?
- Oui. Toutes. Ça te dérange de savoir ça ?
- Non, ça ne me fait rien.
- Je te demande ça parce qu'une fois j'ai ramassé un couple qui ne mangeait pas de viande et qui était, donc, contre l'abattage. C'était honteux selon eux. Tu vois le genre ? J'étais même le complice d'une bande d'assassins sans âme et sans sentiment à l'égard de la vie et toutes ces conneries. Je leur ai dit, pour leur foutre la trouille, que j'avais même travaillé dans un abattoir dans le passé et que j'étais assigné à la tuerie parce que je faisais ça très bien. Du travail net et sans bavures, et j'aimais ça ! Je leur ai dit, ensuite, que si je devais tuer quelqu'un, je savais exactement comment faire pour ne pas faire souffrir ma victime. Ils m'ont rapidement demandé de m'arrêter pour descendre et continuer à pied.
- Je sais aussi comment tuer rapidement et sans bavures !
- Ah bon ? Tu es du métier ? Ou t'es un psychopathe en balade ? Plaisante Calvin.
- Je chasse.

- Oh ! très bien. J'aime bien la chasse aussi. Mais je suis plus adroit avec un couteau qu'avec un fusil.
- Pareil pour moi ! Affirme Ethan en souriant. Je sais me servir d'un fusil, ce n'est pas un problème mais je préfère une bonne lame. Abattre un être vivant à plusieurs centaines de mètre c'est pas du jeu... Il faut savoir donner une chance à sa proie et il faut accepter de perdre.
- Oh, dis donc, on dirait qu'il y a un truc qui crame par là-bas ! Dit Calvin en coupant Ethan et en pointant du doigt une colonne de fumée noire qui s'élève de la montagne où se trouvait Ethan.

Il regarde attentivement dans son rétroviseur gauche pour vérifier qu'aucune voiture n'arrive derrière et fait démarrer enfin son camion. La cabine est agitée de fortes secousses comme s'il y avait un tremblement de terre. Le grondement du moteur est impressionnant. Et la fumée qu'il rejette sans la moindre vergogne l'est tout autant.

- Ah oui. S'exclame Ethan calmement en revenant à la fumée qui s'élève au-dessus de la forêt.
- Ça, ce n'est pas un feu de forêt sinon la fumée ne serait pas de cette couleur. Des pneus, une voiture ou

418

d'autres cochonneries... Dis donc tu n'aurais pas fait une connerie au moins ? Demande Calvin sur le ton de la plaisanterie. Tu es certain que tu n'as pas eu d'accident ? Peut-être que tu ne t'en souviens plus ?!

- Non, ça va ! Et des conneries j'en ai fait quelques-unes...

- On en a tous fait. Par contre en ce moment, il y en a qui déconnent sérieusement.

- Ah bon ?

- Oui, ce type qui a massacré plein de gens, l'autre qui agresse une femme et ses gosses. Tu n'es pas au courant ?

- Si, j'ai entendu des trucs à ce sujet.

- Ils en parlent sans arrêt aux infos.

- Des fous on en croise tous les jours sans le savoir. Et puis peut-être qu'ils n'ont pas le sentiment d'être dingues ces types.

- Oh, tu déconnes là ?! Faut être dérangé pour faire des trucs pareils !

- Ce que je veux dire, c'est que de leur point de vue à eux ils ne se sentent peut-être pas dérangés.

- Ouais, je vois ce que tu veux dire. T'es psy ou quoi ? En tout cas tu n'as pas la carrure d'un athlète, sans vouloir te vexer.

- Ça va tu ne me vexes pas, je faisais du sport il y a quelque temps, j'avais atteint un très bon niveau et puis il y a eu pas mal d'événements qui ont fait que j'ai tout lâché.

- Oh je vois, c'est pour ça que tu veux aller aux States ?!

- Il y a de ça...

- Tu ne veux pas un boulot avant de franchir la frontière, histoire de te faire un peu de blé ? Je connais le patron de l'abattoir où je vais livrer les bêtes et il a toujours besoin de monde, les gens ne restent pas là-bas. Trop dur, physiquement et mentalement. Ce sont surtout des chochottes et des feignasses si tu veux mon avis !

- C'est bon merci, il faut vraiment que je me tire d'ici.

- Je ne sais pas ce que tu fuis, mais ça te suivra certainement là-bas aussi.

- Tant pis, je prends le risque. Je pourrais peut-être recommencer quelque chose de l'autre côté, reconstruire ce que j'ai perdu et prendre un nouvel envol comme ce papillon. Dit-il en montrant un papillon aux couleurs vives qui a bien failli se prendre le pare-brise du camion de plein fouet.

- C'est tout le mal que je te souhaite mon gars !
- Merci. Il faut absolument que je change d'air, que je me fasse discret, qu'on m'oublie un moment.
- À cause de cette femme ? Je suis persuadé que c'est à cause d'elle.
- Quelque chose comme ça.
- Ok, c'est bon, je ne t'emmerde plus avec ça.
- Ça va, c'est cool.
- Par contre un conseil, choisit bien tes amis. Ne fais pas confiance à n'importe qui.

Au bout d'un long parcours, ils arrivent près de la frontière, il reste moins de deux kilomètres à faire à pied pour Ethan. Calvin lui donne son numéro de téléphone mobile au cas où il repasserait de ce côté de la frontière et qu'il aurait besoin d'aide. Ethan accepte mais lui avoue qu'il est très peu probable qu'ils se revoient un jour. Au moment où Ethan descend de la cabine, un détail qu'il n'avait jusqu'alors pas remarqué, saute aux yeux de Calvin. Des traces de sang sur le pantalon de son passager. Ethan perçoit son regard et comprend que Calvin avait vu quelque chose qu'il n'aurait pas dû voir. Il ne sait pas ce qu'il va en penser et ne tient pas à le savoir. Peut-être pensera-t-il que ce sang vient de ses blessures. Il salue Calvin d'un geste de la main et s'éloigne tandis que le camion démarre et continue sa route en crachant d'incroyables volutes de fumée noires.

Épilogue

Trois jours plus tard…

Un nom. Nous pouvons à présent vous donner un nom et vous révéler le visage du suspect numéro un. Son nom, Ethan Duvivier, annonce, l'air grave, le présentateur du journal télévisé. Fils du ministre de l'intérieur français, Ethan Duvivier, témoin privilégié et seul survivant du massacre de l'année dernière. Il avait été recueilli par les secours aux abords de la forêt alors dévorée par les flammes de l'incendie. Ce sont des traces de sang laissées par ce dernier dans le véhicule de fonction des gardes forestiers qui ont croisé son chemin, ainsi que des traces de sang dans la maison de Jack Terence, toujours dans un état préoccupant, et dans la voiture de son épouse, qui ont toutes révélé l'identité d'un seul et même individu. C'est également ce qui a permis de plus ou moins suivre la trace de cet homme toujours en cavale pour l'heure. Il est fort probable qu'il soit, actuellement, de l'autre côté de la frontière d'après le témoignage d'un chauffeur routier qui a confirmé l'avoir pris en auto-stop.

- Bah, je l'ai pris comme je le fais toujours en voyant quelqu'un en galère. Il n'avait pas l'air méchant. Il avait même vraiment l'air inoffensif. Il n'avait rien de ce tueur comme on le décrit. Il avait le visage amoché, il m'a dit qu'il s'était battu ou un truc dans le genre. On a discuté sur la route, il voulait que je le conduise à la frontière. Il voulait fuir quelque chose. Putain ! Maintenant je sais ce qu'il fuyait ce petit enfoiré ! Dit Calvin en s'emportant de ne pas avoir détecté l'ordure qu'il transportait. Dire que je lui ai même demandé en plaisantant s'il n'était pas la cause de la fumée noire qui s'élevait de cette voiture retrouvée dans un ravin avec cette gamine à bord ! Je ne savais pas à ce moment de quoi il s'agissait. En discutant de choses et d'autres il m'a dit être chasseur. C'est nous, qu'il chassait cet enfant de p... (bip), nos gamins ! Quand je l'ai laissé j'ai vu qu'il avait du sang sur son pantalon, ça m'a travaillé un moment, jusqu'à ce que je voie sa tête aux infos. Quel c... (bip) j'ai été. Je m'en veux terriblement, vous savez ?!

D'ailleurs, continue le journaliste, nous savons à présent que Ethan Duvivier a semé quelques cadavres de plus sur sa route, puisque non loin de l'endroit où Calvin l'a pris dans son camion, une voiture a effectivement été retrouvée au fond d'un ravin avec une jeune femme dans le coffre, comme l'a dit le chauffeur de poids lourd. Laura Domassi a été abattue d'une balle dans la tête avant d'être déposée dans le coffre d'une Mercury Cougar qui a fini en flamme dans ce ravin. Cette même voiture appartenait à Daniel Jackson qui a agressé une femme et ses deux enfants à leur domicile quelques heures plus tôt. Son corps a, lui aussi, été retrouvé carbonisé dans une vieille maison abandonnée depuis de nombreuses années. Il a été violemment passé à tabac et torturé avant de finir brûlé. Nous ne savons pas pour l'instant quels rôles ont joué la jeune femme retrouvée dans la voiture ainsi que Daniel Jackson.

D'autres corps ont été également retrouvés près d'une grotte dans laquelle Ethan Duvivier avait pris refuge durant de nombreux mois, mais aussi comme à chaque fois qu'il se rendait là-bas avec ses complices pour commettre leurs crimes atroces. L'équipe de recherche a en effet découvert les restes d'un homme et d'une femme partiellement dévorés près de l'entrée de cette fameuse grotte. À l'intérieur, ils ont de nouveau été confrontés à plusieurs découvertes macabres, parmi lesquelles, des crânes, dont il est pour l'heure impossible de savoir s'il s'agit de trophées ou de reliques d'anciens partenaires de chasse. Il semblerait, à priori, qu'il leur vouait une sorte de culte, ce qui laisse supposer qu'il s'agirait de complices dont la cause de la mort n'est pas élucidée pour l'instant. Ce que nous savons de ces individus, c'est qu'ils sont décédés l'année dernière, certainement durant cette deuxième vague de meurtre dans cette forêt. Nous pouvons affirmer aussi, qu'ils se connaissaient depuis de longues années. Les corps des membres du groupe de randonneurs partis dans cette forêt ces derniers mois ont tous été retrouvés, ainsi qu'un appareil photo appartenant au groupe de l'année dernière. Les photos qu'il contenait en ont été extraites. Pour l'heure elles sont toujours à l'étude.

Ethan Duvivier, qui était interdit d'entrée sur le territoire canadien en raison de sa consommation de drogue, s'est introduit en empruntant une fausse identité. Il a été reconnu par plusieurs personnes après la diffusion de son portrait.

- Ils sont venus dans l'hôtel où je bosse. Ils avaient l'air sympa, le mec qui a agressé la femme était plus agressif mais ça allait. L'autre type, celui qui a tué tous ces gens, était crasseux à son arrivée. Il ressemblait à un sans domicile fixe, des cheveux longs, une longue barbe et sale. Quand ils sont partis, assez vite d'ailleurs, il s'était lavé, coupé les cheveux et rasé la barbe. L'autre a agressé la femme juste avant ? Demande Levy toujours aussi impeccable devant l'établissement dans lequel il travaille.

- Oui, Daniel Jackson a attaqué une femme et ses deux enfants à leur domicile juste avant de partir de votre hôtel. Lui annonce le journaliste qui l'interviewe sur place.
- C'est dingue, c'est vraiment terrible tout ça.
- Le type dont j'ai vu la photo était déjà venu dans l'hôtel une fois ou deux. Il était accompagné d'une fille les autres fois, mais cette année il est venu seul. Dit Lindsay face à la caméra dans une autre interview.
- Vous lui avez parlé ? Demande une journaliste hors champ.
- Oui, il m'a demandé, il y a quelques mois, si je voulais l'accompagner pour un truc dans les bois. Il m'a dit qu'il allait y rester un bon moment. Je n'aurais jamais imaginé qu'il assassinerait autant de personnes, mon Dieu. Si j'avais accepté dieu seul sait ce qu'il m'aurait fait ? ! C'est horrible ! Dit-elle les larmes aux yeux.
- Ce type n'était pas comme tout le monde, c'est clair. Quand on a percuté une bête sur la route, il lui a tranché la gorge de sang-froid, comme ça, sans sourciller, pour abréger ses souffrances et pour qu'on puisse le dégager de sous le bus. Dit Cameron, le chauffeur du bus qui avait amené Ethan au plus près

des montagnes où il a commis, une nouvelle fois, un véritable massacre. Il se trimballait avec une machette dont le manche dépassait de son sac à dos. Je m'en souviens très bien. Déjà ça, ce n'était pas rassurant mais en le voyant faire on était sûr qu'il valait mieux ne pas trop le chatouiller ce type. Il a effrayé et choqué pas mal de passagers de mon bus en faisant ça. C'était vraiment moche d'assister à ça croyez-moi. Mon Dieu je n'ose pas imaginer ce qu'il a fait à tous ces pauvres gens, des jeunes en plus, c'est ça ? Demande Cameron, la voix tremblante, au journaliste l'interrogeant.

- Oui des jeunes gens pour la plupart. Affirme le journaliste lui tendant un micro.

- C'est incroyable. Comment quelqu'un peut faire ça et depuis toutes ces années ? Hein ? C'est pas croyable de réussir à faire ça plusieurs années de suite sans être inquiété ! Qu'ont fait le gouvernement et les forces de l'ordre ? Ce n'est pas juste !

- C'est Laura qui me l'avait présenté. Elle le connaissait à peine. Elle l'avait emmené dans mon club un soir et on avait sympathisé un peu. Elle l'avait hébergé chez elle pour une nuit et le lendemain il était parti.

- De quoi avez-vous discuté ? Demande le journaliste visiblement sous le charme de la belle Anita.
- De tout et de rien. Il m'a avoué avoir des pulsions, sans me préciser lesquelles, mais qu'il les gérait bien. Il m'a garanti que je n'apprécierais pas s'il ne se retenait pas. Ça ne m'a pas choquée plus que ça. Vous savez, des tarés j'en vois tous les jours dans mon club. Au début j'ai pensé qu'il sortait avec Laura. Ça lui arrivait de temps en temps de sortir avec le premier venu, je savais que ça lui attirerait des problèmes ses conneries. Je le lui avais dit à plusieurs reprises. Karl mon videur ne l'appréciait pas vraiment, il ne le sentait pas ce type.
- Karl, c'est l'homme qui a été retrouvé mort chez lui, une histoire de drogue ou quelque chose comme ça ?
- Oui, enfin, je ne sais pas ce qu'il faisait de son temps libre. Répond Anita un peu embarrassée par cette question.
- Nous savons que votre amie se rendait chez lui parfois. La police a retrouvé des traces d'ADN chez cet homme.
- Laura c'était mon amie mais je ne la fliquais pas ! J'étais son amie, pas sa mère ni sa sœur.

- Elle se rendait chez lui pour se procurer de la drogue ?
- Je n'en sais rien, bordel de m... (bip). Lâchez-moi avec ces questions de m... (bip) ! S'agace Anita avant de fondre en larme. Mon amie est morte assassinée.

L'inspecteur Derisoti ayant travaillé sur l'affaire l'année dernière avant de trouver la mort dans un tragique accident, qui, pour certains n'en était pas un, avait, apparemment quelques soupçons sur Ethan. Il avait fait part de ses doutes à ses collègues et supérieurs. Il était clair que, en raison de son identité, des choses avaient été dissimulées volontairement, voir arrangées, selon certaines personnes qui fréquentaient l'inspecteur à cette époque. De nombreuses questions sont donc en suspens pour le moment et le ministre de l'intérieur français, père d'Ethan Duvivier, devra certainement y répondre ou du moins apporter quelques éclaircissements. Voilà tout ce que nous pouvons dire pour le moment au sujet de ce terrible massacre qui a une nouvelle fois endeuillé notre pays et ensanglanté nos forêts.

- On chasse dans cette forêt depuis pas mal d'années, j'y emmène mes fils depuis qu'ils sont petits. J'ai offert le fusil à mon fils qui aura servi à l'assassiner. Mon Dieu, j'espère vraiment que ce petit fumier va se faire attraper, mort ou vif je m'en moque, mais il doit payer !

Gronde Ben les yeux remplis de larmes face au journaliste.

432

La composition de ce livre a été effectuée par RYBSKI Cédric

ISBN 978-2-9563866-0-5

Dépôt légal : Mars 2018

Imprimé en France par Lulu.com

433

www.ingramcontent.com/pod-product-compliance
Lightning Source LLC
Chambersburg PA
CBHW060807030726
47503CB00002B/381